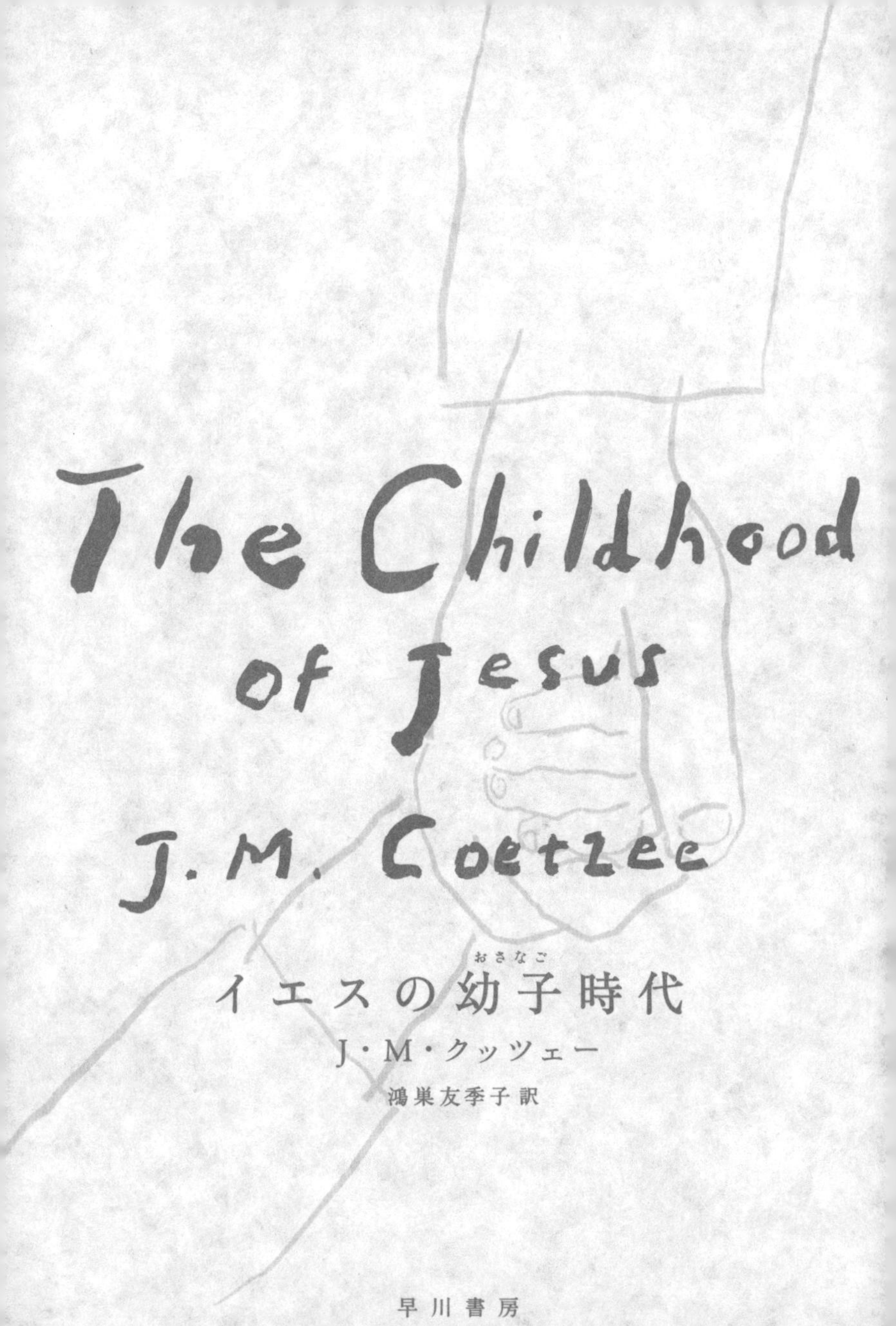

The Childhood of Jesus

J. M. Coetzee

イエスの幼子(おさなご)時代

J・M・クッツェー

鴻巣友季子 訳

早川書房

イエスの幼子(おさなご)時代

THE CHILDHOOD OF JESUS

by

J. M. Coetzee

Translated by

Yukiko Konosu

First published 2016 in Japan by

Hayakawa Publishing, Inc.

This book is published in Japan by

arrangement with

Peter Lampack Agency, Inc.

350 Fifth Avenue, Suite 5300

New York, NY 10018 USA

through Tuttle-Mori Agency, Inc., Tokyo.

第一章

ゲートの係員がふたりに指さしたのは、さほど遠くない距離にある、まとまりなく広がった低層の建物である。「いまから急げば」と、係員は言う。「閉館前にチェックインできるでしょう」

ふたりは急いでその建物に向かう。〈Centro de Reubicación Novilla（セントロ・デ・レウビカシオン・ノビージャ）〉と看板が出ている。レウビカシオン……どういう意味だろう？　まだ習ったことのない単語だ。

オフィスはだだっ広く、がらんとしている。しかも暑い――おもてより暑いぐらいだ。入口から奥まった向かい側には、木造カウンターが部屋の幅いっぱいに渡されており、こちらとは磨りガラスで仕切られた窓口がいくつかある。壁際には、ニスでつや出しした木製のファイル・キャビネットがならんでいる。

ある窓口の上に、案内板が下がっている。〈Recién Llegados（レシエン・ジェガードス）〉。長方形のボール紙に黒のステンシル文字でそう書かれている。カウンターの奥に座る事務員は若い女性で、彼を笑顔で出迎える。

「すみませんが」と、彼は言う。「わたしたちは先ほど着いたところです」と、ひとつひとつの単語をはっきりゆっくり発音して、ていねいに言う。苦労して覚えたスペイン語で。「働き口と、それから住む場所を探しています」彼は男の子の両脇に手を入れて抱きあげ、事務員によく見せる。「子ども連れです」

若い事務員は手を伸ばしてきて少年の手をとり、「こんにちは、坊や！」と言う。「お孫さんですか？」

「いや、孫でも息子でもありませんが、わたしが面倒を見ています」

「まず、住む場所ですね」と、女は書類を一瞥しながら言う。「当センターにはいま、空き部屋がひとつありますから、当面そこに泊まってもっと良いところを探してはいかがでしょう。上等とは言えない部屋ですが、かまいませんよね。お仕事については、明日の午前中に探してみましょう――お疲れのようですね。少し休んだほうがいいですよ。遠くからいらしたんですか？」

「移動にまる一週間かかった。ベルスターのキャンプから。ベルスターのことはよくご存じでは？」

「ええ、よく知ってますよ。わたしもベルスター経由でここに来ましたから。あそこでスペイン語を覚えたんですか？」

「毎日、六週間ぐらいレッスンを受けた」

「六週間？　それはラッキーでしたね。わたしなんかベルスターに三か月もいることになりました。退屈で死にそうでしたよ。なんとかやっていけたのは、スペイン語のレッスンのおかげです。ひょっとして、先生はセニョーラ・ピニェーラでした？」

「いや、先生は男性で」と、そこで彼は言いよどむ。「ちょっと話は変わるが、いいですか？　この子のことだが」と、少年をちらっと見る。「体調が良くない。なんだか気が立ってる──状況がよく飲みこめずに動揺しているせいもあるだろうが、このところまともに食事をしていない。キャンプの食べ物には慣れなくて、食べたがらなかった。このあたりに、ちゃんとした食事がとれるところはないか？」

「坊やはおいくつです？」

「五歳だ。五歳という年齢をあたえられた」

「実のお孫さんではないんですよね」

「孫でも息子でもない。血の繫がりはないんだ。ほら」と、彼はポケットから二冊の身分証（パスブック）をとりだして差しだす。

事務員はそれを検める。「発行地はベルスターですね？」

「そう、ふたりともそこでいまの名前を、スペイン語の名前をもらった」

事務員はカウンターに乗りだして、「ダビード。すてきなお名前ね」と、少年に話しかける。「坊やは自分のお名前、気に入った？」

少年はまじろぎもせず係員を見返すばかりで、なにも答えない。この若い女にはなにが見えているだろう？　やせ細って血色がわるく、ウールのコートのボタンを襟元まで留めて、膝までかくれる鼠色の半ズボンを穿き、ウールの靴下に黒い編上げ靴を履き、布製のキャップをななめに被った子どもの姿、だろうか。

「そんなに着ててすごく暑くない？　コートは脱ごうか？」

少年は首を横に振る。

彼が割って入る。「ベルスターで支給された衣類なんだ。提供されたなかから、この子が自分で選んだ。とても愛着があるんだろう」

「ああ、なるほど。今日みたいなお天気にはちょっと厚着みたいだから訊いただけです。ひとつお知らせしておきますね。当センターには、小さくなった子どもの服を寄付してもらう保管所があるんです。平日の午前中は毎日オープンしていますから、どうぞご自由にお持ちください。ベルスターより服の種類は多いと思いますよ」

「それはありがたい」

「それから、必要な各種用紙に記入して提出すれば、すぐにご自分の身分証でお金を引きだせるようになります。移住手当てとして四百レアルが支給されるんですよ。坊やにも、各自四百レアルです」

「それもありがたい」

「では、お部屋に案内しましょう」彼女は横に身を乗りだすと、隣のカウンターの女性事務員に小声で話しかけた。隣のカウンターには〈Trabajos（トラバホス）〉というプレートが出ている。隣の事務員は抽斗（ひきだし）をあけて中を引っかき回した末、首を横に振る。

「ちょっと困ったことになりました」若い女性事務員は言う。「部屋の鍵がどうも見当たらないんです。建物の管理人のところにあるんだと思います。管理人はセニョーラ・ヴァイス。C棟に行ってください。地図を書きますから。セニョーラ・ヴァイスを見つけたら、C－55号室の鍵をもらってください。本部のアナからそう言われてきたって」

「他の部屋を割り当てるほうが簡単そうだが？」

「あいにく、空いているのはC－55号室だけなんですよ」

「なら、食べ物は？」

「食べ物？」

「だから、このあたりになにか食べられるところは？」

「それも、セニョーラ・ヴァイスにご相談ください。セニョーラならお役に立てるはずです」

「それはどうも。最後にひとつ訊いていいか。ここには、人々の再会を専門にあつかう組織があるかどうか？」

「えっ、人々の再会を専門にあつかうというと？」

「そう。家族を捜している人たちが大勢いるはずだろう。家族や友人や恋人同士の再会を手助けする組織はないのか？」

「さあ、そんな組織は聞いたことないですねえ」

疲れと土地鑑（とちかん）のなさもあり、また事務員の書いた地図がいまひとつ明確でないせいもあり、はたまた標識がまったくないせいもあり、長いことかかってようやくC棟にたどりつき、セニョーラ・ヴァイスの管理人室を見つける。ところが、ドアは閉まっている。ノックをするが、返事はない。

彼は通りがかりの人を呼び止める。ネズミのように尖った顔をして、チョコレート色のセンターの制服を着た、やけに小柄の女性だ。「セニョーラ・ヴァイスという人を捜しているんですが」と、彼は尋ねる。

「あがりましたよ」その若い女は言ったが、相手に話が通じていないらしいと気づき、こう付け足す。「今日はもうあがりました。明朝、またおいでください」

「だったら、おたくが手を貸してもらえないか。C‐55号室の鍵を探してるんだ」

若い女は首を横に振る。「すみませんが、わたしは鍵の担当じゃないんで」

ふたりはまた〈セントロ・デ・レウビカシオン〉まで引き返す。すると、ドアには鍵が掛かっている。彼はガラス戸を叩いてみる。建物の中はひとけがない。もう一度、ノックする。

「喉かわいた〜」男の子が泣きべそをかく。

「もうちょっとの辛抱だ」彼は言う。「水道を探してあげるから」

アナと名乗ったさっきの若い女が建物の横手からまわってくる。「ノックしました？」彼女は言う。彼はまたもや、娘の発する若さ、健やかさ、瑞々しさに打たれる。

「セニョーラ・ヴァイスは帰ってしまったらしい」彼は言う。「どうにかしてもらえないかな？　あれは持ってないか——なんと言うんだったか？——ほら、部屋のドアを開けるllave universal（ジャベ・ウニベルサル）だったかな？」

「llave maestra（ジャベ・マエストラ）、マスター・キーでしょう。ジャベ・マエストラなんてものはありません。こっちにジャベ・マエストラがあるなら、そもそも困ってないでしょ。C棟のジャベ・マエストラを持っているのは、セニョーラ・ヴァイスだけです。今夜ひと晩泊めてくれるお知り合いでもいません？　それでまた明日の朝いらして、セニョーラ・ヴァイスとかけあったらどうですか」

「今夜泊めてくれる知り合いだって？　わたしたちは六週間前にこの海沿いに着いて、それからずっと砂漠の施設でテント生活をしてきた。泊めてくれるような知り合いをどうしたら持てると言うんだ？」

アナは顔をしかめる。「では、メインゲートに行って」と、指示してくる。「門の外で待っててください。なにか対策を考えます」

ふたりはゲートを抜けて、通りをわたり、木陰に腰をおろす。少年は彼の肩に頭をあずけて、「喉、かわいた」と、泣き言をいう。「水道、いつ見つけてくれる？」

「しぃーっ」彼は言う。「鳥の声に耳を澄ましてごらん」

ふたりは耳慣れない鳥のさえずりに聴き入り、異邦の風を肌に感じる。


アナが姿をあらわす。彼は立ちあがって手を振る。少年も立ちあがるが、両脇で腕をこわばらせ、親指を握りこんで拳をつくっている。

「坊やにお水を持ってきました」彼女は言う。「はい、ダビード、お飲みなさい」

子どもは水を飲み、空になったカップをアナに返す。彼女はそれをバッグにしまい、「おいしかった？」と訊く。

「うん」

「よかったわ。じゃ、わたしについてきてください。かなり歩きますが、いい運動になると思って」

彼女は緑地のむこうまでつづく小道をきびきびと歩いていく。魅力的な若い女性には違いないが、衣服は似合っているとは言いがたい。型くずれした黒っぽいスカートに、ぴったりした白のブラウスの釦を襟元まで留め、フラットシューズを履いている。

彼ひとりならそのペースについて行けたかもしれないが、少年を抱っこしていては無理だ。大声で呼び止める。「すまないが、そんなに速く歩かないでくれ！」彼女はその声を無視する。女との距離はひらく一方で、彼は必死でその後を追いかけ、公園を抜け、通りを越え、またもうひとつ通りを越えていく。

間口の狭いごくありふれた家の前で、彼女は立ち止まり、ふたりを待つ。「ここ、わたしの家です」と言って、玄関の鍵を開ける。「ついてきて」

娘はふたりの先に立って薄暗い廊下を行き、裏口のドアから出ると、がたつく木の階段をおり、草木や雑草が生い茂る小さな裏庭に出る。庭を囲む三方のうち、二方は木造の壁、残る一面にはワイヤ・フェンスが張られている。

「おかけください」娘はなかば草に埋もれて錆びついた鉄製の椅子を指す。「なにか食べ物を持ってきますから」

彼は座る気になれない。少年とふたりでドアの脇に立ったまま待つ。

娘は食べ物をのせた皿とピッチャーを手に、ふたたびあらわれる。ピッチャーには水が入っている。皿には、マーガリンを塗った薄切りパンが四枚。慈善本部で朝食にたべたものとまったく同じだ。

「新規ご到着ということで、法的には認可施設またはセンターに宿泊するのが決まりなのですが」彼女は説明する。「最初の晩だけならここに泊まってかまわないでしょう。わたしはセンターの職員なんですから、この家は認可施設だとも言えますし」

「融通してもらって大助かりだ」彼は言う。

「そっちの隅に、建材の余りがありますから」彼女は指さす。「よかったら、ご自分でシェルターを作ってください。その作業はおまかせしていいですか？」

そう言われてもわけがわからず、黙って彼女を見返す。「どうもよくわからないんだが、わたしたちは具体的にどこで夜を明かせばいいんだ？」

「ですから、ここです」彼女はいまいる庭を示す。「しばらくしたら、またようすを見にきますね」

くだんの建材とは、所々が錆びついた屋根材とおぼしき亜鉛引き鉄板が六枚ほど、あとは材木のきれっぱしぐらいしかない。これはなにかの審査なのか？　子どもとふたりでここで野宿をしろと、あの女は本気で言っているのか？　また来ると約束したので待っていたが、ちっとも来ない。裏口のドアを開けてみようとするが、鍵が掛かっている。ノックをしても、返事がない。

一体どうなってるんだ？　あの女、カーテンに隠れて、こちらがどう反応するか見張っているのではないか？

囚われの身でもあるまいし、ワイヤ・フェンスによじ登って逃げ出すのは簡単だろう。そうすべきなのか。それとも、つぎになにが起きるかようすをうかがうべきなのか？

彼はじっと待つ。つぎに女性があらわれたときには、陽が沈みかけている。

「あまり作業が進んでませんね」彼女は顔をしかめて言う。「はい、どうぞ」ボトル入りの飲料水と、ハンドタオル、トイレットペーパーひと巻きを手渡してくる。トイレットペーパーまで渡してきた女に、訝し気な視線を向けていると、「外からは見えませんから」と言う。

「考え直した」と、彼は言う。「やはりセンターへもどる。ひと晩過ごせる公共の休息室かなにかあるだろう」

「それはできません。もうセンターのゲートは閉まっています。六時に閉まるんです」

彼は頭にきて、ずかずかと屋根材の山へ歩み寄ると、二枚ほど引き抜いて、木造の壁に立てかける。三枚目、四枚目も同じように立てかけ、雑な差し掛け小屋を組みたてる。「こういう小屋を作れと言うんだろう？」と、振り向いて女に言ったが、彼女はもう姿を消している。

「今夜はここで寝ることになる」彼は少年に言う。「冒険になりそうだな」

「おなか、すいた」少年は言う。

「配給のパンがまだ残っているだろう」

「パンって好きくない」

「けど、慣れていかないとだめだ。ここにはそれしかないんだから。あしたになったら、もう少しまともなものを見つけよう」

少年は疑いの目でパンをつまみあげ、ちびちびと齧る。その指の爪が土埃で真っ黒になっていることに、シモンは気づく。

夕日の残照が消えゆくころ、ふたりは手作りのシェルターに腰を落ち着ける。彼は雑草のベッドに寝そべり、少年に腕枕をしてやる。じきに少年は親指をくわえたまま眠りにおちる。ところが、シモン自身はなかなか眠気を催さない。なにしろ上に掛けるコートもない。しばらくすると、寒さが身に染みてきて、震えだす。

どうってことないさ。たかが寒さじゃないか。寒さで死ぬわけじゃなし。そう自分に言い聞かせる。**夜はいつか明け、陽が昇り、朝がくる。ただ虫が這いまわるのだけは勘弁だ。このうえ虫に這いまわられてはかなわん。**

いつのまにか眠りにおちている。

まだ夜中のうちに目が覚めると、体のあちこちが凝って、寒さで疼いた。怒りがこみあげてくる。なぜ、こんな意味もない惨めさを味わうのだ？　シェルターから這いだし、手探りで家の裏口までいくと、ドアをノックする。最初は控えめに、そのうちだんだん大きな音をたてて。

階上の窓がひらく。月明かりに、女の顔がぼんやり見てとれる。「はい？　なにか問題でも？」女は言う。

「問題、大ありだ」彼は答える。「ここは寒くて仕方ない。家の中に入れてもらえないか」

長い間があった後、「待ってて」と、女は言う。

待っていると、「はい、これ」と、声がする。

なにか物が足元に落ちてくる。毛布だ。あまり大判ではなく、四つに畳まれている。生地はごわごわしており、樟脳の臭いがする。

「どうしてわれわれをこんな風にあつかうんだ？」彼は声高に問う。「土くれみたいに」

窓がピシャッと閉まる。

シェルターの中へ這いもどり、自分と眠っている少年の身体を毛布でくるむ。

翌朝、やかましい鳥のすだきで目が覚める。少年はむこうを向いて、キャップを頬の下敷きにした格好で、まだすやすや眠っている。彼はといえば、衣服が露で湿っているようだ。もう一度眠りにおちる。つぎに目を覚ますと、女が上から見おろしている。「おはようございます」と、あいさつしてくる。「朝食を持ってきましたよ。わたし、そろそろ出かけないと。おふたりの支度ができ次第、出してあげますよ」

「だから、家の中を通って外へ。急いで支度してください。毛布とタオルも忘れずに持って」

「出してあげるって?」

彼は少年を起こす。「さあ、起きる時間だ。朝食の時間だよ」

ふたりは裏庭の隅に並んで立小便をする。

朝食というのは、またもやパンと水だと判明。少年は見向きもしない。彼自身も食指が動かない。トレイは手つかずのまま上り段に置いておく。「こちらは支度ができたが」彼は大声で呼びかける。女はふたりを率いて家を通り抜け、ひとけのない通りに出る。「それじゃ、ここで」と、あいさつがある。「今夜も必要であれば、またどうぞ」

「きみ、センターに部屋があると言っていたろう、あれは?」

「もし鍵が見つからなかったり、この間に部屋がふさがっていたりしたら、またここに泊まっていいですよ。それじゃ」

「ちょっと待って。幾らか工面してもらえないだろうか?」物乞いなどする羽目に陥ったのも初めてだが、ほかに頼る相手もいない。

「力になるとは言いましたけど、お金を用立てるなんて言ってません。そういうことなら、〈アシステンシア・ソシアル〉(生活支援課)の窓口へ行ってください。市街へはバスで行けますから。身分証と、それから住居証明も忘れずにね。そうすれば、移住手当てを引きだせますよ。それとも、仕事を見つけて前払いをお願いするか。わたしは今日の午前中はセンターに出ていません。ミーティングがあるんです。でも、センターに行って、職を探しているのでバイトが欲しいと言えば、通じます。バレです。ああ、ほんとに走らないと間に合わない」

ふたりはひとけのない公園の道を歩きだしたが、途中で道を間違えていたとわかり、センターに着くころには日は中天高くに昇っている。〈トラバホス〉の窓口には、いかめしい顔つきの中年女性がいる。耳の後ろで髪をひっつめ、後ろできつく結わいている。

「おはようございます」彼は声をかける。「きのう、チェックインしたんですが。新規到着者です。あと、職を探しています。〝バレ〟という物をもらえると聞きました」

「バレ・デ・トラバーホ（労働許可証）」女性は言いなおす。「身分証を拝見」

彼は身分証をわたす。係員は検分してから返してくる。「いま、バレを書きますが、職種にかんしてはそちらでお決めください」

「どのへんから始めたらいいか、助言してもらえませんか？　まったく未知の領域なので」

「なら、船着き場（ドック）は？」係員は言う。「常時、働き手を探していますから。29番バス。三十分おきにメインゲートの外から出てます」

「バスの運賃もないんです。手持ちがまったくない」

「バスは無料です。どれも全線無料」

「それで、寝泊りする場所は？　宿泊場所についてお尋ねしたいんだが？　きのう窓口にいたアナという若い女性がわれわれに部屋を用意してくれたはいいが、中に入れないんだ」

「無料の部屋はありませんが」

「きのうは無料の部屋が一室あったんだ。C－55室。なのに、鍵が見つからない。その鍵はセニョーラ・ヴァイスが管理しているとか」

「さあ、知りませんねえ。午後にでももどってきてください」

「セニョーラ・ヴァイスと話せませんか?」

「今朝はシニア・スタッフのミーティングがあるんです。セニョーラ・ヴァイスも会議中ですよ。戻りは午後になります」

第二章

彼は29番バスに揺られながら、センターでもらった〝バレ・デ・トラバーホ〟（労働許可証）を検分する。メモ帳を一枚破っただけの代物で、そこに「この持ち主は新着者ですので、雇用先を検討されたし」と書かれている。公印も署名もなく、P.X.なる頭文字が書かれているだけだ。なんだか、ずいぶんくだけた感じだが。こんな紙切れ一枚で、仕事なんかもらえるのだろうか？

ふたりは乗客たちの最後にバスを降りる。このドックの広大さに鑑みると――なにしろ河の上流に目をやると埠頭は視界のはずれまでつづいている――妙に寂れている。船着き場で活気があるのは一箇所だけ。貨物船に荷物の積み下ろしをしており、男たちが船のタラップを昇り降りしている。

そこの作業監督らしきオーバーオール姿の背の高い男に近づいていく。「すみません」と、話しかける。「働き口を探しています。移転センターの人から、ここへ来るよう言われました。あなた、担当じゃないですか？　わたしはバレを持っています」

「ああ、おれが話を聞くよ」男は答える。「しかしあんた、エスティバドールをやるにはちょっとばかり歳じゃないか？」

エスティバドール？　きっと面食らった顔をしていたのだろう、その男（親方だろうか？）は積み荷をよいしょと背中に担いで、重みでよろめく真似をして見せる。

「あー、エスティバドールか」彼は声を高くする。「荷役のことだ。申し訳ない、わたしはスペイン語がまだ不自由です。いや、歳ということは全然ない、大丈夫」

と、自分で言う声が聞こえたが、本当だろうか？　重労働が無理なほどの歳ではない、なんて、本当か？　自分では年寄りの気もしないが、若いとも思えない。とくに何歳という気がしないのだ。年齢などない気がする。そんなことがあり得るならの話だが。

「試しに使ってみてくれ」彼はそう持ちかける。「使い物にならないようなら、文句言わずにさっさと辞める」

「よっしゃ」親方はそう言うと、バレをくしゃくしゃに丸めて、川面にぽーんと放る。「それじゃ、すぐに取りかかってもらうかな。そのチビさんは連れかい？　もしなんなら、仕事が終わるまでここで待たせておくか？　おれが見ていてやるよ。それからスペイン語のことだが、心配いらんよ、粘り強くやれ。ある日、言葉だと意識しなくなって、馴染んでしまうから」

彼は男の子のほうを向く。「わたしが荷物運びを手伝うあいだ、このおじさんと一緒にいてくれるか？」

男の子はうなずく。また親指を口にくわえる。

タラップの横幅は人ひとり通れるぐらいしかない。荷役が妙に膨らんだ麻袋を背中に担いで降りてくるまで、彼は待つ。それからデッキまで上がり、そこからがっしりした木製の梯子をつたって船倉に降りていく。薄明りの船内に目が慣れるまでしばらくかかる。船倉には、さっきの荷役が担いでいたのとまったく同じ膨れた麻袋が何百、いや、何千とある。

「この袋の中には何が入っているのか？」彼は隣にいた男に訊く。

男は妙な顔で見てくる。「穀物（グラーノ）だろう」と言う。

袋はどれぐらい重いのか訊こうとしたが、そんな暇はない。すぐに彼の番がまわってくる。

袋の山の上に、たくましい二の腕をした大男がひとり、満面にやつきながら腰かけており、どうやらこの男の役割は、列をなして待っている荷役の肩に麻袋を落とすことらしい。そちらに背中を向けると袋が落ちてきて、一瞬よろめいたが、他の荷役たちのやり方を参考に、袋の二つの角をつかんで持ち直す。まず一歩踏み出し、つぎの一歩。こんな重い荷物を担いだまま、本当に他の男たちと同じように梯子を昇れるんだろうか？　この自分にそんな力があるのか？

「しっかりな、じいさん（ビエーホ）」後ろから声がかかる。「ゆっくりやれよ」

梯子の一番下の段にまず左足を置く。バランスが肝心だぞ、彼は自分に言い聞かせる。ふらつかないように、袋の位置がずれたり中身が動いたりしないように気をつけろ。荷物がずれたり動いたりしたら、一巻の終わりだ。荷役人足から物乞いに零落（おちぶ）れ、他人の裏庭のトタン小屋で寒さに震えることになる。

つぎに右足を持ちあげる。梯子昇りは少しコツがつかめてきた。梯子に胸をあずけるようにすれば、袋の重量でひっくり返りそうになることもなく、むしろ重みで体が安定する。つぎは左足が二番目の段を探りあてる。軽い拍手のさざ波が倉内に広がる。彼は歯を食いしばる。あと十八段だ（さっき数えておいた）。失敗するものか。

ゆっくりと、一度に一段ずつ、一段ごとに休み休み、速まる心臓の鼓動を聞きながら（心臓発作でも起こしたらどうする？　どれだけばつのわるい思いをするか！）彼は梯子を昇っていく。てっぺんまで昇りきると、どさっと前に倒れこんで袋をデッキに放りだす。

　ふたたび立ちあがると、袋を指さす。「だれか手を貸してくれないか？」息切れを抑え、極力さり気ない調子を装って、まわりに呼びかける。手伝いの手が伸びてきて、袋を背負わせてくれる。

　タラップはタラップで難所である。船が揺れるのにつれて左右に小さくゆらゆらするうえ、梯子と違って支えにするものがない。姿勢をまっすぐにして降りていけるよう最大限の努力をする。ただしこうすると、足場がまるで見えないことになるが。親方の横では、男の子が身じろぎもせずこちらを窺っており、そこに視線を定める。**あの子に恥をかかせるなよ！**　彼は自分に言い聞かせる。つまずくことなく、船着き場に降り立った。「回れ、左！」親方が号令をかける。彼は四苦八苦しながら向きを変える。荷馬車が一台入ってきて、停まろうとしている。この平底の低い荷車を曳いているのは、蹴爪毛をもじゃもじゃと生やした巨大な二頭の馬だ。あれがペルシュロン（重種、冷血種に分類される馬。普通の馬の倍ほどの大きさがあり力が非常に強い）か？　生身のペルシュロンは見たことがないが。馬の小水交じりの悪臭に包みこまれる。

　彼は後ろ向きになって、穀物の袋を荷台におろす。すると、くたびれた帽子をかぶった若者が荷台に軽やかに跳びのり、袋を前方に引きずっていく。馬の一頭が湯気のたつ糞を大量に落とす。「早くどいてくれ！」後ろから声が飛んでくる。つぎの荷役の番だ。つぎなる袋を担いだ、つぎなる仕事仲間。

　彼はいま来た道を船倉へともどり、二つ目の荷物を担いで出てくる。つづいて三つ目。同僚よりどうしても仕事は遅い（ときどき待たせることになる）が、さほどひどい遅れではない。このぶんなら、作業に慣れて体力がついてきさえすれば、もっと仕事も捗るだろう。やはり、重労働だってまだまだ行けそうだ。

ときどき仲間を待たせはするが、彼らから反感は感じられない。それどころか、励ましの言葉の一つ二つかけてくれたり、気さくに背中をポンと叩いていったりする。これが〝エスティバドール〟とやらなら、そうわるくない仕事だ。少なくとも、なにがしかの達成感がある。少なくとも、穀物の運搬に役立っている。穀物はパンになり、パンは生活の必需品だ。

呼子の音が響く。「休憩の合図だ」隣にいた男が説明してくれる。「まあ、あれが必要であればだが――ほら、その」

彼らふたりは小屋の裏手で立小便をし、水道で手を洗う。「どこかにお茶を飲める場所はないのか？」彼は尋ねる。「ついでに食べ物があるといいんだが」

「お茶ってか？」男は言って、可笑しそうな顔をする。「知らねぇなあ。喉が渇いたんなら、おれのマグを貸してやるよ。けど、明日は自分のを持ってこいよ」そう言うと、蛇口をひねってマグに水を充たして差しだしてくる。「それから、食パンも一斤か半斤、持ってこいよ。すきっ腹じゃもたないからな」

休憩時間はほんの十分ほどで終了。陸揚げ作業が再開される。一日の終わりに親方が呼子を吹くころには、彼は船倉から埠頭にぜんぶで三十一個の袋を荷揚げしている。丸一日働けば、きっと五十は運べるだろう。一日に五十袋。合計二トン前後だろうか。大した重量ではない。クレーンだったらいっぺんに二トンは運べる。大体どうしてクレーンを使わないんだ？

「おりこうなお兄ちゃんだな、あんたの息子は」親方が言う。「まったく手間がかからん」きっと親方はこの子をいい気分にさせようとして「お兄ちゃん（ホベンシート）」と呼んでいるんだろう。大きくなったら荷役人足になるお兄ちゃんだ。

「クレーンで運ぶ気になれば」と、彼は所見を述べてみる。「小型クレーンだって、十分の一の時間で済みそうなものだが」

「だろうな」親方もうなずく。「でも、だからどうした？　十分の一の時間で済むと、どういう利点があるんだい？　食糧難とか、緊急事態でもあるまいし」

どういう利点があるんだい、だって？　言下に否定されたというより、純然たる質問のように聞こえるが。「エネルギーをもっとましな仕事に傾注できるだろう」

「何よりもましなんだ？　われらが同胞たちにパンを供給するより〝まし〟な仕事ってことか？」

シモンは肩をすくめた。余計なことを言わなきゃよかった。〝荷負い馬みたいに重い荷物を運ぶよりはまし〟だなんて、間違っても言わないようにしよう。

「すまないが、この子もわたしも急がないとならないんだ」シモンはそう言う。「六時までにセンターへもどらないと、戸外で寝ることになる。あしたの朝も来てかまわないか？」

「ああ、いいとも。それだけ働ければ充分だ」

「給金は前払いでもらえないか？」

「それは無理だろうなあ。支払係が回ってくるのは、金曜日なんだよ。けど、金に困っているなら――」親方はポケットをごそごそ探って、硬貨をひとつかみとりだした。「ほら、必要なだけ持ってきな」

「幾らぐらい必要なんだろう。新参者なんだ。ここの物価がまだわからない」

「なら、ぜんぶ持ってけよ。金曜日に返してくれればいいから」

「それはありがたい。まことにご親切に」

と言ったのはべつにお世辞ではない。仕事中はお兄ちゃんの面倒は見てくれるわ、そのうえ金は貸してくれるわ、ふつう現場の親方はここまで親切にはしないだろう。

「どうってことないさ。困ってるやつがいれば、あんただって同じことをするだろ。じゃあな、お兄ちゃん」と、男の子の方を向いて言う。「あしたは朝早くに会おうな」

ふたりがセンターの事務所に着くと、ちょうど、例の気むずかしい顔をした女性が窓口を閉めようとしているところだ。アナの姿は見当たらない。

「それで、わたしたちの部屋は？」シモンは尋ねる。「鍵は見つかりました？」

その女性は顔をしかめる。「この道を行って、最初の角を右折、細長くて平たい建物を探してください。C棟という建物です。そこでセニョーラ・ヴァイスを呼べば、セニョーラが部屋に案内してくれるでしょう。ついでに、ランドリールームを使って衣類を洗濯してもいいか訊いてみたら」

女性が暗に言わんとしていることに気づき、彼は赤面する。一週間も入浴しないでいたので、男の子の体は臭うようになっている。ということは、自分はもっとひどいんじゃないか。

彼は手持ちの金を女性に見せる。「これで幾らになるのかな？」

「勘定できないんですか？」

「いや、その、どんなものが買えるかってことだ。一回分の食事には足りる？」

「当センターでは朝食以外は出していません。けど、セニョーラ・ヴァイスに訊いてみてください。事情を話して。セニョーラなら力になれるかもしれませんせん」

C-41にあるセニョーラ・ヴァイスの管理人室へ行ってみると、昨日と同じくドアは閉まっており鍵が掛かっている。しかし地下におりると、裸電球ひとつで照らされた階段下の狭いスペースがあり、ひとりの若者が椅子にだらしなく座って雑誌を読んでいるのに出くわす。この若者はセンターのチョコレート色の制服だけでなく、顎にゴム紐のついた小さな丸型の帽子をかぶっている。猿回しの猿がかぶっているようなやつだ。

「ちょっと失礼」シモンは声をかける。「セニョーラ・ヴァイスという人を捜しているんだが、なかなか見つからない。どこにいるか知らないか？ われわれ、この棟の部屋を割り当てられているんだが、その鍵をセニョーラが持っている、いや、少なくともマスター・キーを持っているらしいんだ」

若者はやおら立ちあがると、咳払いをしてから答える。その返答は丁寧ではあったが、結局のところ役には立たないものだ。すなわち、セニョーラ・ヴァイスの部屋に鍵が掛かっているなら、セニョーラはすでに帰宅しているのではないか。マスター・キーについては、そういった物が存在するなら、おそらく他ならぬその鍵の掛かった部屋にあるのだろう。ランドリールームの鍵も同様と思われる。

「じゃ、せめてC-55室への行き方を教えてくれないか？」シモンは頼んでみた。「C-55室が割り当てられた部屋なんだ」

一言(いちごん)もなく、若者はふたりの先に立って長い廊下を歩きだし、C-49、C-50……C-54と部屋を通りすぎて、C-55室にたどりつく。ドアを開けてみると、鍵など掛かっていなかった。「これで問題は解決ですね」若者はにっこりとして言うと、去っていく。

C－55室は狭く、窓のない部屋で、設え(しつら)はおそろしく簡素だ。シングルベッドが一台、チェスト一台、洗面台がひとつ。チェストの上には、ティーカップのソーサーだけを載せたトレイが載っており、ソーサーには角砂糖が二個と半欠片、残っている。シモンはその砂糖を男の子にやる。

「ぼくたち、ここに泊まらないといけないの？」

「そうだ、当面は。ただしほんの短い間、もっと良い部屋が見つかるまでの辛抱だ」

シャワー室は廊下の突き当たりに見つかる。しかし石鹸は置かれていない。男の子の服を脱がしてやり、自分も脱衣する。ふたりはちろちろと出てくる生ぬるいお湯を浴び、シモンはなんとか頑張って男の子と自分の体を洗い終える。そうして子どもを待たせたまま、つぎはふたりの下着を頼りないお湯の下に差しだして濯(すす)ぎ（お湯はそのうちひんやりしてきて、やがて冷たくなった）ぎゅっと水を絞る。開き直って裸のまま、横に子どもを従えてしずしずと廊下を行き、部屋にもどるとドアに閂を挿した。ふたりで共有するたった一枚のタオルで子どもの体を拭いてやる。「さあ、ベッドに入りなさい」と、彼は言う。

「おなかすいたよ」男の子は文句を言う。

「もう少しの辛抱だ。朝になったらごちそうが待っているとも。それを考えて寝なさい」彼は男の子をベッドに寝かしつけ、おやすみのキスをする。

ところが、男の子は眠くならない。「ぼくたち、なんでここにいるの、シモン？」と、小さな声で訊く。

「言ったろう。ここに泊まるのは一晩か二晩、もっと良い場所が見つかるまでだ」

「そうじゃなくて、どうしてぼくらはここにいるの？」少年が指す範囲には、この部屋だけでなく、このセンター、このノビージャの町、周りのすべてが含まれるようだ。

「きみがここにいるのはお母さんを捜すためだろう。わたしがここにいるのはきみの手助けをするためだ」

「でも、お母さんが見つかった後はなんのため？」

「それは何とも言いかねるな。他のみんなと同じ理由でここにいるわけだ。わたしたちは生きるチャンスを与えられ、そのチャンスを受け入れた。生きていけるというのは、それだけで大変なことなんだ。何にも勝る大事なことなんだよ」

「けど、どうしてここで生きていかなきゃならないの？」

「ここ以外にどこがあるんだ？　ここではないどこかなどないんだよ。さあ、目を閉じなさい。もう寝る時間だ」

第三章

翌朝、目覚めてみると気分はすっきりとして、力が漲るのを感じる。寝泊りする場所もあるし、仕事もある。いよいよ問題の作業にとりかかる時だ。つまり、少年の母親捜し。

少年は寝かせたまま、そっと部屋を出る。メインオフィスはちょうど開いたばかり。窓口係のアナが笑顔で迎えてくれる。「ゆうべはいかがでした？」アナは訊いてくる。「どこか部屋は見つかりましたか？」

「おかげさまで見つかったよ。それで、もう一つお願いがあるんだ。憶えているかもしれないが、先日、家族を捜すにはどうしたらいいか訊いたろう。ダビードの母親を見つける必要があるんだ。ただし、どこから手をつけたらいいかわからない。ノビージャへの到着者の記録は残っているのか？　それは無くても、参照できるような中央登録制度があるとか？」

「センターを通った人たちは残らず記録されています。でも、だれをお捜しなのかわからないのでは、記録をあたっても仕方ないですね。ダビードのお母さんも新しい名前になっているでしょうし。新しい人生を、新しい名前でね。訪ねていく約束でもしているんですか？」

「いや、むこうはわたしのことは知りもしないから、約束のしようもない。でも、きっとあの子が見ればすぐに母親だとわかるはずだ」

「別れ別れになってからどれぐらい経ちますか？」

「込み入った話でね。そんな面倒な話を聞かせるつもりはない。簡単に言えば、お母さんを見つけてあげるとダビードに約束したってことなんだ。必ず見つけだすって。だから、記録を見せてくれないか？」

「でも、名前もわからないのにどうやって協力するおつもり？」

「おたくは身分証（パスブック）のコピーをとっているだろう。母親の写真をあの子が見れば、すぐにわかる。いや、わたしでもわかる。見ればわかるという確信があるんだ」

「会ったこともない人なのに、わかるということ？」

「そうだ。ダビードとわたしなら、別々だろうが一緒だろうが、きっとわかる。その点は自信があるんだ」

「けど、その名無しのお母さんの方はどうなんです？　息子さんに会いたがっているのは間違いないんですか？　冷たいことを言うようだけれど、ここに到着するころには、大方の人は昔のしがらみには興味をなくしているんです」

「この件は違うんだよ、ほんとうに。理由は説明できないが。頼むから、記録を参照させてもらえないか？」

　アナは首を横に振る。「いいえ、それは許可できません。お母さんの名前だけでもわかっていれば、話はべつですが。ファイルを自由閲覧させるわけにはいきません。規則違反でもありますが、だいたい馬鹿げた話じゃないですか。何千件、何十万件、それこそ無数のエントリーがあるんですよ。それに、そのかたがノビージャのセンターを通過したと、どうしてわかるんです？　受け入れセンターは各市にあるんですよ？」

「まあ、自分でも無茶苦茶な話だとは思う。でも、そこをなんとか頼む。あの子は母なし子の状態だ。寄る辺ない身なんだ。それは見ればわかるだろう？　辺土(リンボー)をさまよっている」

「リンボーねえ。一体なんのことやら。できないものは、できません。折れるつもりはありませんので、説得しても無駄ですよ。坊やには気の毒だけど、こんなの、手続きとしてまともじゃありません」

ふたりの間に長い沈黙がある。

「なんなら、夜間に作業してもいい」彼はさらに言う。「だれも知らないうちに。静かに、人目につかないようにやるから」

そう言っても、協力してくれそうな気配はない。「あら、おはよう！」と、彼の肩ごしにだれかに声をかける。「いまお目々が覚めたの？」

彼は振り向く。ドアロにいるのは、ぼさぼさ髪にはだしで下着姿、親指を口にくわえた、寝ぼけ眼の少年だ。

「おいで！」彼は声をかける。「アナにごあいさつしなさい。わたしたちの捜索を手伝ってくれるんだよ」

少年はとことことカウンターにやってくる。

「手助けはしますけど」アナが言う。「あなたのやり方には沿いません。ここに来た人たちは過去の繋がりをきれいに清算してきています。あなたがたにもそれに従っていただくわ。昔のしがらみを追い求めず、潔く手放すこと」彼女は手を伸ばしてきて、少年の髪をくしゃくしゃっとなでた。「おはよう、お寝坊さん！　あなたはもうきれいに洗ったんじゃない？　父さんに、きれいにしたよって言いなさい」

少年はアナとシモンの顔を見比べたのち、「きれいにしたよ」と、つぶやく。

「ね！　そう言ったでしょ？」と、アナは言う。

ふたりはバスに乗って、ドックへ向かう。しっかりとした朝食をとると、少年は昨日より断然元気になる。

「今日もアルバロに会う？」少年は訊く。「アルバロはぼくのこと好きなんだ。ホイッスルも吹かせてくれた」

「それは良かったな。アルバロと呼んでいいと言われたのかい？」

「うん、だってそれが名前だもん。アルバロ・アボカドっていうんだ」

「アルバロ・アボカド？　それはそうと、いいか、アルバロは忙しい人なんだ。仕事が山ほどあるのを押して、子どもの面倒を見てくれてる。だから、邪魔しないよう気をつけろよ」

「あの人、忙しくなんかないよ」少年は言う。「あそこに立って見てるだけだもん」

「きみにはそう見えるかもしれないが、あの人はわれわれを監督して、船荷の積み下ろしを時間内に終わらせ、労働者たちがちゃんと各自の仕事をこなすよう指示しているんだ。重要な仕事なんだ」

「こんど、ぼくにチェスを教えてくれるって」

「チェスか、良かったな。きっと気に入るよ」

「ぼく、これからもずっとアルバロと一緒？」

「いいや、じきに遊び相手の男の子たちが見つかるだろう」

「男の子なんかと遊びたくないよ。シモンとアルバロと一緒がいい」

「けど、四六時中というわけにもいかない。大人ばかりとつきあっていては、きみにとって良くないからね」

「シモンが海に落ちたらいやだ。溺れたらいやだ」

「心配するな。溺れないようによくよく気をつけるから。そんな不吉な考えは追い払ってしまいなさい。鳥みたいに遠くへ飛ばしてしまえ。できるかい？」

少年は返事をしない。「ぼくたち、いつ帰るの？」と訊く。

「海のむこうへ、という意味か？　いや、あっちへは帰らないよ。いまはここにいる。ここが、わたしたちの生きていく場所なんだ」

「えんえんに？」

「そう。いつまでも。すぐにもお母さん捜しを始めよう。アナが力になってくれるよ。お母さんが見つかりさえすれば、もう帰りたいなんて思わなくなるはずだ」

「母さんはここにいるの？」

「うん、どこか近くできみを待っている。もう長いこと待っているだろうな。きみがお母さんの姿を目にしたとたん、たちどころにすべてがクリアになる。きみはお母さんのことを思いだし、お母さんもきみのことを思いだす。過去はきれいに洗い流したと思うかもしれないが、そんなことはないんだ。過去の記憶だって、まだちゃんとあるはずだ。一時的に埋もれてしまっているだけなんだよ。さあ、降りよう。仕事場のバス停に着いた」

少年は荷馬車馬の一頭と仲良しになり、「王(エル・レイ)」と名づける。エル・レイに比べたらずいぶんチビな少年だが、まったく臆するところがない。爪先立って、手につかんだ干し草を差しだすと、巨大な獣はもの憂げに首を垂れて、それを頂戴する。

アルバロは積み下ろした荷物の袋を切って穴を開け、中身を少し振りだした。「ほら、これをエル・レイと友だちにやりな」と、少年に言う。「でも、やりすぎないようにな。でないと、馬のぽんぽんが風船みたいに膨らんで、針で突いてやることになる」

じつを言えば、エル・レイも仲間の馬も雌なのだが、アルバロはとくに少年の間違いを正さないようだ。

同僚の荷役たちはみんな気さくだが、妙に無関心だ。どこから来たのか、どこに寝泊りしているのか、だれひとり尋ねてこない。自分はおそらく少年の父親か――センターのアナが間違えたように――祖父と思われているのだろう。エル・ビエーホ、おじいさん。少年の母親がどこにいるのか、どうして少年は日がな、波止場でぶらぶら過ごすことになっているのか、そんなことを訊いてくる者もいない。

波止場には、男性用の更衣室に使われている木造の小屋がある。ドアには錠がないが、作業着のツナギや長靴をそこに置いておいて、みんな平気らしい。自分もツナギと長靴を買いたくなったのる。


で、どこで買えるかと、彼は男たちのひとりに訊いてみる。男は紙切れにどこかの住所を書きつける。

　長靴を一足買うには、幾らぐらい見ておけばいい？　彼は尋ねる。

「二か三レアルってとこかな」男は答える。

「ずいぶん安いんだな」彼は言う。「ところで、わたしはシモンというんだ」

「おれはエウヘニオ」男も名乗る。

「訊いてもかまわないか、エウヘニオ。結婚してるのかい？　子どもは？」

　エウヘニオは首を振って否定する。

「そうか、まだ若いものな」彼は言う。

「まあ、そうすね」エウヘニオは曖昧な答えをする。

　少年のことを訊かれるだろうと、彼は身構える。息子か孫に見えるかもしれないが実はそうではない少年について。少年の名前、年齢、なぜ就学していないのか、訊かれるのを待つ。身構えただけ損だった。

「ダビードって、あのわたしが面倒見ている子だが、まだ学校に上がる年じゃないんだ」彼は自分から話す。「このへんの学校について、なにか知ってるかい？　どこかに、ないだろうか、ええと」――なんと言うんだったか？――「ウン・ハルディン・パラ・ロス・ニーニョス（幼稚園）は？」

「それ、運動場のこと？」

「いや、幼児の行く学校で、ほら、正式な学校に上がる前の」

「うーん、なんだろ、わるいけど」エウヘニオは立ちあがる。「仕事にもどる時間だし」

翌日は昼休みのホイッスルが鳴ったとたん、見知らぬ男が自転車に乗って登場する。帽子をかぶり、黒いスーツにネクタイという出で立ちの男は、この波止場に場違いだ。自転車から降りると、アルバロに馴れ馴れしくあいさつをする。ズボンの折り返しはサイクリスト用の裾留めで留められているが、それをはずそうともしない。

「この人、給料の支払係」隣から声がする。エウヘニオだった。

支払人は自転車の荷台のストラップをゆるめ、油布をはねあげて、緑色に塗装された金属製のキャッシュボックスを露わにした。それを立てたドラム缶の上に置く。アルバロが荷役たちを呼び集める。ひとりずつ進みでては、自分の名前を言い、それぞれの給金を受けとる。彼も列の最後尾につき、自分の順番を待つ。「名前はシモンです」と、支払人に告げる。「まだ新入りなので、そちらのリストに載っていないかもしれない」

「ああ、これか」支払人はそう言いながら、名前に印をつけた。給金を硬貨で払ってくれたので、数がかさんでポケットがずしりと重くなる。

「ありがとう」彼は言う。

「どういたしまして。労働の対価だ」

アルバロがドラム缶をどこかへころがしていく。支払人はキャッシュボックスをまた荷台に留めると、アルバロと握手をし、帽子をかぶり、自転車で埠頭を去っていく。

「午後の予定はどうなってる?」アルバロが尋ねてくる。

「とくに予定はないんだ。この子を散歩にでも連れていこうかと思って。動物園があれば、動物を見にいくのでもいい」

土曜日の午どき。一週間の仕事もこれで終わりだ。

「なら一緒にサッカーに行くか？」アルバロが誘う。「おたくのお兄ちゃんは、サッカーは好きかい？」

「サッカーを観るにはまだちょっと幼いんじゃないか」

「けど、どうしたって早晩観るようになる。試合開始は三時。ゲートで、そうだな、二時四十五分に待ち合わせでどうだ？」

「ああ、いいよ。ところで、なんのゲートで、どこにあるんだい？」

「サッカー場のゲートさ。ゲートは一箇所しかない」

「で、そのサッカー場はどこにある？」

「河岸沿いに歩道を歩いていけば、迷いっこないから。ここから徒歩で二十分ぐらいじゃないかな。歩きたくなければ、７番バスに乗ればいい」

サッカー場はアルバロに聞いたより遠かった。少年は疲れてしまってぐずぐずし、待ち合わせに遅れてしまう。アルバロはまだゲートで待っている。「急げよ。すぐにもキックオフだぞ」

三人はゲートを通ってグラウンドへ入る。

「チケットは買わなくていいのか？」彼は訊く。

アルバロは妙な目で見てきて、「だって、サッカーだぜ」と言う。「サッカーの試合。試合観るのに金は要らんだろ」

グラウンドは思ったよりつつましいものだった。運動場にロープを張っただけのフィールド。屋根つきの観客スタンドは多めに見積もっても千席ぐらいだろう。席は難なく見つかる。選手たちはすでにピッチに入り、ボールをまわしてウォーミングアップをしている。

「どことどこの試合なんだ？」彼は尋ねる。

「青のユニフォームがドックランズ、赤がノース・ヒルズ。今日はリーグ戦だ。チャンピオン戦は日曜日の午前中にやる。日曜日の午前中にヒューヒュー声援が聞こえたら、チャンピオン戦開催中ってことさ」

「どっちのチームのファンなんだ？」

「ドックランズに決まってるじゃないか。他にあるかって」

アルバロは上機嫌で、早くも盛りあがり、興奮を抑えきれないようす。シモンはそれがうれしく、ありがたくも思っている。ひいきのチームの試合に、わたしを選んで誘ってくれるとは。いいやつだな。彼はつくづくそう思う。とはいえ、荷役の仲間はみんな〝いいやつ〟だと思う。働き者で、気さくで、親切で。

試合開始直後、赤のチームがディフェンスで凡ミスをし、ドックランズが得点。アルバロは両腕を振りあげて勝利の叫びをあげ、おもむろに少年の方を向いて言う。「いまのを見たか、お兄ちゃん？　見たかっ？」

と言われたお兄ちゃんは見ていなかった。サッカーの何たるかも知らないお兄ちゃんは、ピッチを走りまわる男たちを観るものだとは思わず、膨大な見知らぬ観客たちを眺めていたのだ。

シモンは少年を膝に乗せてやる。「ごらん」と、ピッチを指さす。「あの人たちはボールをあのネットの中へ入れようとしてるんだ。あっちに手袋をはめた男性がいるだろう、あれがゴールキーパー。飛んでくるボールを止める役だ。両端にゴールキーパーがいるだろう。ネットの中にボールを入れられたら、〝ゴール〟と言って得点になる。たったいま、青いチームがゴールを決めたんだよ」

少年はうなずくが、心ここにあらずのようす。

シモンは声をひそめて訊く。「トイレに行きたいのかい？」

「おなかがすいたの」少年も小さな声で答える。

「そうだろうね。わたしも同じくだ。ここでは空腹に慣れなくてはいけない。ハーフタイムになったら、ポテトチップスかピーナッツでも買えないか見てこよう。ピーナッツは好きか？」

少年はうなずいて、「ハーフタイムっていつ？」と訊いてくる。

「もうすぐだよ。その前に選手がもう少し試合をつづけて、もっと〝ゴール〟できるように頑張らないとね。見てなさい」

第四章

その晩、部屋にもどってみると、ドアの下に紙切れが差しこまれている。アナからの伝言らしい。「新規移住者の歓迎ピクニックにダビードと一緒に参加しませんか？　明日の正午に公園の噴水の前に集合です。Ａより」

ふたりは翌日の正午に噴水に行く。すでに気温は高く、鳥たちまでぐったりしているようだ。行き交う車の騒音から離れ、ふたりは葉を広げる木の陰に落ち着く。しばらくすると、バスケットを提げたアナがやってくる。「ごめんなさい。ちょっと面倒が起きたもので」

「新参者は何人ぐらい参加する予定なんだい？」彼は尋ねる。

「さあ、五、六人じゃないかしら。もう少し待ってみましょう」

三人はそのまま待つ。だれもやって来ない。「わたしたちだけみたいね」アナはようやくそう言う。「では、始めましょうか？」

バスケットの中身はというと、クラッカーが一箱、無塩のビーンズペースト、それに水がひと瓶だけとわかる。それでも、少年は文句も言わず、分けてもらったクラッカーを貪り食べる。

アナはあくびをし、草の上に横になって目を閉じる。

「きみ、このあいだ、〝きれいに洗う〟という言い方をしていたが、あれはどういう意味なんだ？」彼はアナに尋ねる。「ほら、わたしもダビードも過去のしがらみをきれいに清算しなくてはいけないと言ったろう」

アナはもの憂げに首を振る。「またこんどね。いまはだめ」

その口調や、とろんとした眠たげな眼差しに、彼は誘いを感じとる。六人ほどいるはずの参加者がひとりもあらわれなかった──最初から作り話だったのではないか？　この場に子どもさえいなければ、自分も彼女のそばの草に寝転がり、そっと彼女の手に自分の手を重ねるだろうに。

「違うの」アナは彼の心を見透かしたようにつぶやく。幽かに顔をしかめたようなしかめないような。「そういうことじゃない」

そういうことじゃない。この、温かくなったり冷たくなったりする若い女性をどうあつかえというのか？　この新しい国にはまだ自分には理解できていない性別ごと、年代ごとのエチケットがあるのか？

少年がつついてきて、空になりかけたクラッカーの箱を指さす。彼はクラッカーにペーストを塗って、渡してやる。

「健全な食欲ね」アナは目も開けずに言う。

「のべつ腹をすかせているんだ」

「心配ないわ。そのうち慣れるから。子どもはあっというまに順応する」

「空腹に順応するって意味か？　食糧難でもないのに、どうして空腹に順応しなくちゃいけないんだ？」

「つましい食生活に順応するという意味よ。空腹っておなかの中で飼ってる犬みたいなものなの。餌をやればやるほど、もっと欲しがる」と言って不意に体を起こし、子どもに向かって話しかける。「ママを捜しているんですってね。ママに会いたい？」

少年はうなずく。

「ところで、ママのお名前は？」

少年は探るような目でシモンを見てくる。

「この子、母親の名前は知らないんだ」彼が代わりに答える。「手紙を持たされて船に乗ったんだが、失くしてしまった」

「紐が切れたから」少年は言う。

「手紙はポーチに入れていたんだ」彼が補足する。「それを紐で首からさげていた。紐が切れて手紙はどこかへ行ってしまったというわけだ。船中で捜索がおこなわれた。その際にダビードとわたしは出会ったんだ。しかし手紙は出てこなかった」

「海に落ちたんだ」少年が言う。「お魚が食べちゃった」

アナが顔をしかめる。「ママの名前を憶えてないとしても、どんなお顔かは説明できるでしょう？　ママの似顔絵を描ける？」

少年は首を横に振る。

「つまり、ママの手がかりはないし、どこを捜したらいいかわからないわけね」アナは言葉を切って、もう一度考えてみる。「だったら、パ、ド、リ、ー、ノがあなたを可愛がって面倒みてくれるべつなママを捜しはじめたらどう思う？」

「〝ぱどりーの〟ってなあに？」少年は訊く。

「きみはどうしてもわたしを何かの役柄にあてはめたいんだな」彼は会話に割りこむ。「わたしはダビードの父親でもないし、親代わり（パドリーノ）でもない。この子が母親と再会できるよう手を貸しているだけだ」

彼女は反論にとりあわない。「あなたが奥さんを見つけたら、坊やのお母さんになってくれるんじゃないかしら」

彼は声をたてて笑いだす。「どこの女性がわたしみたいな男と結婚したがる？　自分の着替えひとつ持っていないよそ者だぞ」アナが否定してくれるのを待ったが、肩透かしを食う。「それに、まんいち奥さんとやらが見つかっても、その、なんだ——継子を欲しがるかどうか。われわれの幼い友のほうも、その女性を受け入れるかわからないだろう」

「わからない人ね。子どもというのは順応性が高いのよ」

「きみはそう言うがね」めらめらと怒りが燃えあがる。この独りよがりの若い女に子どものなにがわかるというのだ？　わたしに説教するどんな資格があると？　そのとき急に、一枚の絵のピースがきれいに収まった。不似合な身なり、面喰らうようなきつい態度、代父の話題——「もしかして、きみは尼さんなのか、アナ？」彼は尋ねる。

彼女は微笑む。「どうしてそんなことを？」

「修道院を出て俗世にもどってくる尼さんがいるだろう、そういう一人なのか？　人のやりたがらない、その——監獄や孤児院や精神病院での仕事を引き受けるような。あるいは、難民受け入れセンターの仕事でもいいが」

「馬鹿なこと言わないで。そんなわけないでしょう。センターと監獄は違うし。あれは慈善事業ではありません。社会福祉の一環です」

「だとしてもだ、心の支えになるなんらかの信仰心もなかったら、寄る辺なく物知らずで金もないわたしらみたいな人々が際限なく押しかけてくるのに、どうしたら耐えられる？」

「信仰心？　信仰心なんて関係ないわよ。信仰というのは、たとえ目に見える実りがなくても、自分の行動を信じることでしょう。センターはそういうものじゃない。助けを求める人々が到着し、わたしたちはその人々に手を貸す。手を貸せば、彼らの生活は向上する。目に見えないものなんてない。盲信は必要とされない。職員が職務をはたせば、万事順調。それぐらい単純なものなのよ」

「目に見えないものはないだって？」

「ええ、目に見えないものはないわ。あなたがたは二週間前にはベルスターにいたでしょう。先週にはわたしが船着き場（ドック）の仕事を見つけてあげた。今日は公園でピクニックをしている。これのどこが目に見えないの？　まぎれもない進歩でしょ。目に見える進歩。ともかく、あなたのご質問にもどると、いいえ、わたしは尼さんじゃありません」

「だったら、きみが禁欲を説くのはなぜなんだ？　空腹感をおさえろ、内なる犬を飢えさせろ。どうしてそんなことを言う？　腹が減ってなにがわるい？　人間に必要なものを知らせるものでないなら、食欲とはなんなんだ？　食欲も欲望もなかったら、人間はどうやって生きていくんだ？」

　われながら鋭い質問に思える。由々しき問いであり、優等生の若い尼さんは答えに窮するだろう。ところが、答えはたやすく返ってくる。易々と、子どもに聞かせまいとするようなごく低い声で答えるので、一瞬、彼はまた誤解してしまう。「で、あなたの場合、欲望の行き着く先はどこなの？」

「わたし自身の欲望の話か？　率直に答えてかまわないかな？」

「どうぞ」

「きみにも、きみのもてなしにもケチをつけるつもりはないんだが、わたしの欲望はクラッカーとビーンズペーストでは満足しないんだよ。欲しいものというと、そうだな、グレイヴィソースたっぷりのビフテキにマッシュポテト。それから、この子だって」彼は手を伸ばして少年の腕をつかむ。「同じように感じていると思う。なあ、そうだろう？」

少年ははげしくうなずく。

「欲しいのは肉汁のしたたるビフテキだよ」彼はつづける。「この国に来てなにがいちばん驚いたかわかるか？」だんだん無遠慮な口調になっている。このへんで止めるのが賢明なのに、止まらない。「まるで生気がないことだ。会う人会う人、みんな実にきちんとしていて親切で、善意にあふれている。悪態をついたりカッとなったりする者もいない。酔っ払いもいない。声を荒らげる者すらいない。パンと水とビーンズペーストだけの食事で生活し、充足していると言う。人間という生き物として、そんなことありうるか？　きっときみたちは自分にも嘘をついているんだろう？」

膝を抱え無言で見つめてくる女は、この長広舌が収まるのをただ待っている。

「わたしたちは腹が減っているんだ、この子もわたしも」彼は力まかせに少年を引き寄せる。「このべつ腹をすかせている。きみが言うには、この空腹はわれわれが余所から持ちこんだ野蛮なもので、ここにはふさわしくないらしいな。空腹を飢えさせおとなしくさせろと言う。この空腹を滅却すれば、ここに順応できたということになり、それで後は、めでたし、めでたし。そうなると言うんだろう。だが、こっちは空腹の犬を餓死させたくないんだ！　この犬にちゃんと食わせてやりたいんだ！　なあ、そう思わないか？」彼は少年の体を揺さぶる。少年は彼の脇の下に隠れるようにしながら、にっこりしてうなずく。「きみもそう思うだろう？」

沈黙がおりる。

「ずいぶんご立腹なのね」アナが言う。

「立腹じゃない、空腹なんだ！　教えてくれ。ごく普通の食欲を充たそうとしてなにがわるい？ ありきたりの衝動や空腹や欲望をなぜ打倒しなくてはいけないんだ？」

「お子さんの前でそうやって話しつづけるつもり？」

「わたしは何も恥ずかしいことなど言っていない。子どもに聞かせられないようなことは何もないぞ。子どもを平気で屋外の地べたに寝かせるくせに、大人同士の露骨な会話を聞かせるぐらいなんだというんだ」

「では、わたしも露骨に言わせていただくけど、あなたがわたしに求めているものは、あいにくする習慣がないの」

彼は面喰らって女を見つめる。「わたしがきみに求めているものだと？」

「そうよ。抱擁させてほしいと思っているでしょ。〝抱擁〟の意味はおたがいわかっているわね。お断りします、ええ」

「抱く話など何ひとつしていないが。きみは尼さんでもないんだし、そもそも〝抱擁〟してなにがいけない？」

「欲望を拒否するのに尼さんかどうかなんて関係ありません。とにかくわたしはそういうことはしないの。お断りします。好きでもないし、したいとも思わない。その行為自体に興味がわかないし、それが人間におよぼす影響も見たくない。とくに男性の側のね」

「なんなんだ、その〝それが男性におよぼす影響〟というのは？」

女は鋭い目で少年を一瞥する。「本当にまだ喋らせたいの？」

「かまわん。人生を学ぶのに早すぎるということはない」

「いいでしょう。あなたはわたしに魅力を感じている。ええ、それはわかるわよ。綺麗だとすら思っているかもしれない。美しいと思うがゆえに、わたしを抱きたいという欲求が、衝動が、湧いている。サインを正確に読みとれているかしら？　あなたの出すサインを？　逆に言うと、もしわたしを綺麗だと思わなかったら、そんな衝動は感じるはずがない」

彼は黙りこむ。

「綺麗だと思えば思うほど、あなたは欲求に駆られてしまう。生理的欲求とはこうして作用するものであり、あなたはそんなものを道しるべとして、やみくもに従っているわけ。では、考えてみて。美というものと、あなたがわたしに受け入れを望む〝抱擁〟とはいかなる関係にあるのか、教えてもらえない？　それとこれとはどういう繋がりがあるの？　さあ、説明して」

彼は無言のままだ。無言どころか、もはや絶句している。

「さあ、どうぞ。代父として子どもに聞かれてもかまわないと言ったじゃないの。坊やに人生を学ばせたいって」

「男と女の間には」と、彼はついに喋りだす。「ときに自然な引力が働くことがある。その力は予知したり、前もって考慮しておいたりできないものだ。ふたりは魅力を感じあい、言い換えれば、たがいを美しいとすら思う。まあ、男より女のほうがたいがい美しいがね。それとこれとがどう繋がるのか、つまり、人は美を感じると、どうしてその相手に惹きつけられ、〝抱擁〟欲が湧いてくるのか、わたしには説明できない謎だが、ただこうは言える。わたしは生身の人間で、女性の美に敬意を示そうにも、その人に惹かれるぐらいしか術を知らないんだよ。いま〝敬意〟と言ったのは、わたしはそれを女性への侮辱ではなく捧げ物と考えているからなんだ」

彼が間を置くと、「つづけて」と、女は言う。

「いや、わたしが言いたいのはそれだけだ」

「それだけ、ね。つまり、わたしへの敬意として——侮辱ではなく捧げ物として——あなたはわたしを押さえつけて、あなたの肉体の一部をわたしの中に押しこみたい、と。それをあなたは敬意だと主張するわけね。どうなってるの。わたしには全行程が馬鹿みたいに思えるけど。あなたがそんなことをしたがるというのも、わたしがそれを許可するというのも、まるで馬鹿げてる」

「わざわざそんな言い方をするから、馬鹿みたいに聞こえるんだろうが。それ自体は馬鹿げた行為ではない。馬鹿げているはずがないだろう。自然な肉体の自然な欲求なんだから。われわれの内側から語りかけてくる本能だ。ものごとのあるべき姿だ。ものごとのあるべき姿が馬鹿げているはずがない」

「そうかしら？　わたしには馬鹿げているばかりか醜くも感じられる。そう言ったらどうする？」

彼は耳を疑う思いで首を振る。「まさか本気じゃないだろうね。このわたしは確かに老いぼれで醜いだろうが——わたしも、わたしの欲望も。しかし自然の摂理が醜いなどと思えるはずがない」

「そうでもないと思う。自然には美しいところもあれば、醜いところもあるのよ。坊やの前では慎み深くも名称を口にしない人体のあの部分、あなたはあれも美しいと思うの？」

「それ自体のことか？　いや、それ自体は美しくないだろう。美しいのは全体であって、部分ではない」

「では、そういう美しくない部位——あなたはそれをわたしの中に突っこもうというのね！　どう考えればいいの？」

「そう言われても……。きみの思うところを述べてくれ」

「美しさに敬意を払うだのなんだのって結構なお話は所詮、ウナ・トンテリアね。もしわたしを善の化身だと思うなら、そんな行為をわたし相手に行いたくなるわけがない。それに、わたしが美の化身であっても、なぜそんなことをするの？　美しいものは善きものに劣るのかしら？　説明してちょうだい」

「ウナ・トンテリアとは、どういう意味だ？」

「ナンセンス。くだらないということよ」

彼は立ちあがる。「これ以上の弁明はやめておくよ、アナ。建設的な議論とは思えない。きみ、自分が何を言っているのかわかってないだろう」

「あら、そう？　わたしを物知らずの子どもだと思っているの？」

「子どもではないかもしれないが、そうだな、人生についてはわかっていないと思う。さてと」彼は少年の手をとって言う。「もうピクニックはおしまいだよ。このお姉さんにお礼を言って帰る時間だ。なにか食料を見つけないとな」

アナは後ろに背をそらして脚を伸ばすと、こんどは両手を膝のあたりで組んで、からかうような顔でにっこりと見あげてくる。「ちょっとあからさまに言いすぎた？」

灼けつくような日射しのもと、彼はひとけのない緑地をずんずん歩き、その横を少年が遅れまいと小走りについてくる。

「〝ぱどりーの〟ってなあに？」少年が訊く。

「パドリーノというのは、なんらかの理由でお父さんがそばにいられない場合、父親の役割をする人のことだ」

「シモンはぼくのパドリーノなの？」

「いや、違うよ。きみのパドリーノになってくれと頼まれたことはないからね。たんなる友だちさ」

「だったら、パドリーノになってってぼくがお願いする」

「きみに決められることじゃないんだよ。自分で父親を選べないのと同じで、パドリーノもきみ自身では選べないんだ。きみに対するわたしの立場を言い表す正式な言葉はないなあ。それと同じで、わたしにとってきみが何にあたるのか表現する言葉もない。とはいえ、もしよければ、おじさん（アンクル）と呼んだらいいよ。だれかに『この人はきみのなんなの？』と訊かれたら、『おじさんです』と答えればいい。『ぼくのおじさんです。可愛がってくれます』とね。わたしが訊かれたら、『うちの坊やです』と答えるよ」

「でも、さっきのお姉さんがママになってくれるんでしょ？」

「アナのことか？　いいや。あの人は母親になることには興味がないらしい」

「おじさん、あの人と結婚するの？」

「するわけないじゃないか。わたしがここにいるのは奥さんを見つけるためじゃない。きみがお母さんを見つける手助けをするためにいるんだ。きみの実のお母さんをね」

落ち着いた声で、軽いトーンで話そうと努力するが、実のところ、若いアナの攻撃にだいぶ動揺していた。

「おじさん、あの人に怒ってた」少年は言う。「どうして怒ったの？」

彼は立ち止まって少年を抱きあげると、おでこにキスをする。「怒ったりしてわるかったね。きみに怒ったわけじゃないよ」

「でも、あのお姉さんに怒って、お姉さんはおじさんに怒ってた」

「あの人がわたしたちにひどい態度をとって、その理由がわからないから怒っていたんだよ。それで、彼女とちょっと言い合いになった。白熱した議論にね。でも、もう済んだことだ。大した話じゃない」

「お姉さんの中におじさんが何かを突っこもうとするって言ってた」

彼は口をつぐむ。

「あれって、どういう意味？　ほんとにあの人の中に何か突っこみたいの？」

「いや、喩え話というかな。つまり、自分の考えを押しつけようとしてるって意味だ。まあ、その点は彼女の言うとおりだろう。他人に考えを押しつけるのはよくない」

「ぼくはおじさんに考えを押しつけてる？」

「いいや、とんでもない。さあ、なにか食料を探しにいこう」

ふたりはなにか食べられる店はないかと、緑地の東側の通りをあちこち探しまわる。ここは質素な一軒家が建ち並ぶあたりで、ときどき低層のアパートがある。ふたりはたまたま、唯一の飲食店に行きあたる。〈ナランハス〉（オレンジ）と看板に大きな文字で書かれている。鉄製のシャッターが閉まっていたので、実際にオレンジを売っている店なのか、たんなる店名なのかは判然としない。

彼は通りがかりの人を呼び止める。犬をリードにつないで散歩させている年配の男性だ。「すみません、食事のできるカフェかレストランを探しているんですが。それがなければ、食料品店でも」

「日曜の午後に？」男性は言う。犬が少年の靴を、つぎに股のあたりを、くんくん嗅ぐ。「さて、どうしたもんかな。街中まで行くならべつだが」

「バスはありますか？」

「42番バスだが、日曜は運行しておらんよ」

「だったら、事実上、街中へは行けないということですね。それに、近くには食事のできるところがない。店もみんな閉まっている。ということは、わたしたち、どうしたらいいと思います？」

男性の顔つきが険しくなる。犬のリードを引っ張って、「行くぞ、ブルーノ」と声をかける。

不愉快な気分のまま、彼はセンターへの帰路につく。舗道に裂け目があるたびに、少年が尻ごみしては跳んでよけるので、ふたりの歩みはゆっくりだ。

「さあ、急ごう」彼は苛立つ。「そのゲームはまたこんどにしよう」

「いやだよ、裂け目に落ちたくないもん」

「なにを言うんだ。きみみたいな大きなお兄ちゃんがあんな小さな裂け目に落ちるわけがないだろう？」

「あれには落ちなくても、べつなやつに落ちるかも」

「どの裂け目だ？　指してみろ」

「わかんないよ！　どの裂け目かなんてわかんない。だれにもわかんないんだ」

「だれにもわからないのは、だれも道路の裂け目に落っこちるわけがないからさ。さあ、急ごう」

「ぼくは落ちるの！　おじさんもだよ！　だれだって落ちるかもしれない。おじさんにはわかんないんだ！」

第五章

荷役の昼休みに、彼はアルバロを脇へ呼ぶ。「個人的な話で申し訳ないんだが」彼はそう切りだす。「あの子の健康状態がますます心配でね。とくに食事のことなんだが、ほら、明けても暮れてもパンばかりだろう」

そう話しているいまも、少年は更衣所の陰に荷役たちにまじって座り、半斤のパンを水に浸してしょんぼりと食(は)んでいる。

「思うに、育ち盛りの子にはもっといろんな種類の食べ物と栄養分が必要なんじゃないか。人はパンのみにて生きるに非ず、だ。パンは万能の食物ではない。どこか肉を買える店を知らないか？街中まで行かずに済むとありがたい」

アルバロは頭を掻く。「このへんにはないねえ。この波止場のあたりには。聞くところによると、ネズミを捕る連中もいるらしい。このへん、ネズミには事欠かないから。ただしそれにはネズミ捕りが必要だし、どこにいけばまともなネズミ捕りが手に入るのか、いまちょっとわからないが。自分で作るしかないのかもな。針金を使って、罠みたいなものをこさえたらどうだい」

「ネズミだと？」

「ああ、見たことないかい？　船があるところに必ずネズミあり」

「だが、ネズミなんかだれが食べる？　あなたは食べるのか？」

「いいや、めっそうもない。あんたが肉はどこで手に入るかって訊くからさ。おれに考えつくのはそれぐらいで」

彼はしばらくアルバロの目を見つめる。冗談を言っているようには見えない。冗談だとしたら、ずいぶん深遠なジョークだ。

一日の仕事が終わると、彼は少年を連れて謎の〈ナランハス〉へ直行する。店主がシャッターを降ろそうとしているところに到着。〈ナランハス〉は実際のところ食料店であり、文字どおりオレンジも、ほかの果物や野菜も売っていることが判明した。店主が焦れったそうに待つ傍らで、シモンはふたりで持ち運べるだけの商品をめいっぱい選ぶ。小さなポケットいっぱいのオレンジ、半ダースほどのリンゴ、ニンジンとキュウリ。

センターの部屋にもどると、彼はリンゴを切り、オレンジの皮をむいてやる。まずはそれを少年に食べさせながら、さらにニンジンとキュウリを薄い輪切りにし、皿に載せて出してやった。「さあ、どうだい！」

少年は警戒気味にキュウリをつっつき、匂いを嗅ぐ。「これ、やだ。臭いもん」

「馬鹿いうな。キュウリが臭うもんか。緑の部分はたんなる皮だよ。食べてごらん。体に良いんだ。大きくなれるぞ」自分でもキュウリを半分とニンジンを一本、それからオレンジを一つ食べる。

翌朝、彼はまた〈ナランハス〉へ出向き、もっと果物を、バナナ、梨、アンズと買いこみ、部屋に持ち帰る。これでだいぶ食料の買い置きができた。

船場（ふなば）の仕事には遅れてしまったが、アルバロはとくになにも言ってこない。

毎日の食事のバラエティが広がったのはありがたいが、身体的な疲労感は抜けない。力が出るどころか、船荷を担いで運ぶ日々の労働でだんだんへたってきている。なんだか亡霊にでもなった気分で、そのうち同僚の前で気絶して恥をかくんじゃないかと不安だ。

彼はまたアルバロを捜して相談する。「気分がすぐれないんだ。ここしばらくどうもね。医者を教えてもらえないか？」

「第七埠頭にクリニックがあって、午後は開業してる。いますぐ行ってこいよ。ここで働いていると言えば、金はかからんから」

第七埠頭への標識に従っていくと、はたして小さなクリニックがあり、そっけなく〈クリニカ〉とだけ書かれた看板が出ている。ドアは開いていたが、受付にはだれもいない。呼び出しブザーを押してみたが、鳴らないようだ。

「ごめんください！」と、大声を出す。「どなたかおられますか？」

しーんとしている。

彼はカウンターの奥へまわり、〈シルヒア〉と書かれたドアをコンコンとノックする。「すみませんが！」

ドアが開き、目の前に、白衣姿の赤ら顔の大男があらわれる。白衣の襟には、チョコレートの染みのようなものが盛大についている。汗だくだ。

「おじゃまします」シモンは言う。「先生ですか？」

「お入りなさい」男は言う。「そこに掛けて」と、椅子を指さすと、眼鏡をはずし、ティッシュでレンズをていねいに拭く。「ここの波止場で働いているんですか？」

「ええ、第二埠頭で」

「ああ、第二埠頭ね。それで、今日はどうされました？」

「ここ一、二週間、気分がすぐれないんです。これといった症状はありませんが、疲れやすく、たまにくらくらします。これはたぶん食生活のせいで、要するに栄養不足じゃないかと思うんです」

「どんな時にくらくらするんです？　一日の特定の時間帯ですか？」

「いや、時間はまちまちです。疲れると出るようです。最初に言いましたが、荷役をやってますんで、荷物の積み下ろしがあります。不慣れな作業なんです。一日に何度も、狭いタラップを歩かなくてはなりません。ときどき岸壁と船端の間のすきまを見おろして、岸壁に打ち寄せる波を見たりすると、くらくらっとなる。足を滑らせて転落し、どこかに頭を打ちつけて溺れてしまう気がするんです」

「それは栄養失調とは関係ない気がしますが」

「ないかもしれない。しかし栄養状態がもっと良ければ、こんな眩暈はものともしないんじゃないかと」

「以前にもそういう不安、転落して溺れるという不安に襲われたことは？」

「これはそんな心理学的問題じゃないんです、先生。わたしは港湾労働者で、きつい仕事をしている。一日中、重い船荷を運んでいるんです。動悸だってはげしくなる。体力的にはたえず一杯一杯だ。ときには身体がついてこないとか、挫けそうになるとかしても、自然じゃありませんか」

「もちろん、自然です。しかし自然なことであるなら、どうしてクリニックに来たのです？　医者のわたしにどうしろと？」

「胸の音を聴診しなくていいんですか？　貧血の検査は？　食生活に足りないものを話しあったりしなくていいんですか？」

「おっしゃるとおり胸の音は聴きますが、貧血の検査はできません。ここは医療機関というより、たんなるクリニックだ。港湾労働者むけの応急クリニックですよ。じゃ、シャツを脱いで」

彼はシャツを脱ぐ。医者は胸に聴診器をあて、天井に目を向けて音を聴く。息がニンニク臭い。

「胸のほうは問題ありません」しばらくして医者は言う。「健康な心臓です。長持ちするでしょう。仕事を再開してかまいませんよ」

彼は立ちあがる。「どうしてそんなことが言えるんです？　わたしは疲れ切っている。本来の身体じゃない。一日ごとに健康状態が悪化している。ここに着いたときには、こんなこと予想もしなかった。病気、疲労、鬱憤——そんなものがここの生活にあるとは思わなかった。なんだか自分が壊れてしまうような、嫌な予感がするんですよ。たんなる胸騒ぎじゃなくて、実際に身体で感じる予感です。だめになりそうだと、わたしの肉体があらゆる方法で信号を発しているんだ。問題ないだなんて、どうして言えるんです？」

答えは返ってこない。医者は聴診器をていねいに畳んで黒いバッグに入れ、抽斗にしまう。デスクに両肘をついて手を組み、その上に顎をあずけて、こう言う。「いいでしょう。あなたもこの小さなクリニックに奇跡を期待してきたわけではないでしょうな。もし奇跡を求めるなら、まともな検査施設のあるまともな病院へ行くはずだ。わたしにできることは、アドバイスぐらいです。しかもシンプルなアドバイス。つまり、下を見おろすな、ということ。下を見るからその眩暈の発作が起きるのでしょう。眩暈というのは医学的な症状ではなく、心理的な現象なんです。下を見ることが発作の引き金になっている」

「アドバイスはそれだけですか。下を見るな、と」

「いかにも。わたしにもわかる客観的性質をもつ症状があればべつですがね」

「いえ、そういう症状はないんです。なにひとつ」


「どうだった?」仕事場にもどると、アルバロが訊いてくる。「クリニックは見つかったかい?」

「見つかったし、医者にも相談した。上を向くように、とのことだ。目を上に向けてさえいれば、問題ないとね。しかし下を向いたら、落っこちかねない」

「じつに常識的な良いアドバイスじゃないか」アルバロは言う。「小難しい話もないし。まあ、一日休んで、養生したらどうだ?」


日々、〈ナランハス〉で買う新鮮な果物をとり、医者にも、心臓は丈夫だし長生きするに違いないとお墨付きをもらったにも拘わらず、ひどい疲労感は抜けない。眩暈もなおらない。タラップを歩くときには、「下を見るな」という医者のアドバイスに従っているものの、油でぬらぬらした岸壁に打ちつける波がたてる脅威的な音を耳から閉めだすことはできない。

「たかが眩暈だろう」アルバロは背中をぽんと叩いて励ましてくる。「眩暈を起こすやつなんて山ほどいるよ。精神的なもんなんだから良かったじゃないか。現実には無いものなんだ。気にしなければ、じきになくなるって」

そう言われても納得できない。この圧迫感が消えるとは思えないのだ。

「なんにせよ」と、アルバロ。「まんがいち滑って落ちても、溺れやしないさ。だれかが助けあげるからな。ああ、このおれが助けるよ。仕事仲間ってのはそのためにいるんだろ？」

「飛びこんでわたしを救出してくれるのか？」

「必要とあらばな。ロープを投げてもいい」

「たしかにロープを投げてもらう方が効率的だろうね」

アルバロはこのちょっとした嫌味を無視する。あるいは、気づいていないのかもしれない。「その方が現実的だな」

「われわれが荷揚げするのはこればかりなのか？　小麦のことだが」彼は改めて尋ねる。

「小麦のほかにライ麦も」アルバロは答える。

「いや、この船場で荷揚げするのはこういうものばかり、穀物ばかりなのか？」

「まあ、〝われわれ〟の意味によるな。第二埠頭は穀物の船荷専門なんだ。第七埠頭では、いろいろな種類の荷をあつかっている。第九埠頭に行けば、鋼鉄とセメントの荷揚げ。波止場をぶらついたことはないのかい？　散策というか？」

「それは、あるが。ほかの埠頭はいつ見てもひとけがない。いまもそうだろう」

「ああ、そりゃそうだろうよ。新品の自転車なんて毎日必要にならないんだから。新しい靴だって服だって、毎日は要らない。けど、食うほうは毎日だからな。だから、穀物はたんと要る」

「ということは、わたしが第七か第九埠頭に移ったら、もっと楽ができるわけだ。一週間丸ごと休みの場合もあるんじゃないか」

「そのとおり。第七か第九埠頭で働けば、もっと楽ができる。しかしフルタイムの仕事はないよ。つまり、概して第二にいたほうが暮らし向きはいい」

「なるほど。まあ、結局、ここに、この埠頭に、この港に、この街に、この国にいるのが一番ということだな。考えられうるあらゆる世界のなかで最良の場にいるのが、一番良いわけだし」

アルバロは顔をしかめる。「ここは、〝考えられうる世界〟なんかじゃない」彼は言う。「唯一の世界だ。そこが最高になるかどうかは、あんたやおれが決めることじゃない」

幾通りかの返答が頭に浮かぶが、口に出すのは控える。おそらく、唯一の世界であるこの世界では、嫌味など胸のうちにしまっておくのが賢明なのだろう。

第六章

アルバロは約束どおり、少年にチェスを教えてくれている。荷揚げの仕事が暇なときには、ふたりで日陰に入って、携帯用のチェス盤に向かいあい、ゲームに没頭する姿が見られる。

「坊やに負かされたよ」アルバロが報告にくる。「たった二週間で、おれより上手くなるとはなあ」

荷役のなかでは一番のインテリ、エウヘニオが少年の挑戦者として名乗りをあげる。「高速チェスでいこう。五秒以内につぎの手をさすこと。一、二、三、四、五秒だけだぞ」

見物人にとりまかれ、ふたりは高速チェスを始める。ものの数分で、少年はエウヘニオを隅に追いつめる。エウヘニオが自分のキングをつつくと、駒は横倒しになる。「次回の勝負はよく考えてからにするよ」彼は言う。「おまえ、悪魔的才能だな」

その夕方、シモンはバスの中で、さっきの一戦とエウヘニオのおかしなコメントについて話そうとするが、少年は口が重い。

「自分用のチェス盤を買ってほしいか？」彼は水を向けてみる。「そうすれば、部屋でも練習できるだろう」

少年は首を横に振る。「練習なんかしたくないよ。チェス、好きじゃないもん」

「けど、すごく上手いじゃないか」

少年は肩をすくめる。

「才能に恵まれた者は、それを世間に隠してはいけない」彼は食い下がる。

「どうして？」

「どうしてって？　それぞれが秀でたものをもっていると、なんというか、世の中がもっと楽しくなるからだよ」

少年はぶすっとして窓の外を眺めている。

「エウヘニオに言われたことで怒っているのか？　思い違いだよ。悪魔的って、彼はそんな意味で言ったんじゃない」

「怒ってないよ。チェスは好きじゃないっていうだけ」

「そうか、アルバロががっかりするだろうな」

翌日、ドックに見知らぬ男があらわれる。小柄で、見るからに筋肉質で、肌はよく灼けてこげ茶色をしている。目はかなり奥目で、鼻は鷹のくちばしのように長くて曲がっている。色あせたジーンズには機械油の染みが縞になり、革のブーツは傷だらけだ。

男は胸ポケットから紙切れをとりだして、アルバロに手わたし、無言のまま遠くを見つめている。

「いいだろう」アルバロは紙切れを見て言う。「今日と明日は一日がかりで、荷揚げ作業だ。支度ができ次第、列に入ってくれ」

新参者はさっきの胸ポケットから、こんどは煙草の箱をとりだす。まわりに勧めもせず、自分だけ火を点けて深々と喫(す)いだす。

「いいか」アルバロは言う。「船倉は禁煙だからな」

男は聞こえたそぶりもない。悠然とまわりを見まわす。風のない波止場に、煙草の煙が立ちのぼっていく。

アルバロが知らせるところによると、この男はダガ（短剣）という名だ。そう伝えられると、みんなそれ以外の呼び方はしなくなる。「新入り」とも「新米」とも呼ばない。

ダガは小柄なわりに力持ちだ。初めて背中に荷袋を落とされたときも、一ミリもふらつかない。機敏にしっかりした身ごなしで梯子を登っていき、タラップをすたすたと降りると、待っていた荷車に、なんの苦もなく大きな袋を積みあげてのける。とはいえ、一つ終わると、小屋の日陰に引っこんでしゃがみこみ、また煙草に火を点ける。

アルバロが男につかつかと歩み寄る。「休むんじゃない、ダガ。作業をつづけろ」

「ノルマは？」ダガが尋ねる。

「規定の数はない。日当制だから」

「一日五十袋」ダガが言う。

「いや、みんなもっと運ぶ」

「幾つぐらいだ？」

「五十よりは多いな。ノルマはない。それぞれが出来るだけ運ぶ」

「おれは五十だ。それ以上は断る」

「さあ、立てよ。どうしても煙草を喫いたいなら、休憩まで待て」

給金が支払われる金曜日のその午後、一触即発の事態になる。木板を載せた机代わりの台に、ダガが近づいていくと、アルバロは支払人のほうに屈みこみ、その耳に小声でなにか囁く。支払人はうなずく。そしてダガの目の前の台に給金を置く。

「なんだ、これは？」ダガが言う。

「働いた日数ぶんの給金だよ」アルバロが答える。

ダガはその硬貨をつかんだかと思うと、くだらんと言わんばかりに、いきなり支払人の顔に投げ返す。

「なんのつもりだ？」

「ネズミの駄賃か」

「ここの給金だ。それがおまえの稼ぎさ。みんな同じだ。われわれをネズミ呼ばわりする気か？」

男たちがまわりに集まってくる。支払人はそっと書類をまとめ、キャッシュボックスの蓋をしめる。

シモンは少年の手が脚をつかんでくるのを感じる。「あの人たち、なにしてるの？」少年はべそをかいている。血の気が引いて不安そうな顔。「けんかする？」

「まさか、大丈夫だよ」

「アルバロにけんかしないでって言って。お願い！」少年は彼の手を引いてくる。何度も、何度も。

「おいで、あっちに行ってよう」シモンは言って、少年を防波堤まで引っ張っていく。「ごらん！あそこにオットセイが見えるかい？　水面に鼻づらを出している大きいやつがオスだよ。男のオットセイ。その他の小さいのは、みんなオスの奥さんたちだ」

そのとき人だかりから、鋭い叫び声があがる。忙しない人々の動きがある。

「けんかしてるよ」少年がまた泣き声を出す。「けんかしないで！」

半円形にとりかこむ男たちの真ん中にダガがいる。腰を落とした姿勢で口元に薄ら笑いを浮かべ、片腕を前につきだしている。その手のなかで、ナイフの刃が光った。「さあ、来い」ダガはそう言って、ナイフで手招きをする。「次はどいつだ？」

アルバロが地面に座りこんで、背を丸めている。胸のあたりを押さえているようだ。シャツに血がひと条ついていた。

「つぎはどいつだ？」ダガはもう一度言う。みんな身じろぎもしない。ダガは身を起こしてナイフを畳むと、それを尻ポケットに挿しこむ。「へなちょこども！」彼はそう言うと、キャッシュボックスの金を数えて欲しいだけ持ちだし、せせら笑うようにドラム缶を蹴っ飛ばす。「ご自由におとりくださいってか」ダガはそう言うと、とりまいた男たちに背を向ける。そして悠々と支払人の自転車にまたがり、そのまま乗っていってしまった。

アルバロが立ちあがる。シャツの血は手から出たもののようだ。手のひらを一文字に切り裂いた傷から出血している。

この場で年かさの者というと、シモンだ。少なくとも、一番年上ではある。まとめ役を買って出るべきだろう。「医者が必要だな」彼はアルバロに言う。「おいで」と言って、少年に手招きをする。「さあ、アルバロを医者に連れていくぞ」

少年は身じろぎひとつしない。

「どうしたんだ？」

少年の口が動いたが、声は聞こえない。シモンは屈みこんで尋ねる。「どうしたんだ？」

「アルバロは死んじゃうの？」少年はかすれ声で訊く。全身をこわばらせて震えている。

「まさか。手のひらを切っただけだ。血を止めるのに絆創膏を貼ったほうがいい。おいで。医者に連れていけば、あとはお医者さんが手当てしてくれるから」

と言っているうちに、もうアルバロは他の荷役に付き添われ、医者に向かっている。

「アルバロ、けんかしてたよね」少年は言う。「けんかしたから、お医者さんに手を切り落とされちゃうんだ」

「馬鹿を言うな。医者は怪我人の手を切ったりしない。傷口を洗って絆創膏を貼るか、針と糸で傷口を縫うことになるかもしれないが。アルバロも明日には仕事にもどるし、そのころには今日のことはすっかり忘れているさ」

少年は射るような目で見つめてくる。

「嘘じゃない」シモンは言う。「きみに嘘を言うもんか。アルバロの怪我は大したことない。セニョール・ダガとかなんとかいうあの男は本気で斬りつけようとしたわけじゃないんだ。ちょっとしたはずみでね。ナイフが滑った。刃の鋭(とが)ったナイフは危険だよ。ナイフで遊んではいけないってことを、今日の教訓にしよう。ナイフをおもちゃにしていると、怪我につながる。アルバロは怪我をしたが、幸いひどくはなかった。そしてセニョール・ダガは去っていった。お金をとって姿を消した。もうもどってこないだろう。ここには合わない人だったのさ。自分でも身に染みたんだろう」

「シモンはけんかしちゃだめ」少年は言う。

「しないとも、約束するよ」

「絶対にけんかしちゃだめだ」

「けんかは性に合わない。それに、アルバロもけんかしてたわけじゃない。自分の身を守ろうとしただけだ。身を守ろうとして、うっかり手を切られてしまった」彼は片手を差しのべ、アルバロがどのように自己防衛をして切り傷をつくったか、わからせようとする。

「それって、けんかだよ」少年は一語一語を重々しく発しながら、最終決定をくだす。

「自己防衛はけんかじゃない。身を守るというのは人間の自然な本能なんだ。きみもだれかに殴られそうになったら、よけようとするだろう。咄嗟にそうするはずだ。ほら」

これまで少年と一緒にいて、手をあげたことは一度もない。ここで、だしぬけに手をあげて脅してみせる。少年は瞬きひとつしない。頰を打つ振りをしても、ぴくりともしない。

「なるほどな」シモンは言う。「きみの言うことを信じるよ」と言って、手をおろす。「きみの言うとおりだ。わたしが間違っていた。アルバロは自己防衛などすべきじゃなかった。きみのようにすればよかったんだ。毅然とすべきだった。さあ、クリニックへ、アルバロのようすを見に行かないか？」

アルバロは翌日、負傷したほうの腕を吊って作業場にあらわれる。昨日の出来事については話しあいたがらない。その雰囲気を察して、作業員たちもあえてふれない。ところが、少年だけはしつこく、「セニョール・ダガは自転車、返しにくる？」とシモンに訊いてきたりする。「ねえ、どうしてダガって呼ばれてるの？」

「いや、あの男はもう来ないよ」彼は答える。「わたしたちのことが好きじゃないんだ。ここでやってるような仕事が気に入らないんだろう。だから、もどってくる理由もない。ダガというのが本名かどうかもわからない。しかしどうでもいいだろう。名前なんか大した問題じゃない。あの男がダガと名乗りたいなら、名乗らせておくさ」

「でも、どうしてあの人、お金を盗んだの？」

「〝盗んだ〟わけではないだろう。盗みというのは、だれも見ていないうちに、他人のものをこっそり取っていくことだ。あの男がお金を取っていく一部始終を、みんな見ていたじゃないか。止めることもできたはずだが、そうしなかった。われわれは彼とけんかしない道を選んだんだ。黙って行かせることにした。きみだって認めるだろう。けんかしちゃだめと言っているのは、ほかならぬきみなんだから」

「あの人がもっとお金をあげればよかったのに」

「あの人って、支払人のことか？　支払人はあの男が欲しがるだけ渡すべきだったと？」

少年はうなずく。

「それは無理な話だ。それぞれに欲しがるだけ払っていたら、すぐにお金がなくなってしまう」

「どうして？」

「どうしてって？　人間というのは決まって相応以上に要求するものだから。それが人間の本性なんだよ。なぜなら、自分の価値以上のものを欲しがるのが人間だからだ」

「人間のホンショウって？」

「人間はそのように造られているってことさ。きみもわたしもアルバロもセニョール・ダガも、他の人たちも。生まれながらにそうなっているということ。この世に生まれてくるときには、もうそんなふうになっているってことさ。人間みんなに共通するものってことだ。われわれはそれぞれ自分が特別だと思いたがるだろう。でも、厳密にいえば、そんなことはあり得ないんだ。だれもがみんな特別な存在だったら、むしろ特別さなんて残らなくなるだろう。それでも、われわれは相変わらず自分の力を信じようとする。暑くて埃っぽい船倉に降りていって、船荷を背中にかつぎ、陽の光のなかへと引き揚げ、同僚たちも苦労して作業しているのを目にする。全員、まったく同じ作業だ、特別なことはなにもない。それでも同僚を、自分たちを誇らしく思うわけだよ。同じひとつの目的をもって一致団結して労働する同志を。とはいえ、心の片隅では、こっそりと自分の耳に囁く。**それでも、それでも、あんただけは特別なんだ、じきにわかるさ！　ある日、思いもよらぬときに、アルバロのホイッスルが鳴り響き、船場に作業員たちが招集され、大きな人だかりができ、そのなかには、黒いスーツを着てシルクハットをかぶった一人の男がいる。黒スーツの男はあんたを前に呼び招き、こう言う。『見よ、この比類なき労働者を。じつにすばらしい男だ！』そうして男はあんたと握手をして、胸にメダルを付けてくれるだろう。『予想以上の働きに対して』とメダルには記されている。すると、みんなは拍手喝采して——**

　まあ、そんな夢を抱くのも人間の本能なんだ。ふつうは胸にしまっておいたほうがいいけれどね。われわれみんなと同じで、セニョール・ダガも自分は特別だと考えた。ところが、その考えを胸にしまっておかなかった。自分ひとりが選ばれたがった。個人的に認められたかったんだな」

　シモンはそこで言いよどむ。少年の顔には、さっぱりわからないと書いてある。今日に限って妙にものわかりがわるいのか、たんに強情を張っているだけなのか？

「セニョール・ダガは褒められて、メダルをもらいたかったんだよ」シモンは言う。「夢に見たメダルをもらえなかったから、代わりにお金を取ったんだ。自分にふさわしいと思うものを取った、というだけのことさ」

「あのおじさんはどうしてメダルをもらえなかったの？」少年は訊く。

「だって、だれもかれもメダルがもらえたら、メダルの価値がなくなってしまうじゃないか。それに、メダルというのは勝ち取るものなんだ。ある種、お金と同じでね。欲しいからといってもらえるものじゃない」

「ぼくならセニョール・ダガにメダルをあげるのに」

「そうか、だったらきみに給料支払人になってもらおう。そうすれば、みんなメダルがもらえて、欲しいだけ給金ももらえて、翌週には金庫はすっからかんだ」

「金庫にはいつもお金が入っているよ」少年は言う。「だから、金庫って言うんでしょ」

シモンはお手上げという身振りをする。「ふざけるなら、もうなにも言うまい」

第七章

ふたりがセンターの門をくぐってから数週間後、〈ミニステリオ・デ・レウビカシオン〉（移転省）のノビージャ支局から手紙が届き、シモンとその家族にはイースト・ヴィレッジのアパートメントが割り当てられたこと、つぎの月曜日にはもう入居が可能である旨を知らせてくる。

イースト・ヴィレッジは通称「東アパート地区（イーストブロックス）」、緑地の東側に広がる地域で、アパートメントが何棟も集まって建ち並び、棟と棟の間には広々とした芝生がある。彼とダビードはこの地区も、ここと一対になったウエスト・ヴィレッジも、すでに探索ずみだった。ヴィレッジを形成する各アパートは寸分違わぬ造りで、すべて四階建てである。各階には六室あり、どの部屋も中庭の広場に面している。広場には、児童公園とか、子ども用の浅いプールとか、駐輪場とか、洗濯物の干し場などの共有アメニティが備えられている。一般に、ウエストよりイーストのほうが望ましいとされており、そちらに送られるのだから好運と思っていいだろう。

センターからの引っ越しは楽なものだ。持ち物はあってないようなものだし、転居を知らせるような友人知人もいない。センターでの隣人といえば、片側の隣室の住人はガウン姿で独り言をいいながらよろよろ歩いている老人だし、反対側には、世間づきあいをしないカップルが入っていて、シモンの話すスペイン語が理解できない振りをしている。

アパートの二階にある新しい部屋は、お世辞にも広いとは言えず、備え付けの家具もまばらにしかない。ベッドが二台、テーブル一つと椅子が何脚か、チェスト一つ、スチール棚一つ。ささやかな続き部屋には、電気コンロ台、水道付きの洗面台。引き戸を開けると、シャワーとトイレがある。

アパート地区での初めての夕食に、彼は少年の好物であるパンケーキを焼き、ジャムとバターを添えて出してやる。「ここはなかなか良さそうだな、どうだい？」彼は少年に話しかける。「われわれの人生の新しい章が幕を開けるぞ」

先日からあまり体調が良くないとアルバロには言ってあったので、何日か休みをもらうにも引け目は感じなかった。生活費を差し引いても稼ぎにはゆとりがあり、金の使い道もたいしてないし、なんの当てもなくへとへとになるまで働いても仕方がない。それに、すぐにできる仕事を探している新来者はいくらでもいるから、ドックで自分の穴を埋めてくれる荷役は難なく見つかるはずだ。そんなわけで、朝はときにベッドで二度寝をしたり、新居の窓から射しこむ暖かな日射しを楽しんだりしながら、ごろごろしているだけのこともある。

いや、つぎに備えて気を引き締めているんだ。彼は自分に言い聞かせた。**この冒険のつぎの章に備えているんだ。**つぎの章の幕開けまでに、少年の母親を捜しだすつもりだ。どこから始めたらいいのかすらわからないが。**そこにエネルギーを集中しよう。まずは計画を練ろう。**

そうして彼がくつろいでいる間、少年は外の砂場かブランコで遊ぶか、鼻歌など歌いながら洗濯物の干し場をうろちょろしている。乾きかけのベッドシーツに繭のようにくるまっては、くるくる回ってまたシーツの中から出てくる。この遊びに飽きることがないようだ。

「きみが洗い立ての洗濯物で遊んでいるのを見たら、お隣さんたちもいい気分はしないだろう。なにがそんなにおもしろいんだい？」と、彼が訊くと、

「あの匂いが好きなんだ」と、答えが返ってくる。

それを聞いたシモンも、中庭のむこうの干し場に行った折りに、シーツに顔を押し当てて、深く息を吸いこむ。清潔で、温かで、ほっとするような匂い。

その日、アパートにもどって、窓の外をちらりと見ると、少年はどこかのもう少し大きな男の子と、芝生に顔と顔を寄せて寝ころがっている。ふたりは仲良く会話を交わしているようだ。

「新しい友だちができたみたいだな」彼は昼食の席で言う。「だれなんだい？」

「フィデルだよ。バイオリンを弾くんだ。自分のバイオリンを見せてくれたよ。ぼくにもバイオリン買ってくれる？」

「あの子もアパート地区に住んでいるのか？」

「うん。ねえ、ぼくにもバイオリン買ってくれる？」

「そうだな、ちょっと考えてみよう。バイオリンは高いんだ。それに先生も必要だ。そのへんでバイオリンを買ってきても、すぐに弾けるわけじゃない」

「フィデルはお母さんに習ってるんだ。ぼくにも教えてくれるって言ってたよ」

「新しい友だちができたのは良いことだ。わたしもうれしいよ。バイオリンの稽古については、まずわたしがフィデルのお母さんと話をしてからにしよう」

「じゃ、いまから行く？」

「まあ、急ぐな。きみの昼寝の後にしよう」

フィデルのアパートは中庭の反対側にある。ノックしないうちに、ドアがさっとひらき、フィデルが目の前にあらわれてにこにこしている。体格のいいくせっ毛の男の子だ。

うちの部屋より大きいわけでも、陽当たりが良いわけでもないのに、そこには人を迎える温かな雰囲気がある。桜の花柄の明るい色のカーテンのせいかもしれない。ベッドカバーも同じ柄だ。

フィデルの母親が進みでてきてあいさつする。痩せぎすの、「窶れた」と言ってもいいような若い女性であり、出っ歯で、髪の毛をきつく後ろにひっつめている。彼女の姿を見たとたん、なぜか、なんとなくがっかりした自分がいる。

「ええ、そのとおりです」母親は言う。「フィデリートと一緒にバイオリンのお稽古をしましょうと、息子さんを誘ったんです。資質ややる気はようすを見て、追々判断すればいいでしょう」

「それはご親切にありがとう。じつはダビードは実の息子じゃないんです。わたしには子どもがいませんで」

「では、ご両親はどちらに？」

「この子の両親はですね……ちょっと答えるのが難しいんだが……もう少し時間があるときにご説明します。それで、そのお稽古ですが、この子にも自分のバイオリンが要りますか？」

「初心者は、ふつうリコーダーから始めます。フィデルも」と、母親は息子を引き寄せて、愛おしげに抱きしめる。「フィデルも一年間、リコーダーを習ってからバイオリンの稽古に入りました」

彼はダビードのほうを向いて言う。「聞いたかい、坊や？　まずはリコーダーを練習して、その後にバイオリンだ。いいね？」

少年は顔をしかめ、新しい友人のほうをちらりと見て黙りこんでいる。

「ちょっとやそっとのことじゃ、バイオリンは弾けるようにならない。それだけの覚悟がないと、だめだぞ」彼はそう言ってから、フィデルの母親のほうを向いて、「ところで、レッスン代はいかほどになりますか？」と訊く。

母親はびっくりした顔をする。「お代はいただきません。音楽のためにしていることです」

彼女の名前はエレナという。微妙に意外な名前だ。マヌエラとかルルドといった名前を期待していたのかもしれない。

その後、フィデルと母親を誘い、前にアルバロに勧められた〈新しい森〉へバスで出かける（アルバロいわく、昔はプランテーションだった場所だが、いまは草木が伸び放題で原生林にもどっちまってる――きっと気に入ると思うよ）。バス停から、男の子ふたりは駆けっこで小径をどんどん先へ行き、彼とエレナはその後ろをゆっくりとついていく。

「生徒さんは多いんですか？」彼はエレナに尋ねる。

「いえ、本式に教室をひらいているわけではないので。基礎を教えている子が何人かいるだけです」

「でも、お金をとらずにどうやって生活してるんです？」

「裁縫の仕事をしているんです。あれやこれや、やってます。少額ですけど、補助金ももらっていますし。充分暮らしていけます。お金より大事なことがありますから」

「音楽の向上、ということですね？」

「ええ、音楽も大事ですが、人がどう生きるかということ。どう生きるべきかということです」

模範的な、まじめな、哲学的な回答である。彼はいっとき、なにも返せずにいる。

「人に会う機会は多いですか？」彼はそう尋ねる。「つまり、その——」訊きにくいところだが、ずばり、「男性とのつきあいはありますか？」と訊く。

エレナは顔をしかめる。「友人ならいます。女性の友だちも、男性の友だちも。とくに分け隔てしませんが」

森の小径がぐっと狭くなる。エレナが先に行き、彼は後ろから、彼女の腰が揺れるのを見ながらついていく。女性はもっと肉付きのよいタイプが好みだが、それでもエレナのことは気に入っている。

「わたしからすると、男女の別というのは無視できませんね。無視したいとも思わない」彼は言う。

エレナは歩調をゆるめて彼を待ち、顔をまっすぐに見る。「人はだれしも、自分にとって重要なものは無視すべきではないでしょう」と言う。

先へ行っていた男の子ふたりが引き返してくる。さんざん駆けて息をきらし、輝くばかりに健康そうだ。「なにか飲む物ある？」フィデルがねだってくる。

帰りのバスの中でようやくエレナとまた話す機会がもてる。

「あなたの場合はわからないが」と、彼は言う。「わたしの心の過去は死んでいない。細かい点はぼやけてしまっても、かつての暮らしの感覚はいまも鮮やかに残っているんだ。たとえば、男と女の問題とか。そんな考え方は超越したとあなたは言うが、わたしはそうはいかない。自分はいまだに男だと思うし、あなたには女性を感じる」

「そうですね、男性と女性は違うものです。違う役割がありますし」

前の座席に座る男の子ふたりはなにかひそひそ話をして、くっくっと笑っている。彼がエレナの手をとると、エレナは手を引っこめようとはしない。とはいえ、身体が発するなんとも言えないサインがあり、手は答えを伝えている。彼に握られたその手は水からあがった魚のように生気がない。

「ひとつ訊きたいのだが。いまのあなたはもう、男になにか感じたりしないとか？」

「なにも感じない、なんてことは、ないですよ」エレナは言葉を選んでゆっくりと答える。「それどころか、好意を、大いに好意を感じます。あなたにも息子さんにも。親しみと好意を」

「好意というのは、〝どうぞお元気で〟みたいなことかな？　意味をつかみかねているんだが。われわれに善意を抱いていると？」

「ええ、そのとおりです」

「なるほど、善意か。じつを言うと、ここではそれに始終出くわす。みんなわれわれの無事を願ってくれるし、進んで手助けもしてくれる。わたしもあの子も、間違いなく数多の善意に支えられて生きている。とはいえ、善意の中身はいまだに漠然としているんだ。はたして善意だけで人間は満足できるんだろうか？　人間の本質には、もっと形あるものを求める性があるんじゃないか？」

エレナはそろりそろりと手を引き抜く。「あなたは善意以上のものを求めているのかもしれませんが、それは善意より良いものでしょうか？　ご自分の胸によく訊いてみるといいですよ」と、そこで口ごもった。「それはそうと、ダビードのことをいつまでも〝あの子〟と呼ぶんですね。名前を呼んだらいかがですか？」

「ダビードというのは入国地のキャンプで与えられた名前なんだ。本人は気に入っていない。自分の本当の名前じゃないからって。だから、どうしても必要な時しか使わないようにしているんだ」

「でも、名前を変えるのなんて簡単ですよ。登録局に出向いて、名前変更届けを書いて出せばいいんです。それで手続き終了です。とくになにも訊かれません」そう言って、エレナは前に身を乗りだし、「ところで、あなたがたふたりはなにをひそひそ話しているの？」と、男の子たちに尋ねた。

彼女の息子はにっこりと微笑みかえし、口元に指をあてて、いかにも内緒話をしている振りをする。

四人はアパート地区の外でバスを降ろされる。「お茶にお招きしたいところなのですが」とエレナ。「でも、あいにくもうフィデリートのお風呂と夕食の時間なので」

「そうですか。それじゃ、フィデル。散歩につきあってくれてありがとう。おかげで楽しい時間を過ごせたよ」

「きみとフィデルは気が合うようだね」ふたりきりになると、彼は少年にそう言う。

「うん、ぼくの親友だよ」

「だったら、フィデルはきみに好意を抱いているんだね？」

「好意、いっぱいだよ」

「きみのほうはどうだい？　彼に好意を持っているかい？」

少年はぶんぶんとうなずく。

「好意以外の気持ちは？」

少年はきょとんとした顔をする。「ないよ」

幼子や乳飲み子の口から真実が語られる、か（元は讃美歌より。無垢な子どもが世の真実を言い当てる驚きを表現する）。好意は友情や幸福をもたらし、緑地でのなごやかなピクニックや、昼下がりの森でのなごやかな散策につながる。ところが、愛を抱くと――少なくとも、性急な愛の顕現を求めると、欲求不満やら疑心やら傷心やらが生じてくる。と、まあ、そんな単純な話だ。

そもそも自分はエレナをどうしようというのだろう。この子の新しい友だちの母親だというだけの、ろくに知りもしない女を？　口説こうというのか？　男と女は誘惑しあうものだと、記憶のどこかで思いこんでいるから？　つまり自分は普遍のもの（好意とか善意とか）よりも、個人的なもの（欲望とか愛とか）の方が優位にあると言い張っているわけか？　だいたいどうしてこんな自問ばかり繰り返して、他のみんなみたいに無心で生きていかないんだ？　それもこれも、旧来の快適な（個人的な）生活から、新しい不安定な（普遍の）生活へと移行するのに、のろのろ手間どっているだけじゃないのか？　こういう自問自答の堂々めぐりは所詮、どの新来者も経験する成長過程のひとつであって、アルバロもアナもエレナもそういう段階をめでたく卒業したということでは？　もしそうだとしたら、自分は新しい人間として完成するのに、あとどれぐらいかかるのだろう？

第八章

「この間、あなたは善意について話していたね。人間の病を癒す万能薬としての善意というか」彼はエレナに言う。「しかし、昔ながらの素朴な肉体的ふれあいが恋しくなることはないのか？」

ふたりは緑地におり、隣のフィールドでは騒々しいサッカー試合が同時に六つほどおこなわれている。フィデルとダビードもプレイするにはまだ幼すぎたが、試合の一つに参加させてもらっていた。ふたりとも他のプレイヤーがどどっと走るのにくっついて律儀にフィールドを行き来していたが、彼らにボールがパスされることは決してない。

「子育てをしていれば、体のふれあいはありますし」エレナはそう答える。

「わたしの言う肉体的ふれあいとは、もっと違うものだ。愛し、愛されること。毎晩、だれかと寝るようなことだ。恋しくならないのかな？」

「わたしがですか？　わたしは過去の記憶に悩まされるタイプの人間じゃないんですよ、シモン。あなたの言うそれは、はるか大昔のことに思えます。それに、〝だれかと寝る〟というのがセックスの意味だとしたら――あれもずいぶん妙な習慣ですよね。よくあんな妙なことに夢中になりますよね」

「しかしセックスほど人と人を近しくするものもないだろう。セックスをすれば、わたしたちふたりの距離も近くなるはずだ。いや、たとえばの話だが」

エレナは顔をそむける。「フィデリート！」と、大声で息子を呼んで手招きをする。「いらっしゃい！　もう帰りますよ！」

彼女が頬を赤らめているのは、思いすごしだろうか？

正直なところ、エレナにはそこそこの魅力しか感じていない。骨ばった体型、頑丈そうな顎も、出っ歯も好みでない。とはいえ、自分は男であり、彼女は女であり、子どもたちが仲良くなれば、当然ふたりも懇意になる。だから、毎回体よく追い払われても、そこそこのちょっかいは自ら良しとしていた。エレナを怒らせず、楽しませる程度なら。ときおり、ひょんな好運からエレナをこの腕に抱き寄せる図を夢想している自分に否応なく気づく。

そんな好運は、停電という形で訪れる。この町では、停電は珍しいことではない。ふつうは停電の一日前に通知があり、偶数番地か奇数番地のどちらかが停電する。アパート地区であれば、シフト表にしたがって該当する棟が全館停電となる。

しかしながら、くだんの夕方は前もっての通知がなく、いきなりフィデルがドアをノックしてくる。うちの部屋の電気が切れちゃったから、ここで宿題をやってもいいですか、というのだ。

「食事は済んだのかい？」

そう尋ねると、フィデルは首を横に振る。

「お母さんと一緒にうちで夕食を食べていきなさい。すぐに家にもどって、お母さんに言っておいで」

といっても、パンとスープだけの簡素な夕食しか出せない（スープは大麦とカボチャを缶入りの豆と一緒に煮こんだものだが、スパイスを売る店がまだ見つかっていなかった）ものの、いちおう恰好はついたろう。フィデルの宿題はすぐに片付く。男の子たちは絵本をひらいておとなしくしていたが、そのうちフィデルはことんと寝入ってしまう。

「フィデルは赤ちゃんのころからこうなんですよ」エレナが言う。「こうして寝てしまったら何があっても起きないんです。抱いて帰って、寝かせます。どうもごちそうさまでした」

「あんな真っ暗のアパートに帰すわけにはいかないよ。泊まっていきなさい。フィデルはダビードのベッドを半分使えばいい。わたしは椅子で寝るから。慣れているんだ」

椅子で寝慣れているというのは嘘で、そもそも背のまっすぐなキッチンチェアで寝ることが人間に可能なのか疑わしい。でも、エレナに断るチャンスを与えてはいけない。「バスルームの場所はわかるね。はい、タオル」

彼がバスルームを出るころには、エレナはもう彼のベッドに入っており、子どもたちも並んで休んでいた。予備の毛布にくるまって、電気を消す。

しばらくは沈黙がつづく。あるとき暗闇から、エレナの声が聞こえる。「寝にくければ、というか寝にくいでしょうから、こっちにスペースつくりますけど」

彼はエレナの隣にすべりこむ。もの静かに、つつましく、ふたりはセックスをとりおこなう。腕が届くぐらいの距離で眠っている子どもたちを起こさないよう注意を払いながら。

それは彼が望んでいたようなものではない。エレナに気持ちが入っていないのは、すぐにわかった。彼のほうもはけ口のない欲求が溜まっているかと思いきや、それは妄想だったようだ。

「わたしの言うことがわかったでしょう？」事が済むと、エレナは声をひそめて言う。指で彼の唇をなでながら。「ふたりの仲は進展していませんよね？」

そうだろうか？　この経験を肝に銘じ、かつてエレナがしたように、セックスに別れを告げるべきなのか？　そうかもしれない。とはいえ、目の覚めるような美女でなくとも、女性を腕に抱いているだけで気持ちが高揚する。

「あまり同意できないな」彼も小声で返す。「それどころか、大間違いだと思うね」いったんそこで口をつぐむ。「この新生活を得るために、われわれは高すぎる代償を払っているんじゃないか、つまり忘却という代償だが、そんなふうに自問したことはないか？」

エレナはなにも答えず、下着をつけなおしてむこうを向いてしまう。

ふたりは一緒に暮らしているわけではないが、こうしてひと晩を共にしたのだし、彼のほうは自分とエレナを夫婦、あるいは結婚を控えた男女と思いたくなってくる。そうなると、ふたりの男の子は兄弟または義兄弟というわけだ。四人で夕食をとることがだんだん習慣化してくる。週末には四人で買い物に出かけたり、ピクニックに行ったり、郊外まで遠出をしたりするようになる。あれ以来、エレナとひと晩すごしたことはないが、子どもたちがいないときには、ときおりセックスするのを許してくれる。彼女のお尻は痩せて骨がつきでていたし、バストも貧弱だったが、そういう身体にもだんだん慣れてくる。むこうはさっぱり色っぽい気分にならないようだ。その点ははっきりしているが、彼は自分の性交は、じっくりと辛抱強く蘇生をほどこす行為——実質上、死んだ女の身体にもう一度命を吹きこむ作業だと思いたがる。

彼女のほうから誘ってくる際には、媚態のようなものは微塵もない。「もししたいなら、いまできますけど」などと言い、ドアを閉めて衣服を脱ぐ。

昔ならこんな木で鼻をくくるような態度には興ざめだったろうし、彼女の不感症状態には屈辱を感じただろう。けど、いまの彼は萎えたり屈辱を感じたりしないことにしている。むこうの提供してくれるものを頂く。なるべく意欲的に、かつありがたく。

エレナはたいていこの行為を端的に「する」と表現するが、ときどきこちらをからかいたくなると、「デスコンヘラ」というスペイン語を使う。「解凍する」という意味だ。「もしなんなら、またわたしを解凍したら」のように。これは彼が前に「きみを解凍させてくれ！」などと、うっかり使ってしまったもので、氷を融かして生き返らせるという考えがうけて、いつまで経ってもおかしいらしい。

そんなふたりの間にも、育つものはあった。それは親密さとは違うかもしれないが、ある種の友情で、彼にはきわめて揺るぎない確かなものに感じられる。子どもたちの友人関係と、共に過ごした多くの時間を礎にふたりの間になにがしかの友情が育ったのか、あるいは、「する」ことがひと役買ったのかどうか、それはよくわからない。

この新世界では、こうして家族が形成されていくんだろうか？　愛情ではなく友情を基盤として？　女性とただの友だちでいるというのは、彼にとってなじみのない状況ではある。しかし利点があるのもわかるし、および腰ながら、楽しむことすらできる。

「フィデルの父親のことを聞かせてくれないか」そうエレナに頼んだこともある。

「それが、よく憶えてないんですよ」

「けど、あの子にも父親がいたはずだろう」

「ええ、それはもちろん」

「わたしにどこか似ていたところは？」

「どうでしょう。なんとも言えませんね」

「あくまで仮説だが、わたしのような人間を夫にすることは考えられるかな？」

「あなたのような人をですか？　あなたみたいな、どういう人のことです？」

「いや、だから、わたしのような人間と結婚する気があるかということで……」

「つまり、あなた独特の物言いで、わたしと結婚してくれないか？と訊いているのなら、答えはイエスです。はい、結婚します。フィデルとダビード、どちらのためにも良いでしょう。いつしたいですか？　だって、役所の戸籍登記課は平日しか開いていないですよ。仕事の休みはとれるんですか？」

「とれるとも。うちの親方はじつに理解があるんだ」

　この奇妙な申し入れと、それにつづく奇妙な承諾（これについては、彼が口もはさまないうちに済んでいたが）があった後、なんだかこちらを窺うような視線をエレナに感じるようになり、ふたりの関係に新たな緊張が生じたようだ。とはいえ、申し入れをしたことを悔やんではいない。こうして自分の道を見つけつつあるわけだ。新しい人生を切り開きつつある。

「どうだろうな」あるとき彼はエレナに尋ねてみる。「たとえば、わたしがよその女性と会ったりしたら、どう思う？」

「〝会う〟というのは、セックスをするという意味ですか？」

「かもしれない」

「それで、だれを念頭に置いているんですか？」

「いや、具体的にだれというのではなく、可能性を模索しているだけだ」

「模索？　あなたも身を固める頃合いなんじゃありません？　もう若くないんだし」

彼は黙りこむ。

「よその女性に会ったらどう思うか、ですか。回答は短縮版と完全版のどちらにします？」

「完全版で頼むよ。めいっぱい完全なやつで」

「いいでしょう。わたしたちの友好関係は子どもたちにとってもプラスに働いてきました。この点はいいですね。彼らは親しくなって、わたしたちを保護者として見るようになった。もっと言えば、ひと組の保護者として。だから、わたしたちの友好関係が終わりを迎えれば、ふたりにも悪影響がある。ですから、あなたが他の女性たちと会う仮説を立てるからといって、それだけで関係を終わらせる理由は見当たりません。

　とはいえ、あなたはわたしにしたのと同種の試みをその女性にも実践したがるのではないか、そうしてその女性との試みがつづくうちに、フィデルとわたしから離れていくのではないか、そんな疑いも抱きます。

　それゆえ、あなた自身に理解しておいてもらいたいことを、この際はっきり言っておきます。そのよその女性に会いたがるのは、あなたが自分に必要だと感じるもの、すなわち荒れ狂う情熱をわたしが提供できないからでしょう。友情だけでは物足りないのでしょう。あなたにとって、烈しい情熱を伴わない関係は不完全なものなのです。

わたしからすると、それは古い考え方に聞こえますね。旧世界の考え方では、どれだけ多くを手にしようと、なにがしか足りないものが常に出てくるんです。この足りないもの、この〝もっとなにか〟をいまのあなたは情熱と名づけるでしょう。けど、もし明日、自分の望む情熱を充分に与えられたら——それこそバケツ一杯の情熱を——たちまち、あなたはまた別ななにかが足りない、欠けていると言いだしますよ。ええ、きっとそうです。わたしに言わせれば、どこまでいっても癒えないこの不満、なにかが足りない、〝もっとなにか〟欲しい、と求めてやまない思考法こそが、わたしたちの捨て去るべきものなんです。足りないものなんてなにもないんですよ。なにもないのにあなたは足りないと思っていますが、それは幻なんです。あなたは、いわば幻の人生を生きているんです。

さて。完全版の回答をというので、そのように答えました。これで充分ですか、それともまだもっと聞きたいですか？」

この完全版回答を得たのは、暑いぐらいの日だ。ラジオの音が低く鳴っている。ふたりはアパートのベッドに、しっかり服を着た状態で横になっている。

「わたしからすれば——」と、彼は抗弁を始めようとするが、エレナがさえぎる。「シッ。もう話はよしましょう。少なくとも今日のところは」

「どうしてだ？」

「つぎは言い争いになるでしょうし、それは嫌だから」

というわけで、ふたりは口をつぐみ、無言で隣りあわせに横たわりながら、中庭の上空を旋回して啼くカモメの声を聴き、遊びに興じるダビードとフィデルの笑い声を聴き、ラジオから流れる音楽を聴く。どこまでも淡々とつづくそのメロディアスな曲にかつては心慰められたものだが、今日は苛々するばかりだ。

さっきはこう言いたかったのだ。「わたしからすれば、ここの生活はあまりにおだやかで味気ない。浮き沈みもなければ、ドラマやテンションにも欠け――実際のところ、ラジオのこの曲にそっくりだ。スペイン語でアノディナ（鎮痛剤）というんだったかな？」

いつかアルバロに、どうしてラジオにニュース番組がないのか訊いたことを思いだす。「ニュースって、なんのニュースを伝えるんだ？」アルバロは訊き返した。「世界で起きていることのニュースさ」彼はそう答えた。「へえ。なんか起きてるのか？」アルバロはそう言った。いつかと同様、皮肉なのかと勘ぐってみた。ところが、どう考えても、皮肉には聞こえなかった。

アルバロは皮肉を言う柄ではない。エレナも同じだ。エレナは知的な女性だが、世界にひそむ二重性とか、ものごとの仮象と実在の違いなどというものは目に入らない。知的かつ尊敬すべき女性であり、針仕事と音楽教室と家事というきわめて乏しい素材から、りっぱに新生活をつくりだし、その生活にはなにも欠くところがないと――正当な？――主張をしている。アルバロも船場の荷役たちも同じだ。密かな渇望みたいなものは感じられないし、別種の人生への憧れもないようだ。自分だけが例外なのか。自分だけが満足せず、適応できていない。一体なにがいけないんだろう？エレナが言うように、考え方や感じ方が古いだけなのか？　古い考えはまだ自分のなかで死に切れていないものの、すでに断末魔の苦しみでのたうち回っているに違いない。

この世界では、ものごとに然るべき重みがない。結局のところ、エレナに言いたいのは、そこなのだ。聞こえてくる音楽も重みを欠いている。われわれのするセックスも重みがない。毎日の食べ物、あのわびしいパン食も、ちっとも食べごたえがない――獣の肉というずっしりした身を伴わず、その食べ物の背後にある殺戮と命の犠牲という由々しさがないのだ。それに、われわれの話す言葉からして重みがないではないか。学習したスペイン語は心の底から出てきたものではない。

ラジオの曲は品のいいエンディングを迎える。彼は起きあがる。「もう行かないと。いつか、自分は記憶に悩まされるタイプの人間じゃないと言ったね。憶えているかい?」

「そんなこと言いました?」

「ああ、言ったよ。公園でサッカーの試合を見ているときだ。まあいい、わたしはきみとは違うんだ。記憶、あるいは記憶の影に悩まされる。そうだな、ここに来るまでに〝きれいに洗い流して〟くるべきなんだろう。確かにそのとおりだ。思いだすと言っても、大した記憶のレパートリーがあるわけじゃない。それでも、その影がつきまとうんだ。それに悩まされている。そうでもなければ、〝悩まされる〟なんていう言い方はしない。記憶の影に、わたしは自分からしがみついている」

「良いんじゃないかしら」エレナは言う。「いろんな人がいて、世界ができあがるんだし」

フィデルとダビードが顔を上気させ、汗まみれになって、元気いっぱいに、部屋に駆けこんでくる。「ビスケット、ある?」フィデルがねだる。

「食器棚の瓶に入っているでしょ」エレナが言う。

少年ふたりはキッチンに消える。「ふたりとも、楽しい?」エレナが声をかける。

「あむ」と、フィデル。

「なら、けっこうよ」と、エレナは言う。

第九章

「音楽のレッスンはどんな調子だい？」彼は少年に訊く。「楽しいか？」

「うーん。知ってる？　フィデルは大きくなったら、小さな、小さなバイオリンを自分で買うんだって」と言って、ダビードはバイオリンの小ささを手で示す。手幅、たったの二つぶんぐらいだ。

「それで、サーカスでピエロの衣裳を着て、そのバイオリンを弾くんだって。ぼくたちもサーカス、見にいける？」

「こんど町にサーカスが来たら、みんなで見にいこう。そうだ、アルバロもエウヘニオも誘ってみよう」

少年はふくれ面をする。「エウヘニオは来なくていいよ。ぼくのこと、いろいろ言うから」

「あのことしか言ってないだろう。『おまえ、悪魔的才能だな』というのは、べつに悪魔とは関係ないんだ、ものの喩えなんだよ。きみにはすごいひらめきの力があるからチェスが上手い、という意味だ。チェスの鬼っ子というか」

「エウヘニオは好きじゃないよ」

「わかった、彼は誘わないようにしよう。音楽のレッスンでは、音階以外にはどんなことを習っているんだい？」

「歌とか。ぼくの歌、聴きたい？」

「ぜひ聴きたいな。エレナが歌唱指導もしているとは知らなかった。彼女には意外な面がつぎつぎと出てくるな」

ふたりはバスに乗って、市街から郊外へと向かっている。他にも乗客はいるが、少年は臆せず歌いだす。幼子の澄んだ声が響く。

Wer reitet so spät durch Dampf und Wind?
Er ist der Vater mit seinem Kind;
Er halt den Knaben in dem Arm,
Er füttert ihn Zucker, er küsst ihm warm.
（湯気と風をきり　馬で駆けて行くのはだれだ？
それは　父と幼子
父は幼子を腕に抱え
お菓子をあたえキスをする
ゲーテ詩／シューベルト作曲「魔王」のようだが所々とんちんかん）

「ここまでなんだ。歌詞はぜんぶ英語なんだよ（少年の勘違いでドイツ語）。ぼく、英語習える？　もうスペイン語、話したくない。スペイン語はきらいだ」

「きみはスペイン語が上手じゃないか。それに歌もみごとだ。大きくなったら、歌手になれるかもしれないな」

「いやだよ、ぼくは大きくなったら、サーカスの奇術師になるんだ。どういう意味なの、Wer reitet so って？」

「さあ、なんだろうな。わたしも英語はわからないから」

「ぼく、学校に通える？」

「それは少し待たないといけない。つぎの誕生日までだ。そうしたら友だちのフィデルと一緒に学校に行けるよ」

バスが折り返す、〈終点（テルミナル）〉と書かれたバス停で、ふたりはバスを降りる。バス停でとってきた地図には、山の斜面をあがっていく山道や歩道が記されている。計画としては、曲がりくねった小道をたどって湖に出る。湖の隣には、景勝地の印として、星が爆発したようなマークがついている。

そのバス停まで乗っていたのはふたりだけで、山道を登りだしたのも彼らだけ。ふたりが歩いていく山道にもひとけがない。あたりは緑豊かで肥沃そうな土地だが、人の住む気配はない。

「田舎はのんびりしていていいなあ！」彼は少年に言う。実のところ、わざわざそう言ってみると、〝のんびり〟というより侘びしくなってくる。牛なり羊なり豚なり、指のひとつも指せる生き物がいれば、ありきたりな動物の話でもできるのでありがたいのだが。いっそ、兎でもいい。

ときどき鳥が空を飛んでいくのを見かけるが、あまりに遠く、あまりに高いところなので、どういう種類の鳥なのかいまひとつわからない。

「疲れたよ」少年が言う。

地図を見てみる。湖まで半分がたは来たようだ。「しばらく担いでやろうか。元気が出るまで」彼は言って、ダビードを肩車してやる。「湖が見えたら、大声で知らせるんだ。おそらく、それがわれわれの飲み水を引いている湖だ。見えたら、知らせろよ。というより、なにがしか水面が見えたら知らせてくれ。あるいは、地元の人を見かけたら」

そうしてどんどん歩いていく。しかしながら、地図を見誤ったか、地図そのものが間違っていたのだろうか。山道は急勾配で上ったかと思うと、すとんと急な下り斜面になり、唐突にレンガの壁に突き当たる。蔦におおわれて錆びた門があり、門の横には、雨風で塗装がはげかかった表札がある。蔦を押しのけ、〈ラ・レジデンシア〉と、彼は読む。

「レジデンシアってなに？」少年が尋ねる。

「レジデンシアというのは、家のことだよ。豪邸というか。でも、このレジデンシアはたんなる廃屋みたいだな」

「見てみる？」

門を開けようとしてみるが、ぴくりとも動かない。引き返そうとしたところで、そよ風にのって、微かな笑い声が聞こえてくる。声のする方へ、うっそうとした下生えを分けながら行ってみると、壁が途切れるところがあり、金網の高いフェンスに替わっていた。フェンスのむこうにはテニスコートがあり、テニスコートには三人のプレイヤーがいる。男が二人と、女が一人。みんな白いウェアを着ており、男はシャツに長ズボン、女はギャザーの入ったゆったりしたスカートに、ブラウス。ブラウスの襟を立て、緑のまびさし付きのキャップをかぶっている。

男たちは上背があり、肩幅が広く、腰回りはほっそりしている。どうも兄弟のようだ。いや、双子かもしれない。女が片方とペアを組み、もうひとりと対戦している。三人とも熟練のプレイヤーであるのは、見てすぐにわかる。足運びがたくみで、すばやい。単独でプレイしている男がとくに上手く、ふたりを相手に余裕で戦っている。

「あの人たち、なにしてるの？」少年が小声で訊く。

「試合だよ」彼は声を低めて答える。「テニスというんだ。あのボールを敵がとれないところに打つんだよ。サッカーのゴールと似てる」

ボールが飛んできて、フェンスに当たる。それを拾おうとして女が振り向き、ふたりに気づく。

「こんにちは」彼女は言って、少年に笑いかける。

胸のなかでざわつくものがある。この女性はだれだ？　この微笑み、この声、この物腰——なんとなくなじみがあるような。

「おはようございます」彼は言う。緊張で喉が渇く。

「おーい、早くしろよ！」女のパートナーが呼ぶ。「ゲームポイントだぞ！」

それ以上の言葉は交わされない。それどころか、その直後にパートナーの男がボールを拾いにきたときには、明らかに、見物しているだけでも迷惑だという目でぎろりと睨まれる。

「喉かわいた」少年が小さな声で言う。

水を入れてきた魔法瓶を渡してやる。

「他になんかないの？」

「なにが欲しいんだ？——神の美酒（ネクター）か？」彼も低い声で言い返し、言ったとたん、八つ当たりを後悔する。バックパックからオレンジをとりだし、皮に穴を開けてやる。少年はごくごくと果汁を吸う。

「水よりはましかい？」彼は尋ねる。

少年はうなずく。「これからレジデンシアに行くの？」

「ここがレジデンシアのようだな。テニスコートもその一部だろう」

「ぼくたち、中に入れる？」

「やってみよう」

ふたりはテニスコートを後にし、さらに下生えを分けて壁づたいに進んでいくと、舗装されていない道路にぶつかる。その道をたどっていくと、背の高い両開きの鉄門が見えてくる。鉄格子のむこう側に、黒っぽい石材の堂々たる建物が木の間隠れに覗いている。

鉄門は閉まってはいたが、錠はおりていない。ふたりは中へすべりこみ、落ち葉にくるぶしまで埋まりながら車径（くるまみち）を歩いていく。看板の矢印が指すほうには、アーチ形の入口があり、その奥には中庭があって、中庭の真ん中には、大理石の彫像が立っている。等身大より大きい女性の像。正確に言うと、ローブをたなびかせた天使が燃える松明を手に地平線を見つめている像だろう。

「もしもし、失礼ですが」という声がする。「ご用件は？」

と声をかけてきたのは年配の男で、顔には皺が刻まれ、腰が曲がっている。色のあせた黒い制服を着ている。アーチ門にある小さな事務所というか詰所からあらわれた。

「ええ、たったいま、街から着いたところなんです。ここの住人のひとりに用事があるんだが、話せますか？　裏手のコートでテニスをしているご婦人ですが」

「その婦人のほうもあなたに御用があると？」

「ええ、だと思います。ちょっと重大事がありましてね、その方と話しあう必要があるんです。家族間の問題です。でも、ゲームが終わるまで待ちますよ」

「で、その婦人のお名前は？」

「それは、ちょっと……。わたしも知らないもので。けど、容姿は説明できますよ。三十歳ぐらいで、中背、髪の毛は黒っぽくて、後ろに流していて、男性ふたりと一緒にいます。上から下まで白づくめの恰好です」

「〈ラ・レジデンシア〉にはそんな外見のご婦人はたくさんいます。テニスをなさる方も何人かいますし。余暇にテニスをする人は多いから」

少年が袖を引いてきて、「犬のことを話せば」と小声で言う。

「犬のこと？」

少年はうなずく。「あの人たちが連れてた犬」

「わたしの幼い友人によると、犬を連れているそうです」彼は少年の言葉をそのまま伝える。自分としては犬のことはまったく記憶にない。

「ああ！」門衛は言う。また詰所にもどっていくと、ガラス戸を引き閉めてしまう。薄暗い詰所で、なにか書類を繰っているのが見える。しばらくすると受話器をとりあげ、ダイヤルをまわし、じっと聴いていたかと思うと、また受話器をもどして、詰所から出てくる。「残念ながら応答がないようですな」

「だから、それはテニスコートにいるからでしょう。コートに直接おじゃましてもかまいませんか？」

「申し訳ないんですが、それは許可の範囲外です。この建物は部外者は立ち入り禁止なもので」

「では、ゲームが終わるまでここで待たせてもらえますか？」

「かまいませんよ」

「待つ間、庭を散策しても？」

「ええ、どうぞ」

ふたりは草が伸び放題の庭にぶらぶらと入っていく。

「その〝ごふじん〟ってだれ？」少年が尋ねる。

「顔を見てわからなかったかい？」

少年は首を横に振る。

「あの人があいさつしてきたとき、胸騒ぎみたいなものを感じなかったか？――心の琴線にふれるというか、まるで前にどこかで会ったことがあるような」

それはどうかという顔で、少年はまた首を振る。

「どうしてこんなことを訊くかというと、あの女性こそわれわれの捜していた人かもしれないからさ。少なくともわたしはそんな感触をもってる」

「じゃ、あの人がぼくのお母さんになるの？」

「いや、まだはっきりとはわからない。本人に訊いてみないとね」

ふたりは庭を一周ぐるっとまわってしまうと、門衛詰所にもどり、彼はガラス窓をノックして尋ねる。「ご婦人にもう一度、電話してもらえませんか？」

門衛は番号をダイヤルする。今度は応答がある。「男性のお客さまがお会いになりたいと、詰所にいらしてます」と言う声が聞こえてくる。「はあ……そうですか……」門衛はふたりのほうに向きなおって言う。「確か家族間の問題だとおっしゃいましたね？」

「ええ、そうです」

「で、お名前は？」

「名前はどうでもいい」

門衛はまた戸を閉めて、電話でのやりとりをつづける。しばらくしてやっと中から出てくる。

「お会いになるそうです。しかしながら、いささか問題がありましてな。お子さんはレジデンシアには入れない坊やはここで待っていただくしかない」

「それは、また妙だな。」

「レジデンシアは子どもは立ち入り禁止だからです。規則でして。わたしは規則を作る立場ではなく、適用する立場ですから。おたくがご家族を訪問する間、ここで待っていただきます」

「このおじさんと待っていてくれるかい？」彼は少年に訊く。「なるべく早くもどるから」

「いやだよ」少年は答える。「シモンと一緒に行きたい」

「それはわかってる。だが、きみがここで待っていると知ったら、あの人はすぐ会いにきたがるに違いない。だから、ここはぐっと辛抱して、ほんのちょっとの間だけこのおじさんと待っていてくれないか？」

「ちゃんともどってくる？　約束する？」

「もちろんさ」

少年は黙りこみ、目を合わせようとしない。

「今回にかぎって目を瞑ってもらえませんかね？」彼は門衛に頼んでみる。「とてもおとなしい子で、どなたにも迷惑はかけませんから」

「申し訳ないが、例外は認められない。例外を認めだしたらどうなります？　すぐに、われもわれもということになり、そうなったら規則なんてものはなくなってしまう、そうでしょう？」

「庭で遊んでおいで」彼は少年に言いつけてから、門衛に、「庭で遊ばせてやるのはかまいませんね？」と訊いた。

「もちろんです」

「木登りでもしておいで」彼は言う。「木登りによさそうな木がたくさんあるぞ。すぐにもどるから」

門衛の指示に従い、中庭を突っ切り、また建物の入口を入り、「Una（1）」と表示されたドアをノックする。返事はない。ドアを開けて入っていく。

そこは待合室らしい。壁には、若草色の竪琴と百合のモチーフが散った白い壁紙。間接照明の明かりが品よく白っぽい光をなげている。合皮の白いソファが一つと、安楽椅子が二脚。ドア脇の小さなテーブルには、瓶が六本ほどと、あらゆる形のグラスが置かれている。

彼はソファに座って待つ。しばらく時間が経つ。立ちあがって、廊下を覗いてみる。人の気配はない。なんの気なしに彼は酒瓶をチェックする。クレム・シェリー、ドライ・シェリー、ヴェルモット、アルコール含有量四パーセント。オブリベード。オブリベードってどこだ？

と、いきなり彼女があらわれる。まだテニスウェアを着て、テニスコートで見たときより体格がよく見える。がっちりしていると言ってもいい。手には食べ物の皿を持っており、それをテーブルに置く。あいさつもなしにソファに座ると、長いスカートに隠れた脚を組む。「わたしに御用とか？」と言う。

「ええ」胸の鼓動が速くなる。「お出でいただき恐縮です。わたしはシモンといいます。ご存じないでしょうが、わたしのことはどうでもいいのです。申し入れがあって、ある人の代理で来たのです」

「座ってはいかが？」彼女は言う。「なにか食べます？　シェリーでも？」

彼はおぼつかない手つきでシェリーを注ぎ、薄っぺらで小さな三角形のサンドウィッチをつまむ。キュウリのサンドウィッチ。そして女の向かい側に座って、甘い酒をぐっと飲む。とたんに頭がカッとなる。テンションがあがり、矢継ぎ早に言葉が飛びだす。

「ある人を連れてきました。人というか、あなたもテニスコートで見たあの子です。建物の外で待っています。門衛が中に入れてくれなかったんだ。子どもだからといって。彼に会いにいってくれませんか？」

「わたしに会わせる子どもを連れてきたということ？」

「そう」彼は立ちあがり、気持ちを解放してくれるシェリーをもう一杯注ぐ。「すみません、なにがなんだかわからないでしょうね。見知らぬ人間が前もって連絡もなく、急にやってきておかしいと。しかし口で説明できないような重要事項なんです。わたしたちはこれまで――」

いきなりドアが勢いよくひらき、少年が息を切らしはあはあ言いながら、ふたりの目の前に立っている。

「こっちにおいで」彼は少年を手招きする。「さあ、この女の人がだれだかわかるかい？」と言って、こんどは女のほうを向くと、彼女はぎょっとして表情を凍りつかせている。「この子に手を握らせてもらえますか？」つぎは少年にも、「ほら、この人の手を握ってごらん」と言う。

　少年はじっとしたまま動かない。

　そこでこの場に門衛がやってくる。見るからに怒っている。「すみませんがね、先ほどお話ししたように規則違反なんですよ。お引き取りいただきたい」

　シモンは女の顔を見て訴えかける。彼女までこの門衛の言う規則に従う必要はないだろう。ところが、女は掛けあってくれそうにない。

「気持ちを汲んでくれないか」彼は門衛に言う。「遠くからはるばる来たんだ。三人ともここを出て庭に行くならどうだろう？　それでもまだ規則に反するのか？」

「それならけっこう。しかし気をつけていただきたい。門は五時きっかりに閉まるので」

　彼は彼女に向かって言う。「庭に出ませんか？　お願いしますよ。説明するチャンスを」

　少年は彼の手を握り、三人は無言のまま中庭を突っ切り、草が伸び放題の庭に入っていく。

「この敷地内もかつてはずいぶん立派だったんでしょうね」彼は雰囲気を変えようと、いかにも常識的な大人という口ぶりで言う。「庭がこんなにほったらかしにされているのは悲しいな」

「フルタイムの庭師が一人しかいないので、とても手が回らないです」

「それであなたは？　もうここには長いんですか？」

「しばらく経ちますね。この小径をずっと行くと、金魚のいる池に出ますよ。息子さんが気に入るのでは」

「実を言うと、わたしはこの子の父親ではないんです。後見人みたいなものですね。一時的な」

「じゃ、ご両親はどこに？」

「この子の両親は……伺ったのは、まさにその件でして。この子には両親がいないのです、ふつうの形では。ここに来る船旅の途中で困ったことがあり、手紙を紛失してしまったんです。それがあれば、いろいろな事情もわかったはずなのですが。その結果、この子の両親は行方不明になってしまった。いや、正確に言えば、この子のほうが行方不明になったというべきか。この子は母親と生き別れになり、わたしと一緒に行方を捜しているんです。父親はまた別問題でして」

くだんの池にやってくると、彼女の言ったとおり、金魚が泳いでいる。大きいのも、小さいのも。少年は池の縁に跪き、シダの葉を使っておびき寄せようとする。

「もう少し正確に話しますと」彼は声をひそめて口早に言う。「この子には母親がいない。船を降りてから、ずっと母親を捜してきたんです。彼を引きとる気はありませんか？」

「彼を引きとる？」

「ええ、彼にとっての母親になるという意味です。この子の母親に。この子をあなたの息子として引きとってもらえませんか？」

「どういうことですか。というか、さっぱりわかりませんが。この坊やを養子にしてくれと言ってるんですか？」

「いや、養子縁組ではありません。この子の母親になる。全面的に、なるということです。人それぞれに母親はたった一人です。そのたった一人の母親になってくれませんか？」

この時点まで、女はまじめに話を聴いていた。ところが、彼の申し出を聞くと、急にきょろきょろしだす。門衛かテニス仲間か、だれでもいいから、助けにきてくれないかという顔で。「この子の実の母親はどうなるんです？」彼女は言う。「どこにいるんです？　生きておられるんですか？」

ダビードは金魚に夢中で聞いていないと思っていたのに、いきなり口をひらく。「死んでないよ！」

「だったら、どこにいるの？」

少年は黙ってしまう。しばらくは彼も言葉がない。それから、やっと話しだす。「どうか信じてほしい——とりあえず信じてほしいんだ——これはそんなに単純な問題じゃない。この少年には母親がいない。それがどういうことを意味するか、説明するのはむずかしい。なにしろ自分自身でもわかっていない。しかしきっとあなたが後先考えずに、〝イエス〟とさえ言ってくれたら、なにもかもが明確になるはずだ。この上なくはっきりする。少なくとも、わたしはそう思う。というわけで、この子を引きとってもらえませんか？」

彼女は自分の手首をちらりと見るが、そこには腕時計はない。「もう時間が遅いし、兄たちが待っているので」と言って踵をかえすと、長いスカートで草を打ちながら、足早に建物へと向かっていく。

彼は走って後を追いかける。「すみません、あと少しだけ！　ちょっと、ここにあの子の名前を書かせてください。ダビードと言うんだ。通称というか、入国地のキャンプで与えられた名だが。それから、われわれが住んでいるのはここ。市街のはずれにある〈イースト・ヴィレッジ〉だ。さっきのこと、どうか考えておいてほしい」彼は紙切れを女の手に押しつける。女は歩み去る。

「ぼくのこと、いらないって？」少年が言う。

「要るに決まってるさ。きみはこんなにハンサムで賢い子なんだ、要らない人がいるもんか。急な話だから、最初はぴんとこないんだ。でも、これで彼女の心に種は撒いたことになる。じっとようすを見ながら、育てていこう。きみとあの人がおたがい好きだと感じるかぎり、きっとその思いは育って花開く。実際、あの人のことは気に入ったろう？　とても親切でやさしい人だってわかるものな」

少年はなにも答えない。

バスの終点にもどる道を見つけるころには、日は暮れかけている。帰りのバスで、少年は腕のなかで寝てしまう。寝たままの少年を抱えて、バス停からアパートまで帰ることになる。

夜の夜中に、彼は深い眠りから起こされる。起こしたのはダビードで、ベッドサイドでぽろぽろ涙をこぼしている。「おなか、すいた」と、哀れな声を出す。

彼は起きだして、ミルクを温め、パンをスライスしてバターを塗ってやる。

「ぼくたち、あそこに住むの？」少年はパンを頬張りながら訊く。

「ラ・レジデンシアか？　それはどうかな。わたしとしては、あそこじゃすることもないしね。食事の時間を待って巣のまわりを飛んでいる蜂みたいになってしまいそうだ。でも、このことは朝になってから話そう。時間はたっぷりある」

「ぼく、あそこに住みたくない。ここにシモンと一緒に住みたい」

「だれもきみを住みたくないところに無理やり住ませたりしないさ。さあ、もうベッドにもどろう」

彼はベッドに座り、少年が寝入るまでそっとなでてやる。**ここにシモンと住みたい。**その願いが不幸にもかなってしまったらどうなる？　この子の父であり母になって、港湾労働をつづけながら、善良な市民として育てていく覚悟は自分にあるのか？

自分で自分に腹が立つ。どうしてこの件をもっとおだやかに、もっと理路整然と彼女に説明できなかったんだ！　まずかった、きっと頭のおかしい男がいきなり飛びこんできて、よくわからない頼み事をしたり、ねばったりしているように感じたろう。**この子を引きとってください！　ただ一人の母親になってください！**だなんて。この子を彼女の腕に抱かせることができたらよかったのに。体と体、肌と肌のふれあいがあれば、心の奥底にある記憶が目覚めたかもしれないのに。そうすれば、万事がうまくいったろうに。ああ、なのにあんな唐突なやり方しかできなかった。自分にとってもこの重大な瞬間の訪れが唐突すぎたからだ。いきなり星が降ってきたようで、つかみそこねてしまった。

第十章

　ところが、なにもかも失ったわけではないと判明する。正午の鐘が鳴るころ、少年が興奮しきったようすで二階に駆けあがってきて、「あの人たちが来てるよ、ここに！」と叫ぶ。

「だれが来てるって？」

「レジデンシアにいた女の人だよ！　ぼくのお母さんになる人！　車で来てるよ」

　玄関口にやってきた彼女は、今日はやけにフォーマルな感じの紺色のワンピースを着ており、風変りな小ぶりの帽子に派手な金のハットピンを留め、目を疑うことには、値の張る弁護士の元でも訪ねるような白の手袋をはめており、同伴者を連れている。一緒にいるのは、背の高いひょろっとした青年で、そう、先日テニスコートで二人を相手に余裕で対戦していたあの男だ。「兄のディエゴよ」彼女は紹介する。

　ディエゴは会釈するだけで、ひと言も発しない。

「どうぞお座りください」シモンはお客たちに言う。「ベッドにお座りいただくのは申し訳ないのですが……まだ家具をそろえておりませんで。水でもいかがですか？　要りませんか？」

ラ・レジデンシアの女は兄とならんでベッドに腰かける。そして落ち着かないようすで手袋を脱ぐと、咳払いをする。「きのうおっしゃったことをもう一度、聞かせてもらえません?」彼女は言う。「いちばん最初から。最初の最初から」

「最初の最初から始めると、一日あっても足りませんが」彼は努めて慎重な口調で言う。なにより、頭がおかしいと思われないように。「ですから、こう説明しましょう。わたしたち、ダビードとわたしはみなさんと同じように、新しい生活、新しい始まりを求めて、この国にやってきました。わたしがダビードに与えたいと願い、本人も望んでいるのは、世の中の子どもたちが送っているようなふつうの生活です。しかし、まあ、これは道理ですが、ふつうの生活を送るには母親が必要です。言い換えれば、母親の元に生まれつくことが。そうでしょう、違いますか?」彼はそう言って少年のほうを向く。「きみもそれを望んでいるだろう。自分だけのお母さんが欲しいって」

少年はすごい勢いでうなずく。

「わたしには前から確信があったんですが——理由は訊かないでください——ダビードの母親を見ればすぐにわかると思っていました。それで、あなたに会った瞬間、自分の直感は正しかったとわかった。ラ・レジデンシアにわれわれが足を向けることになったのは、偶然なんかでは決してない。なにものかの手に導かれていったに違いないんです」

説得にてこずりそうな石頭は当の女性ではなく、ディエゴのようだ。彼女本人の名前はいまだに知らないし、訊こうという気も起きなかったが、気持ちが揺れはじめていないなら、ここまで来るはずがないだろう。

「なにものかの見えない手か」ディエゴは言う。「まさしく」

ディエゴの目が彼を射るように見る。「嘘つけ！」と、それは言っている。

彼は深呼吸をする。「疑っておられるようだね。**これまで見たこともない子をわが子にできるわけがないじゃないの？**と自問している。お願いだから、そういう疑心は脇において、心の声を聴いてほしいんだ。この子を見てください。この男の子を。あなたの心はどう言ってます？」

若い女はなにも答えず、少年のことを見もせず、こんな顔で兄のほうを見る。〝ね？　わたしが話したとおりでしょ。彼のこの信じられない、このいかれた申し出を聞いてちょうだいよ！　どうしたらいいの、わたし？〟

低い声で兄が話しだす。「ふたりで話せる場所はないか？　おたくとおれだけで」

「うん、だったら、おもてに出よう」

彼はディエゴの先に立って階下へ降りると、中庭を突っ切り、芝生を横切り、木陰のベンチまでやってくる。「掛けてください」彼は言うが、ディエゴは勧めを無視する。彼は自分で座り、「それで、話というのは？」と尋ねる。

ディエゴは片足をベンチにかけて、身を乗りだしてくる。「まず最初に、おたくは何者なんだ？　どうしてうちの妹が必要なんだ？」

「わたしが何者かはどうでもいい。わたしは重要じゃないんだ。いわば、下男みたいなものだから。あの子の面倒を見ているだけだ。それから、おたくの妹さんが必要というより、あの子の母親が必要なんだ。このふたつは別問題だ」

「あの子は何者なんだ？　どこで拾ってきた？　おたくの孫か？　実の両親はどこにいるんだ？」

「あの子はわたしの孫でもないし息子でもない。血の繋がりはないんだ。たまたま同じ船に乗りあわせ、そこであの子は携行していたある書類を紛失した。しかし、どの質問もここで問題になるようなことかね？　われわれは、きみも、わたしも、妹さんも、あの子も、過去をぜんぶ洗い流してこの国にやってきたわけだろう。あの子の面倒はたまたまわたしが見るようになった。自ら選んだ運命ではなくても、わたしは受け入れるよ。日が経つにつれ、あの子はわたしに頼って生きるようになった。たがいを知るようにもなった。とはいえ、わたしもあらゆる役割をこなすのは無理だ。彼の母親にはなれない。

それで、おたくの妹さんのことだが——すまないね、名前を知らないものだから——彼女はまさしくあの子の母親なんだよ。生まれながらに。どうしてそうなるのか説明できないが、とにかくそうなんだ。それぐらい単純明快なことだ。彼女も心のなかでは、もうわかっているはずだ。そうでなければ、今日訪ねてくる理由がないだろう？　表面上は平然としているようだが、心が震えているのがわかる。大変な天からの授かり物。子どもという授かり物だ」

「ラ・レジデンシアは子どもは立入り禁止なんだ」

「だれも子どもを母親から引き離すことはできない。ルールブックがなんと言おうとね。妹さんだって、ラ・レジデンシアにこの先も住む必要はないじゃないか。このアパートの部屋を引き継いでもいいんだし。ここを使ってくれ。彼女にゆずるよ。わたしは他に住むところを見つけるから」

ディエゴは内緒話をするかのように乗りだしてくると、いきなりシモンの横面を張る。愕然として防御しようとしているうちに、もう一発殴られる。どちらもそんなに強打ではないが、衝撃はある。

「なぜこんなことを！」彼は立ちあがりながら叫ぶ。

「馬鹿にするなよ！」ディエゴは低い声で凄む。「おれがボンクラだとでも思っているのか？」と言って、また手を振りあげて威嚇する。

「そんなことはこれっぽっちも思っていない」自分たちの生活への理不尽な介入に激怒しているらしき――怒って当然だろうが――この若者をまずはなだめないとならない。「突飛な話なのは認めるよ。だが、ちょっとあの子のために考えてみてくれないか。あの子が困っているというのが、まずは問題なんだから」

そうして腰を低くして頼んでみても効果はない。ディエゴはさっきまでと変わらず、けんか腰の目つきで睨みつけてくる。彼は最後の切り札を出すことにする。「頼む、ディエゴ、自分の胸に訊いてみてくれ！　きみの心に善意というものがあるなら、子どもを母親から引き離してはおけないだろう！」

「おれの善意をあんたに疑われる筋合いはないね」ディエゴは言う。

「だったら、その善意を見せてくれ！　これからわたしと一緒に部屋にもどって、きみの善意のほどを子どもに見せてやってくれ！」彼は立ちあがって、ディエゴの腕をとる。

部屋でふたりを出迎えたのは、思いもよらぬ光景だった。ディエゴの妹はこちらに背を向けてベッドの上に膝をつき、ダビードに跨っている――跨られたダビードは仰向けになっており――彼女のワンピースの裾はまくれあがり、がっしりと肉付きのいい太ももがちらりと覗いている。「クモさんはどーこだ、クモさんはどーこだ……？」と、高くてか細い声で歌ってやっている。その指は少年の胸をつたいおり、ベルトのバックルまで来ると、そこでこちょこちょくすぐり、すると少年はたまらずに笑い声をあげて、体をぴくぴく震わせる。

「帰ったよ」と、シモンが大声で言うと、彼女はあわててベッドから降り、顔を真っ赤にする。

「イネスと一緒にゲームをしてるんだ」少年は言う。

イネス！　そういう名前なのか！　名は体を表すとはよく言ったものだ！

「おい、イネス、イネス！」兄がぶっきらぼうに呼びつける。スカートの皺を伸ばしながら、イネスは急いで兄の後をついていく。廊下から、声をひそめた烈しいやりとりが聞こえてくる。

イネスがつかつかともどってきて、その後に兄がついてくる。「もう一度、最初から話してもらいたいんだけど」彼女は言う。

「わたしの申し出をもう一度聞きたいと？」

「ええ」

「喜んで。わたしはあなたにダビードの母親になることを提案している。親権のようなものはすべて放棄しよう（ダビードからわたしへの要求はまた別問題として）。念書かなにかに署名をというのであれば、いくらでもする。あなたとダビードは母と息子として一緒に暮らしてもらいたい。いつでも好きな時から住みはじめて構わない」

ディエゴが憤慨して鼻を鳴らし、「まったく馬鹿げた話だな！」と、声をあげる。「おまえがこの子の母親になるなんてあり得ないだろうが。だって、実の母親がすでにいるんだぞ。この子を産んだ母親が！　その人の許可もなく養子にできるわけないじゃないか。よく聞けよ！」

シモンはイネスと無言で視線を交わす。「この子が欲しいのよ」と、イネスは彼にではなく兄に向かって言う。「わたしはね。けど、一緒にラ・レジデンシアには住めない」

「それはお兄さんにも話したんだが、ぜひここに越してくるといい。今日にでも。わたしはいますぐ出ていくから。新しく自分の部屋として使ってほしい」

「シモンが出てくのはいやだよ」少年が口をはさむ。

「いや、遠くには行かないよ。エレナとフィデルのうちに泊めてもらう。好きな時にお母さんと一緒に訪ねておいで」

「でも、ここにいてほしいんだ」

「やさしいことを言うね。だが、きみとお母さんの邪魔をするわけにはいかないよ。これからは、この人と一緒に暮らしていくんだ。ふたりは家族になる。わたしは家族の一員にはなれない。でも、手伝いはするよ。まあ、召使い兼ヘルパーだな」と言って、イネスのほうを向き、「と、いうことでいいかな？」と言う。

「ええ」イネスは心を決めてしまうと、ずいぶん態度が横柄になった。「じゃ、明日からにするわ。こんどは犬を連れてくるから。お隣さんたちは犬を飼っても平気かしら？」

「あえて文句を言ったりしないだろう」


イネスと兄が翌朝、到着するころには、彼は床掃除をし、タイル磨きをやり、シーツの交換も済ませてあった。自身の持ち物は包みにまとめ、持ちだすばかりになっている。

大きなスーツケースを肩に担いだディエゴが先頭になって、引っ越し隊が入ってくる。彼は荷物をベッドにどさっと置く。「まだ来るからな」と、不穏な宣言をする。はたして来た、来た。さらに大きなトランク一つ、ぶ厚い高級羽毛ふとんカバーを含む寝具一式。

シモンは暇乞いをあっさり済ませる。「良い子にするんだぞ」少年にそう言う。「この子はキュウリは食べないのでよろしく」と、つぎはイネスに言う。「それから寝るときは明かりをつけたままにして。真っ暗にして寝るのは嫌いだから」

イネスは聞こえなかったような顔をしている。「ここは寒いわね」と、手をこすりあわせながら言う。「いつもこんなに寒いの？」

「電気ヒーターを買うよ。明日か明後日には持ってこよう」と、彼は言ってディエゴに手を差しだすと、ディエゴは渋々という顔でその手をとる。そうしてシモンは引っ越し荷物の包みをとりあげ、後ろを振り返りもせず颯爽と部屋を出ていく。

エレナのところに泊まると言ってあったが、実際にはそんな段取りはつけていない。ドックへ向かうと、週末は閑散としているが、第二埠頭のはずれにある、荷役たちが私物を置いている狭い小屋に、荷物を運びこむ。それからまたアパート地区に引き返し、エレナの部屋のドアをノックする。

「すまんが、ちょっと話せるかな？」と、中に声をかける。

紅茶を飲みつつ、彼は新しい生活体制についてざっと説明する。「面倒みてくれる母親ができて、ダビードも得意になっているだろうな。わたしが男手ひとりで育てるのは、あの子にとって良くなかったよ。小さいうちから大人であれというプレッシャーが過大だ。子どもには幼子時代が必要なんだよ、そう思わないか？」

「信じられない」エレナはそう応じる。「子どもをヒヨコみたいに、見知らぬ雌鶏の羽根の下に押しこんで育てさせるなんて、どうかしてます。それまで見たこともない相手によくもダビードを託せましたね？　その人、気まぐれで引きとったものの、一週間もしないうちに興味をなくして、子どもを返したいと言ってきかねませんよ」

「頼むよ、エレナ。イネスと会いもしないで批判するのはよしてくれ。気まぐれなんかじゃない。それどころか、彼女自身の力を超えた強い力に動かされていると思うんだ。きみのことを当てにしているんだ。われわれの、彼女の力になってやってくれ。イネスは未知の領域にいる。母親業は未経験なんだ」

「あなたのイネスを批判しているんじゃありません。もし助けを求めてきたら、手助けしますよ。でも、その人は坊やの母親じゃないんだから、母と呼ぶのはやめたほうがいいでしょう」

「エレナ、彼女は本当にダビードの母親なんだよ。わたしはこの国に何も持たずにやってきたが、ひとつだけ確信があった。つまり、この子の母親を見ればすぐにわかる、ということ。それで、イネスを見た瞬間、この人だとぴんときた」

「直観に従ったんですね？」

「いや、直観というより確信、だな」

「確信、直観、妄想——疑問を差し挟む余地がないなら、どれも同じでしょう？　人間がみんな直観だけで生きていったら、この世は大混乱に陥るとか考えたことはないんですか？」

「どうして混乱に陥るのかわからんね。それに、混乱から善いものが生まれるなら、ときどきちょっとした混乱があってなにがわるい？」

エレナは肩をすくめる。「口論するつもりはありません。ところで、息子さん、今日はレッスンをお休みしましたよ。まあ、今日が初めてではないけど。もう音楽のお稽古はやめるつもりなら、知らせてください」

「決めるのは、もはやわたしではないからね。それから何度も言うようだが、あの子はわたしの息子ではないし、わたしはあの子の父親ではない」

「そうですか？　あなたは否定しつづけているけど、ときどき疑問に思います。けど、もう言いません。今夜はどこに泊まるつもりですか？　新しく見つけた家族の胸で休みます？」

「いいや」

「ここで寝ていきたいですか？」

彼は食卓から立ちあがる。「ありがとう、でも別な予定を立てたから」

鳩が樋のへこみに巣食って休みなくバタバタしたりクックと啼いたりしているわりには、その晩はよく眠れた。例の狭い小屋で、麻袋を褥にして。朝食は抜きだが、それでも、朝から丸一日しっかり働けるし、仕事が終わると気分も爽快。もっとも、少々浮世離れして仙人みたいな気分だが。

アルバロに、坊やはどうしたんだいと訊かれ、アルバロの気づかいに胸が熱くなり、一瞬、少年の母親が見つかったというあの朗報を伝えようかと思う。しかしながら、エレナが同じ報せにどんな反応を見せたか思いだし、思い留まって嘘をつく。ダビードは先生に連れられて、大きな音楽コンコース（concourse シモンはコンクールと言おうとしている）に出かけたよ。

音楽コンコース？　アルバロは訝しげな顔をする。なんだ、そりゃ？　どこでやってるんだ？

さあねえ、と彼は答えて話題を変える。

少年がアルバロとの交流をなくし、仲良くしていた荷馬のエル・レイとも会えなくなるのは、ちょっとかわいそうな気もする。とはいえ、イネスもあの子との絆が出来たら、ドックに遊びに出してくれるといいが。過去のことはもう忘却の靄に包まれていて、自分の記憶が本物の記憶なのか、自らねつ造した話なのか判然としなくなっている。しかしもし、子どものころ、朝から大人の男たちに混じって、大きな船の荷物の積み下ろしを手伝って過ごすのを許されていたら、きっと楽しかったろう。あの子にとっても実社会にふれるのは、あまり唐突でなく長時間でなければ、まさに良い体験だと思うのだが。

その日は〈ナランハス〉に買い物にいこうと思っていたが、仕事場を出るのが少し遅すぎたようだ。行ってみると、もう閉まっている。空腹で、人恋しくもあり、彼はまたもやエレナ宅のドアを叩く。ドアを開けたのはフィデルで、パジャマ姿だ。「やあ、フィデルくん。入ってもいいかな？」

エレナはテーブルで、縫い物をしている。彼が入っていってもあいさつもしなければ、縫い物から目を上げもしない。

「やあ、どうしたんだ？　なにかあったのか？」

エレナは首を横に振る。

「ダビードはもうここには来られないって」フィデルが言う。「新しい女の人がだめだって」

「息子さんがフィデルとは遊ぶのは許可しないと、〝新しい女の人〟のお達しがありました」

「けど、どうして？」

エレナは肩をすくめる。

「新生活が落ち着くまで少しかかるだろうが、待ってやってくれ」彼は言う。「彼女は母親業にまだ慣れていないんだ。最初のうちはおかしなこともするだろう」

「おかしなこと？」

「突飛な判断をしたり、警戒心が強かったり」

「ダビードをフィデルと遊ばせないと言ったり?」

「彼女はあなたのこともフィデルのこともまだ知らないから。一度知り合いになれば、むしろ良い影響があると納得するはずだ」

「で、彼女といつ知り合いになれと言うのかしら?」

「そのうちばったり会うだろう。同じアパート地区に住んでいるんだし」

「なるほど。食事は済んだんですか?」

「いや、店に行ったら閉まっていたよ」

「〈ナランハス〉ね。あそこは月曜日定休だって、前も話した気がしますけど。ゆうべの残り物でよければ、スープはいかが。だったら、いまはどこに住んでいるんですか?」

「ドックの近くに部屋があるんだ。ちょっと素朴ではあるが、当座はしのげそうだ」

エレナはスープを温め、パンを薄切りにして出してくれる。空腹で貪り食べたいところだが、努めてゆっくり食べる。

「泊めてあげられないのが申し訳ないけど」エレナは言う。「理由はおわかりですね」

「もちろんさ。泊めてくれと言うつもりはない。新しい寝屋の居心地は満点なんだ」

「要するに追いだされたんじゃないんですか? 自分のうちから。ああ、やはり、そういうことですね。かわいそうに。こんなに愛する息子から引き離されて」

彼は立ちあがる。「仕方ないだろう。それがものごとの自然な流れだ。それじゃ、ごちそうさま」

「また明日どうぞ。食事ぐらいは出せますから。それぐらいしか出来ないけど。食事を出して、慰めて。とはいえ、やはりあなたのしたことは失敗だったと思う」

彼は暇を告げる。ドックの新しいわが家へまっすぐ帰るべきだ。ところが、彼はそこで踏み迷い、中庭を突っ切って、階段をあがり、かつてのわが家のドアをそっとノックする。ドアの下から薄く明かりが漏れている。イネスはまだ起きているようだ。だいぶ待ってから、もう一度ノックしてみる。「イネス？」と、小声で呼ぶ。

ドアのすぐむこうから、彼女の声が聞こえる。「どなた？」

「シモンだ。入れてもらえるかな？」

「ご用件は？」

「あの子に会えないかな？　ちょっとだけでいいんだ」

「もう寝てるのよ」

「起こさないようにするよ。寝顔を見るだけでいい」

返答はない。ドアを開けようとするが、鍵が掛かっている。その後、すぐに電気が消える。

第十一章

ドックの小屋に住み着くというのは、たぶんなんらかの規則に抵触するのだろう。それは気にしないとして、しかしアルバロに見つかるのは避けたい。アルバロのことだから、親切心から、住処を提供してやらなくてはと思うだろう。そんなわけで、毎朝、器具小屋を出る前に、身の回り品を奥にある筏のなかに隠すことにした。

身ぎれいにしておくのが、なかなか難しい。東アパート地区のジムに行って、そこのシャワーを利用する。衣服は手洗いし、アパート地区共有の干し場に乾す。これに関しては気が咎めることはない――なにしろ、いまも彼はここの住民録に載っているのだから――が、羞恥心から、イネスと出くわさないことを願う。

一週間が過ぎ、その間は仕事に全精力をそそぐ。そして金曜日が来て、懐が温かくなると、かつてのわが家のドアを再びノックする。

ドアを勢いよく開けたのは、笑顔のイネスだ。ところが、彼がいるのを見ると、とたんにがっかりした顔になる。「なんだ、あなただったの。ちょうど出るところなの」

後ろから、少年が顔を出す。見た感じ、なにか妙だ。たんに新品の白いシャツ（というより、むしろブラウスといった趣。前立てにフリルがついていて、裾はズボンの外に出している）のせいではない。イネスのスカートをがっちりつかんで、彼があいさつしても返事もしないし、目を瞠ってじっと見つめてくるばかりだ。

なにかあったのだろうか？　この女にダビードを託したのはとんでもない間違いだったか？　それにしても、どうしてこの子はこんな妙ちきりんで乙女風のブラウスを黙って着せられているのか――上着やキャップ、編み上げの深靴など、幼いながら一人前の男らしい服装にこだわっていたあの子が。足元も深靴ではなく、ふつうの靴になっている。青い靴で、編み上げ紐ではなくストラップで、脇には真鍮のボタンがついている。

「だったら、行き違いにならなくて良かったよ」彼は努めて軽い調子で言う。「約束の電気ヒーターを買ってきたんだ」

イネスは彼の差しだした棒状の小型ヒーターを、訝しげな目で見る。「ラ・レジデンシアでは、各部屋に暖炉があるのよ。毎朝、薪を持ってきて火を起こしてくれるの」と、そこで口をつぐんで、もの思う顔になる。「すてき」

「それはすまないね。このアパート地区では生活も格下げだろう」そう言って、少年のほうを見る。「夜のお出かけかい。どこに行くのかな？」

少年は直接答えようとせず、新しい母を見あげて、〝答えて〟という顔をする。

「今週末はラ・レジデンシアに泊まるのよ」イネスが言う。その言葉を裏付けるように、白いテニスウェア姿のディエゴが廊下をずかずかとやってくる。

「それはいいね」彼は言う。「けど、あそこは子どもは立ち入り禁止だと思ったが。規則じゃなかったかな」

「そう、それが規則だ」ディエゴが口を出す。「でも、今週末はスタッフが休みだから、ノーチェックなんだ」

「ノーチェックなのよ」イネスも繰り返す。

「いや、今日は、なにか困ったことでもないか、ようすを見にきただけなんだ。買い出しの手伝いでもしようかと思ってね。そうだ、これ、少ないが足しにしてほしい」

礼の言葉もなく、イネスは差しだされた金を受けとる。「ええ、こちらは順調よ」そう答えて、子どもをしっかり脇に引き寄せる。「今日はお昼にごちそうを食べて、お昼寝をしたし、これから車でボリバルに会いにいくの。明日の午前中はテニスをして、プールで泳ぐ予定よ」

「それは楽しそうだ」彼は言う。「それに、新しいすてきなシャツも着ているしね」

少年はまた答えない。親指をしゃぶりながら、相変わらず目を瞠って見つめてくる。これはいよいよおかしい。彼はそう思いはじめる。

「ボリバルってだれだい？」彼は尋ねる。

初めて少年が口をひらく。「ボリバルはアサシオン（暗殺者を思わせる）なんだ」

「アルサティアン（アルザス地方のという意。ドイツ・シェパードのこと）でしょ」と、イネス。「ボリバルというのはうちの犬よ」

「ああ、そうか、ボリバルか」彼は言う。「テニスコートに連れてきていた犬だろう？　やたらと神経質なことは言いたくないが、アルサティアンは子どもが近寄るとあまり良いことがないようだ。気をつけてくれるね」

「ボリバルは世にもおとなしい犬よ」
イネスに好かれていないのはわかっている。でも、この時まで、それはこちらに対して負い目があるからだろうと考えていた。ところが、違うらしい。彼女の嫌悪はそれよりもっと彼個人に向けられた、もっと直接的なもので、それゆえにますます御しがたい。ああ、悲しいかな、この子はそのうちわたしを敵とみなすようになるだろう！　母と子の至福を邪魔する敵だと。

「じゃ、楽しい時間を」彼は少年に言う。「月曜日にまた寄るよ。そのときには週末の話を聞かせてくれ」

少年はうなずく。

「それじゃ」

「それじゃ」とイネスも言う。ディエゴからはなんのあいさつもない。

彼は自分のなかで何かが尽き果てたような、いっきに老けこんだような気分で、波止場へとぼとぼと向かう。これまでは大任を負っていたが、その重荷が降りたのだ。少年は母親の元に手渡された。自分の種をメスに渡すという唯一の使命を終えたしがないオスの昆虫のごとく、彼もここでしぼんで息絶えてしまいそうだ。これからの自分の人生を築くにも核となるものが残っていない。

少年のことが恋しかった。翌朝目が覚めて、空っぽの週末を前にするこの気持ちは、手術後に目が覚めたら片足を切断されているのに気づいたような——いや、片足というより心臓か。彼は一日、なにをするでもなく時間をつぶして過ごす。ひとけのないドックをぶらついてみる。緑地をうろうろしてみるが、群れをなす子どもたちがキャッチボールをしたり、凧揚げをしたりしている。

少年の汗ばんだ小さな手の感触が、まだ手に生々しく残っている。あの子に愛されていたか、それは定かでないが、必要とされ信頼されていたのは確かだろう。子どもは母親の元にいるべきだ。それはこれっぽっちも否定しない。とはいえ、母親が良い母親でなかったら？　エレナの言ったとおりだったらどうする？　どんな複雑な私的欲求から、このイネスは（その来し方はみじんも知らないが）自分の子を持つチャンスをわがものとしたのだろう？　自然の摂理には叡智があり、胎児はこの世に人間として生まれてくる前に、必ず母親の胎内で一時期を過ごすことになっている。親鳥は何週間かかけて巣に引きこもって卵を抱くが、つまり世間から離れて集中できる時期というのが、胎内の微小動物が人間になるためにも必要だし、それだけでなく女性が生娘から母親になるのにも必要なのだろう。

そんなこんなで、一日は過ぎてゆく。エレナのうちを訪ねてみようと思うものの、そこで容赦ない尋問が待ち受けていることを思うと翻意する。まともに食事もせず、食欲もない。麻袋を重ねた寝床に寝ても、くつろげず、苛々するばかりだ。

翌朝、夜が明けるころには、バス停にいる。一時間がゆうに過ぎて、ようやく始発のバスがやってくる。終点で降り、山道を登ってラ・レジデンシアに向かい、テニスコートまで行ってみる。コートにはひとけがない。腰を据えて待つことにする。

十時ごろになってやっと、二番目の兄（まだご紹介に与っていないほうの）が白いウェア姿でコートにあらわれ、ネットを張りはじめる。三十歩先によそ者がいるのは丸見えのはずなのに、まったく意に介さない。しばらくすると、残りのメンバーが登場する。

少年はすぐさま彼の存在に気づく。内股でコートを走ってくる（おぼつかない走り方だ）と、「シモン！　これからテニスをするんだよ！」と大声で言う。「シモンも一緒にやりたい？」

彼は金網ごしに少年の指を握る。「テニスはあまり得意じゃないんだよ。見ているほうがいい。楽しんでいるかい？　たっぷり食べているか？」

少年は元気にうなずく。「朝ごはんにね、紅茶を飲んだよ。もう大きいから紅茶を飲んでいいって、イネスが言ったんだ」ダビードは振り向いて、大声を出す。「ぼく、もう紅茶を飲めるんだよね、イネス？」そう言ってから、また畳みかけるように、「それにね、ボリバルにごはんもあげたの。イネスがね、テニスの後でボリバルを散歩に連れていっていいって」とつづける。

「アルサティアンのボリバルかい？　そばに寄るときには気をつけるんだよ。怒らせちゃいけない」

「アルサティアンは最高の犬なんだよ。泥棒を捕まえたら、絶対放さないんだ。ぼくがテニスするところ、見たい？　まだあんまり上手じゃないけど。最初は練習しなきゃ」それだけ言うと、くるっと振り向いて、イネスと兄たちがなにやら相談しているほうへ、ダッシュでもどっていく。「もう練習していい？」

少年は白い短パンを穿かされている。ブラウスも白なので、ストラップ付きの靴だけが青で、あとは白づくめのテニスらしい装いだ。とはいえ、あたえられたラケットはかなり大きすぎる。両手で持っても、スウィングするのがやっとだ。

アルサティアンのボリバルがそっとコートを横切って、日陰に座りこむ。ボリバルは雄犬で、いかつい肩に、黒いひだ襟みたいな首毛が生えている。見かけは、狼と見まごうばかり。

「おいで、お兄ちゃん！」ディエゴが呼び招く。彼は少年を見おろして立つと、少年の両手の上から包みこむようにしながら、ふたりでラケットを握る。もうひとりの兄がロブを上げる。ふたりでラケットを振り、ボールの芯をヒットする。またひとつ、ロブが上がる。またふたりで打つ。ディエゴがベンチに引っこむ。「坊やに教えられることは、もうないよ」と、妹に大声で言う。「天才だな」もうひとりがまたロブを上げる。少年は重いラケットをスウィングして空振りし、その勢いですっ転びそうになる。

「ふたりでやってて」イネスはふたりの兄に言う。「ダビードとわたしはむこうでキャッチボールでもしているから」

ふたりの兄はコートで打ちあって軽く一戦交え、その一方、イネスと少年は小さな木造りの四阿（あずまや）の裏手へ消えていく。静かな見物人であるおじいさん（エル・ビエーホ）はあっさりと無視される。お呼びでないらしい。これまで以上に、それをまざまざと思い知らされる。

第十二章

この苦悩は胸のうちに秘めておこうと心に誓ったものの、アルバロから少年のことを二度目に訊かれると（「坊やがいないと寂しいじゃないか――みんな寂しがってるぞ」）、堰を切ったように一部始終を話してしまう。

「あの子の母親を捜しに出かけてみると――なんと！――見つかったんだよ」彼はそう話を始める。「母と子はめでたく再会し幸せに暮らしているよ。あいにく、イネスが想定する息子の生活には、男どもと船場で遊ぶ時間は含まれていないようだがね。きれいな服、お行儀、規則正しい食事、そういう生活が想定されている。まあ、妥当だと思うが」

妥当に決まっている。自分になんの権利があって文句を言うというのか？

「そりゃ、痛手だろうよ」アルバロは言う。「あのお兄ちゃんはとびきりだったからな。それはだれが見てもわかる。それに、あんたとの絆も強かったし」

「うん、そうなんだ。けど、もう二度と会えないわけじゃないし。このじいさんはしばらく引っこんでいたほうが、母と子の関係を再構築しやすいと母親が判断した、というだけさ。それも、もっともだと思う」

「それもそうだがなあ」アルバロは言う。「でも、それは心の衝動ってやつを蔑ろにしてないか？」

心の衝動、ときたか。アルバロにこんなことを言う一面があったとは。強くて、誠実な男。頼れる同志。どうして胸襟をひらいて、この男に胸中を打ち明けられないのか？　とはいえ、やはり言えない。「こっちからなにか要求する権利はないからね」と、いつのまにか答えている。この偽善者め！「それに、つねに子どもの権利は大人の権利に勝る。それが法の鉄則じゃないかい？　未来を担う子どもたちの権利が優先だよ」

アルバロは納得しがたいようだ。「そんな鉄則は聞いたことがないぜ」

「自然界の法則、と言い換えればいいかな。血は水よりも濃し、だよ。子どもは母親の元にいるべきだ。とくに幼い子はね。それに比べたら、わたしの要求なんてじつに抽象的で、じつに人為的だ」

「だって、あの子を愛してるんだろ。あの子もあんたを愛してるさ。それのどこが人為的なんだ。人為的なのはその法則のほうだ。坊やはあんたの元にいるべきだよ。あんたを必要としてる」

「気づかってくれてありがとう、アルバロ、しかしわたしは本当にあの子に必要とされているだろうか？　実のところ、むしろあの子を必要としている側なんじゃないか。あの子に頼りにされているというより、こっちが頼っている気がするよ。それにしても、だれを愛するか、われわれはどうやって決めるんだろうな。大いなる謎のひとつだよ」

その午後、意外な来客がある。フィデルくんが自転車でドックにやってきて、走り書きした短い手紙を渡してくる。「来ると思っていました。何事もないといいんですが。今夜、夕食をどうですか？　エレナ」

「お母さんに『ありがとう、伺います』って伝えてくれるかい」彼はフィデルに言う。

「ここがおじさんの仕事場？」

「そうだ、こんな仕事をしているんだよ。こういう船の荷の積み下ろしを手伝っている。船内を案内できないのが残念だけど、ちょっと危険なものでね。もう少し大人になったら、見せてあげられるかもしれない」

「これって、ガリオン船？」フィデルが訊く。

「いや、帆がないから、ガリオン船とは呼べないね。石炭船と呼ばれるものだ。石炭を燃やしてエンジンを作動し、それで動く船のことだよ。明日には復路の石炭を積みこむ予定なんだ。積み込みはここではなく、第十埠頭でおこなう。その作業はしなくて済むから、ありがたいよ。汚れ仕事だからね」

「どうして？」

「石炭で全身、真っ黒になるんだ。髪の毛までね。それに運ぶ石炭がものすごく重たい」

「どうしてダビードはぼくと遊べないの？」

「いや、あの子がきみと遊べないということじゃないんだ、フィデル。ただ、彼のお母さんがしばらくダビードを独り占めしたいというだけだ。長いこと会っていなかったからね」

「おじさん、ふたりは初対面だって言ってた気がするけど」

「まあ、言葉の綾というかさ。彼女も、夢のなかではダビードに会っていたろうね。もうじきあの子が来るのを知って、待っていたんだよ。はたしてあの子はやってきた。だから、うれしくてたまらないんだ。胸がいっぱいになってる」

フィデルは黙りこんでいる。

「フィデル、もう仕事にもどらないといけない。今夜、きみのお母さんと一緒に会おう」

「その人の名前、イネスっていうんだ？」

「ダビードのお母さんかい？　そう、イネスという名だよ」

「あの人、好きじゃないや。犬を飼ってるでしょ」

「まだ彼女のこと、知りもしないじゃないか。実際、知り合いになれば、好きになると思うが」

「ならないよ。凶暴そうな犬だし。怖いよ」

「わたしもその犬は見たことがある。ボリバルという名前なんだ。たしかに、あの犬の近くには寄らないほうがいいな。アルサティアンという種だが、アルサティアンは思わぬ行動に出ることがある。アパート地区に連れてきたんで、びっくりしているよ」

「あいつ、嚙む？」

「かもな」


「それで、一体どこに住んでいるんですか？」エレナが尋ねる。「あの快適なアパートは引き払ったわけでしょう」

「だから言ったじゃないか。ドックの近くに部屋を借りたって」

「ええ、だけど、正確に言うとどこなの？　下宿屋ですか？」

「いいや、どこだろうが、どんな部屋だろうが、どうでもいいだろう。わたしの用途にはかなっているんだから」

「調理設備はあるんですか？」

「調理設備なんて要らないさ。あっても使わないだろうから」

「じゃあ、パンと水だけで暮らしているんですか。パンと水には、もううんざりかと思ってましたけど」

「パンは生活の支えだろう。人はパンがあれば困らない。エレナ、こんな尋問みたいなことはやめてくれ。わたしは自分の面倒はちゃんと自分で見られるよ」

「どうかしら。大いに疑問ですね。移転センターの人たちに新しいアパートを見つけてもらえないんですか？」

「センターの登録上、わたしはいまもあの割り当てられたアパートで快適に暮らしていることになっている。別宅まであたえる所以はないだろう」

「だったら、イネスが――たしか彼女はラ・レジデンシアに部屋があると言ってましたよね？　イネスとダビードがそっちに住めばいいじゃありませんか？」

「ラ・レジデンシアは子どもはお断りなんだよ。あそこはわたしの見るかぎり、リゾート施設のようなものだな」

「ええ、ラ・レジデンシアなら知ってます。訪問したこともありますから。イネスが犬を連れてきたのはご存じですか？　室内で小型犬を飼うのはいいとして、でも、その犬はこんなに大きなウルフハウンドなんですよ。衛生上もよくありません」

「うん、あれはウルフハウンドじゃなくて、アルサティアンというんだ。じつを言うと、犬の件はわたしも気がかりでね。ダビードにも気をつけるよう言ってある。フィデルにも言っておいたよ」

「フィデルには絶対に近寄らせないつもりです。あんな女性にわが子を託して、本当に良かったと思っているんですか？」

「犬なんか連れた女性に、ということか？」

「三十代で子どものいない女性に、ということですよ。日がな、男性とスポーツをして過ごしているような女性でしょう。それに、犬も飼っている」

「イネスはたしかにテニスをする。けど、テニスをする女性なんてごまんといるじゃないか。楽しい娯楽なんだし。フィットネスにもなる。犬といっても一匹だけだろう」

「あの人は自分のバックグラウンドとか過去について、なにか話していました？」

「いや、こちらも訊いていないし」

「まあ、わたしとしては、どこの馬の骨ともわからない赤の他人に自分の子を任せるなんて、頭がおかしくなったとしか思えませんね」

「馬鹿ばかしい。エレナ、イネスには過去がない。問題になるような過去はないんだ。それはわれわれと同じだろう。みんなここで新しくやりなおす。みんな白紙でスタートするんだ。まっさらな状態で。それに、イネスは赤の他人じゃないぞ。ひと目見たとたん、この人だとわかったんだから。ということは、前になんらかの形で知っているはずだ」

「あなたはこの国に白紙の状態で、あらゆる記憶をなくしてやってきたと言うわりに、過去に会った人の顔がわかると言い張るのですね。わけがわからない」

「でも事実そうなんだ。たしかにわたしには過去の記憶がない。でも、イメージというか、イメージの影みたいなものは、いまも残っているんだ。どうしてなのか、それは説明できない。奥深くにあったものも、消えずに残っている。記憶を持っていたことの記憶とでもいうかな。イネスの顔がわかるのは、過去の記憶によるものではなく、なにか別に出どころがあるんだろう。イネスのイメージがわたしの中に埋めこまれていたような……どう考えても彼女で間違いない。少なくとも、彼女があの子の本当の母親であることには疑いの余地がない」

「だったら、他にどんな疑いが？」

「あの子にとって良い母親であることを祈るのみだ」

第十三章

思い返してみると、エレナが息子をドックに寄越したあの日が、シモンとエレナにとって分岐点になったようだ。彼としては、自分たちふたりのことは凪いだ海を漂流する二隻の船のように捉えており、おおむね近づきあう方向にあると思っていたが、あの日を境に離れはじめたのだろう。エレナにはいまだ好ましく思う面が多々あり、とくに快く愚痴を聞いてくれるところなどじつにありがたい。とはいえ、ふたりの間にあるべき何かが無いという感覚が強まっている。エレナのほうではこの感覚を共有せず、なにも足りないものなどないと思っているようなら、別れて惜しい相手ではあり得ない、ということだ。

彼は東アパート地区の外にあるベンチに腰かけて、イネスに短い手紙を書く。

わたしは中庭の向かい側にあるC棟に住む女性と親しくしている。エレナという女性だ。彼女にはフィデルという息子がいて、この子はダビードの親友であり、彼のおかげでダビードも精神的に安定している。フィデルは年端のいかない男児にしては思いやりのある子で、それは会えばきみもわかると思う。

ダビードはエレナのところで音楽の稽古もしている。歌を一曲歌わせてみてほしい。それはみごとに歌うから。わたしとしては稽古をつづけさせてやりたいが、もちろん決定権はきみにある。

それから、ダビードはうちの現場監督のアルバロとも仲がいい。アルバロもダビードの良き友だ。人は良き友を持てば自分も良くなろうとする。少なくとも、わたしはそう思っている。ダビードには善き道に進んでほしい――これはおたがい望むことではないか？

わたしでなにか力になれることがあるなら「と、手紙を結ぶことにした」、そこにきみも少しだけ協力してくれないか。わたしはたいていドックの第二埠頭にいる。フィデルはなかなか察しのいい子だし、その点はダビードも同じだ。


イネスの部屋の郵便受けに手紙をおとす。返事は期待していないが、実際、なんの音沙汰もない。イネスがどういう女性なのか、いまひとつ定かでなかった。たとえば、善意の助言を受けいれる気持ちがある女性だろうか？　それとも、他人に生き方をどうこう言われるとカチンときて、コミュニケーションを反故にしてしまうタイプだろうか？　その前に郵便受けをチェックしているかどうか？

イースト・ヴィレッジの共同ジムがあるF棟の地下には、パン屋がアウトレットを出しており、彼は密かに〝兵站部〟と呼んでいる。平日午前中の九時から正午までの開店。パンなどの焼き物のほか、砂糖、塩、小麦粉、料理油といった食の必需品を、笑えるような低価格で売っているのだ。

兵站部で缶詰スープを買いこみ、ドックの隠れ家に持ち帰る。夕食も、独りきりの日は、パンと冷たいままの豆のスープのみ。判で押したような食事にも慣れてくる。

東アパート地区の住人は大半が兵站部を利用しているから、そのうちイネスも来店するだろう。イネスとダビードに会うために、午前中そのへんをうろついてみるという案をつらつら考えた後、やはりやめることにする。商品棚の陰にひそんで偵察する姿をイネスに見つかったら、とてつもない屈辱だ。

それに、昔のねじろを離れられない幽霊みたいになるのはごめんだ。イネスが子どもとの信頼関係を築くには、しばらくふたりきりにしておくのが最善の策。それは認めるに吝(やぶさ)かでない。とはいえ、拭いきれない不安がしつこく頭をもたげる——あの子は寂しく悲しい思いをして、自分に会いたがっているんじゃないか。先日ようすを見にいった時のあの表情が忘れられない。無言の疑心でいっぱいの顔つき。ひさしのついた小さなキャップをかぶり黒い深靴を履いた、昔の少年の姿をまた見たくてたまらない。

ときおり誘惑に負けて、アパート地区のはずれをうろつくこともある。そんなことをしているある日、干し場で洗濯物をとりこんでいるイネスの姿をちらっと見かける。確かではないが、なんとなく疲れた顔、疲れて、悲しそうな顔をしている。もしや、ダビードとの暮らしがうまくいっていないとか？

干した衣類のなかに少年の服を見つける。あの前立てにフリルのついたブラウスだ。

また別の日には——それが隠密訪問の最後になるのだが——イネスと子どもと犬が一家そろったところを見かける。アパート地区から出てきて、芝生を突っ切り、緑地のほうへ向かっていく。仰天したのは、灰色のコートを着た子どもが自分で歩かずに、ベビーカーに乗せられていたことだ。五歳の男の子をなぜベビーカーに乗せる必要がある？　そもそも本人がなぜこんなことを平気でさせているのか？

　緑地のなかでも自然がひときわ手つかずのまま残っているあたりで、彼らに追いつく。歩行者用の木造の橋が、急流渦巻く川の上にかかっている。「イネス！」彼は大声で呼びかける。

　イネスが立ち止まって振り向く。犬もぴくりと耳を立て、リードを引っ張りながら振り向く。

　彼は近づきながら笑顔をつくる。「奇遇だな！　店に行く途中できみらを見かけたもんだから。最近、どうしているね？」と訊いてから、答えを待たずに、「やあ」と少年に話しかける。「おや、ドライブかい。小さな王子さまみたいだね」

　少年は彼の目をじっと見据える。そうして見られると、一抹の安心感が忍び入ってくる。なにも心配ない。ふたりの絆はまだ切れていないのだ。ところが、少年はまた親指を口に持っていく。これは良い兆しではない。親指をしゃぶるのは、不安があるか、心が傷ついているからだ。

「ええ、お散歩よ」イネスが言う。「たまには外の空気にあたらないと。あのアパートは風通しがわるいから」

「たしかに」彼は応える。「あれは設計が良くない。わたしは昼も夜も窓を開けっ放しにして、空気を入れているよ。いや、以前はそうしていたという意味だが」

「そんなの無理よ。ダビードが風邪をひいたら困るもの」

「その子はそう簡単に風邪をひいたりしないさ。丈夫な子なんだ――なあ、そうだろう？」

　そう話しかけると、少年はうなずく。コートのボタンが喉元まできっちり掛けられているのも、風でわるい病原菌が入りこまないようにしているのだろう。

沈黙がしばらくつづく。もっと近寄りたいのだが、犬が相変わらず警戒心満々の視線を向けてくるので近寄れない。

「それはどこで手に入れたんだい？」と、ベビーカーを指して訊く。「その乗り物は？」

「ファミリー・デポーよ」

「ファミリー・デポー？」

「子ども用品を買える流通センターが街にあるの。そこでベビーベッドも買ったわ」

「ベビーベッド？」

「まわりに柵がついているあれよ。落っこちないようにね」

「それはまた妙だな。わたしが憶えているかぎり、その子はふつうのベッドで寝てきたし、落っこちたことなんてないぞ」

言い終える前から、まずいことを言ったらしいと気づく。イネスはきゅっと唇を引き結び、ベビーカーを方向転換して去っていこうとするが、犬のリードが車輪に絡まってほどけず、立ち往生する。

「すまなかった」彼は言う。「干渉するつもりはないんだ」

イネスは答えようともしない。

あとでこの出来事を振り返って不思議に思うのは、なぜイネスに異性の感情を抱かないかということだ。ルックスもわるくないのに、ちょっとしたときめきすら起こらない。たぶん、彼女の敵意をひしひしと感じるからだろう。それは出会った最初からだ。いや、あるいは、たんに彼女が魅力をふりまこうとしないから、胸襟をひらこうとしないから、惹かれないだけだろうか？　エレナの読みどおり、イネスは処女であるか、いつまでも処女みたいに硬いタイプなのかもしれない？　処女についてなにがしか知っていたとしても、いまや忘却の霧の彼方にあって思いだせない。処女オーラというのは男の欲望をかき消してしまうものか、それとも煽りたてるものか？　移転センターのアナを思いだしてみるに、あれは猛烈な処女タイプではないか。でも、間違いなくアナには、ぐっとくる。イネスにない何がアナにはあるのだろう？　あるいは問い方が逆か。アナにはない何がイネスにはあるのか？

「きのう、イネスとダビード坊やにばったり会ってね」彼はエレナに話す。「ふたりのことはよく見かけるかい？」

「イネスなら、アパート地区のあたりで見かけますけど、言葉を交わしたことはないですね。あの人、ここの住人とはあまり関わりたくないようだし」

「まあ、ラ・レジデンシアの住人だった自分がアパート暮らしをしている、というのはつらいものがあるだろうね」

「ラ・レジデンシアに暮らしたからって、わたしたちより偉いわけじゃないでしょう。この国ではみんな、どこからともなく来て、ゼロからスタートするんですから。彼女があそこに住めたのは、運が良かっただけなのに」

「母親業はちゃんとこなしていると思うか？」

「子どもは大切に、大切にしていますよ。わたしに言わせれば、過保護ですね。いつも鷹みたいに子どもに目を光らせて、他の子たちとは決して遊ばせようとしないんです。おわかりでしょう。フィデルはそれが理解できずに、傷ついていますよ」

「気の毒に。ほかにはどんなことを見かけた？」

「お兄さんがしょっちゅう来ますよ。あの人たち、車を持っているでしょう——ほら、小型の四人乗りの車で、屋根が開くやつです。カブリオレとか言うんじゃないですか。その車で出かけて、陽が暮れてから帰ってきます」

「あの犬も一緒に行くのか？」

「ええ、犬も一緒です。イネスの行くところどこへでも付いていくんですよ。怖気がしますね。巻きバネみたいなものですよ。きっとある日、突然、だれかに襲いかかるんです。それが子どもでないことを祈るばかりです。轡(くつわ)をはめるよう説得できません？」

「めっそうもない」

「けど、幼い子どもがいるのに狂犬を飼うなんてどうかしています」

「べつに狂犬ではないよ、エレナ。ただ、なにをするか予測がつかないだけで。予測はつかないが、主人に忠実ではある。イネスにとっては、そこがいちばん大事らしい。数ある美徳の女王たるものが忠誠心だ」

「そうですか？　わたしなら忠誠心をそんなふうには呼びませんね。美徳としては、〝節度〟と同じでせいぜい中程度でしょう。兵士に求めるような徳ですよ。わたしから見ると、イネス自身が番犬みたいなものです。ダビードにはりついて、悪いものを追っ払っている。よりによって、どうしてあんな女性を選んだんです？　あの子にしてみれば、あの人に母親役をされるぐらいなら、あなたの父親役のほうがまだましでしたよ」

「そんなことはないさ。母親なしで子どもは育てられない。きみもそう言ったじゃないか？　母親あってこそ、その子どもは存在しうるが、父親というのは親という概念を提供するにすぎないとね。概念さえ伝われば、父親はお役ご免なんだ。しかもこの子の場合、わたしは父親ですらない」

「たしかに子どもが世に生まれ落ちるためには母親の子宮が必要ですけど、その子がいったん子宮から出たら、命をあたえた母親も父親と同じく用済みです。そこから先、子どもに必要なのは愛情と世話ですが、これは男性だって女性と同様にあたえられるでしょう。けど、あなたのイネスは愛情も世話も、なにひとつわかっていない人です。いわば、お人形をもらった幼い女の子――自分のおもちゃをだれにも触らせまいとする並はずれて嫉妬深くてわがままな女の子です」

「馬鹿言うな。隙あらばイネスをこき下ろす気なんだな。彼女のことを知りもしないくせに」

「そう言うあなたは？　大切な預かりものを彼女に手渡す前に、どれぐらい知っていたというんです？　母親としての資質を調べる必要なんかないと言いましたよね。直観に頼ればいいんだって。本物の母親はひと目見れば瞬時にわかるって。直観ですか。どういう根拠で、子どもの未来を決めているのやら」

「こんな話はもうさんざんしてきたじゃないか、エレナ。素朴な勘に頼ってなにがいけないんだ？最終的には、ほかに頼れるものなどあるか？」

「常識や理性というものがあるでしょう。ものがわかった大人なら、こう忠告するでしょう。ものぐさな生活に慣れきって、実社会から蔑まれ、やくざなふたりの兄たちに護られて暮らしている処女の三十女が、信頼できる母親になれるはずがないと。大体にして分別のある人なら、このイネスの身元を照会するでしょうし、過去を調査したり、人柄を査定したりするはずです。分別のある人なら試行期間を設けて、子どもと世話役がふたりでうまくやっていけそうか見るでしょうね」

彼は首を横に振った。「きみはいまだに勘違いしているな。わたしの務めはあの子をあの子の母親の元に連れていくことなんだ。母親役のだれかじゃない。なんらかの母親テストに合格した女性ではない。きみやわたしの物差しからしてイネスがことさら良い母親でないからといって、問題ではないんだ。彼女こそがあの子の母親であるのは事実なんだから。あの子はいま、本当の母親と暮らせている」

「けど、イネスはあの子の母親じゃないでしょう！　あの子を孕んだわけでも、子宮に宿してたわけでもない！　お腹を痛めて産んだわけでもない！　あなたが気まぐれに選びだした人にすぎないのよ。おそらくあなたの実のお母さんを髣髴させるところがあったからでしょう」

彼はまた首を横に振る。「イネスを見た瞬間にわかったんだよ。『この人がそうだ！』という内なる声の呼びかけを信じないなら、信じられるものなどなにも残らんぞ」

「笑わせないで！　内なる声ってなんなの！　人が競馬で貯金まですってしまうのも、内なる声に従うからでしょう。悲惨な色恋沙汰にみずから飛びこんでいくのも、内なる声のなせる業でしょう。それは――」

「イネスとは色恋の関係じゃない。いまのがそういう当てこすりだとしたら。そんなムードからは程遠いね」

「恋ではないにしろ、イネスに理不尽に執着しているでしょう。その方がもっと質がわるいですよ。彼女がダビードの運命の人だと確信している。そのじつ、イネスは象徴的な意味にしろ、そうでないにしろ、あなたにもダビードにも無関係の人なのに。あなたはたまたまイネスに目を留め、自分の個人的な妄執を彼女に投影しているだけ。もしあなたが言うように、あの子があらかじめ母親と結ばれる運命にあるなら、ふたりの出会いは運命にまかせておけばいいでしょうに。どうして割りこんでお節介を焼いたんです？」

「運命が行動を起こしてくれるのを、手をこまねいて待っているわけにはいかないからだよ、エレナ。なにか考えついても、それが実現するのをただのんびり待っているんじゃ、話にならないだろう。それと同じだ。だれかがアイデアを現実化しなくてはならない。だれかが運命のために行動する必要がある」

「まさにそういうことを言ったんですよ、さっき。あなたはあなたなりの母親像をもってこの国にやってきた。そして、それをあの女性に投影しているだけです」

「合理的な議論とは言えなくなってきたな、エレナ。わたしが聞かされているのは、ただの恨み節だよ。恨みと偏見と嫉妬」

「恨みでも偏見でもないし、嫉妬と呼ぶのはなおさらおかしいですね。わたしは、あなたが分別の証しより信頼するという聖なる直観の出どころを知る手助けをしているのに。直観はあなたの中から出てくるんですよ。忘れてしまった過去に源（もと）があるんです。そこには、坊やと彼の幸福はまったく関係していません。もし坊やの幸福を考えるなら、いますぐ連れもどしにいくはずです。あの女性は坊やに悪い影響をあたえます。彼女に育てられて、坊やは退行していますよ。イネスはあの子を赤ちゃんにもどそうとしているんです。

　あなたが望みさえすれば、今日にでも連れもどせます。ただあの部屋に入っていって、連れだせばいいんです。彼女には正式な権利はなにもないんですから、赤の他人です。あなたは自分の子も自分の部屋も取りもどして、あの人は元いたラ・レジデンシアに帰り、お兄さんたちとテニス三昧の生活にもどればいいだけです。そうしたらいいじゃないですか？　それとも、あのお兄さんたちや犬が怖くて出来ないんですか？」

「エレナ、やめてくれ、頼むから。たしかに、あの兄貴たちは怖い。あの犬にも腰が引けている。でも、あの子を奪い返さないのはそんな理由じゃない。やらないものはやらないんだ。わたしはこの国では寄る辺もなく、あらゆる人づきあいを初歩のスペイン語でこなさなくてはいけないんだ。自分の気持ちもろくに表現できない。そんな国で、わたしがなにをしていると思う？　朝から晩まで、荷役馬みたいに重たい荷袋を引きずるためにこの国へやってきたとでも言うのか？　いいや、わたしがここに来たのは、あの子を母親の元に連れていくためだ。そして、その務めは終わったんだ」

エレナは笑いだした。「あなたは癇癪を起こすと、スペイン語がうまくなりますね。もっと頻繁に怒ったらどうですか。イネスについては、たがいの意見が合わないということで合意しましょう。ほか諸々については、実のところ、あなたもわたしも自分が幸せで充実した生活を送るためにここにいるわけではないでしょう。子どもたちのためです。スペイン語での生活は、わたしたちにはしっくりこないかもしれない。でも、ダビードとフィデルはそれに慣れていく。スペイン語が母語になるでしょう。ネイティブのように心から話せるようになる。それから、荷役の仕事を自嘲するのはよしてください。あなたはこの国に裸一貫で到着し、肉体労働よりほかに出来ることもなかった。追い返されてもおかしくなかったのに、そんなことはなかった。むしろ歓迎された。星空の下で路頭に迷っていたかもしれないのに、住むところもあたえられた。感謝すべきことがたくさんあるでしょう」

彼は無言のまま。しばらくしてようやく口を開く。

「ありがたいお説教はそれで終わりか？」

「ええ」

第十四章

四時をまわり、第二埠頭の貨物船から最後の積み荷が荷馬車に積み重ねられる。エル・レイと相棒はハーネスをつけた恰好で、かいば袋の餌をおとなしく食んでいる。

アルバロは両腕を伸ばすと、彼に笑いかけてくる。「今日も片付いたな。気分爽快じゃないかい？」

「まあ、そんなところだ。ただ、毎週毎週、どうしてこんなに大量の穀物がこの町に必要なのか自問したくなるがね」

「食糧だろ。人間は食い物がないとやっていけないからな。ノビージャのぶんだけじゃないんだ。後背地にも供給してる。港町っていうのはそういうものさ。後背地のぶんも面倒みる」

「それにしても、結局はなんのためなんだ？　海のむこうから船で穀物をどんどん運んでくる。わたしたちが船から積み荷を下ろし、だれかがそれを挽いて焼き、それはしまいには食べられて、あの、あれになるわけだな。なんと呼ぶんだ？　まあ、排泄物だ。それは流れて海に帰る。こんなことの何が気分爽快なんだろう？　壮大なる構図のどこにどう当てはまるんだ？　わたしには、壮大なる構図も高尚なる企図も見えないがね。たんなる消費じゃないか」

「あんた、今日はえらく機嫌がわるいねえ！　生き物の一部であることを正当化するのに、高尚な企図なんか必要あるもんか。生というのはそれ自体で善いものだからな。で、食物を海に流し、そうして仲間が生きていけるなら、倍も善いじゃないか。なんでまた、そんなことにいちゃもんをつけられるんだか？　ともかく、パンのなにがいけないんだ？　あの詩人が言ったことを思いだせよ。パンとは陽の光を体内に入れる方法である、だ」

「お言葉を返すようですまないが、アルバロ、客観的に言って、わたしが、いや、ここの港湾荷役たちがしているのは、物をA地点からB地点に運ぶことだろう。荷袋をひとつひとつ、来る日も来る日も。もっと高尚な理由で汗を流しているなら、また話は別かもしれないが、しかし生きるために食べ、食べるために生きるというのは——バクテリア的な生き方であって、決して……」

「決して、なんだよ？」

「人間的とは言えない。被創造物の頂点に立つ種らしくない」

哲学論議に充てられるのは、ふつう昼休みの時間で仕事の後ではない——われわれは死んでそれきりになるのか、それとも無限に輪廻転生するのか？　彼方にある惑星は太陽の周りを公転しているのか、それとも互いの周りを回っているのか？　あらゆる可能世界のうちでこれが最良の世界と言えるだろうか？　といった議論を交わす。しかし今日に限っては、すぐ帰らずふたりの周りに集まってきて、この討議に聴き入る荷役たちもぽつぽついる。アルバロが彼らの方を向いて話しかける。「おまえたちはどう思うよ、同志？　わが友が主張するように、遠大な企図ってのが必要かね？　それとも、毎日仕事をし、上手くこなしていければ満足か？」

しばしの沈黙がある。荷役仲間はシモンがこの職場に入ってきた時から、彼に敬意をもって接してきた。なにしろ、シモンとは父と子ほど年の離れた者もいるのだ。とはいえ、親方のこともリスペクトしている。いや、崇めていると言ってもいい。だから、明らかにどちらの側にもつきたくないようすだ。

「ここの仕事が気に入らない、満足できないって言うなら」なかのひとり——というのは、エウヘニオだが——が口をひらく。「ほかにどんな仕事をしたいんです？　会社勤め？　会社勤めのほうが人の仕事として上等だって？　それとも、工場勤務とか？」

「いや、そうじゃない。断じて違う。誤解しないでくれよ。ここでわれわれがしている仕事は、それ自体としては良い仕事だと思う。実直な仕事だ。しかしアルバロとわたしが論じていたのは、そういうことではないんだ。われわれの労働の目的を論じていたんだよ。究極の目的について。われわれの仕事を貶(けな)そうとは夢にも思わない。それどころか、ここの仕事はわたしにとって非常に大切なものだ。実際問題」と、話が逸れはじめたが、かまうものか。「わたしには、きみたちと肩を並べて働くこの職場以外行くところもない。ここで働くうちにわたしが経験したのは、まさに仲間の支えと仲間の愛情にほかならない。そのおかげで毎日が明るくなり、ありがたいことに——」

　苛々してきたのか、エウヘニオが口をはさむ。「だったら、自分で答えを出してるじゃないですか。無職だったらどうだろ。することもなく公共のベンチに座って時間をつぶしながら毎日を過ごすとしたら。冗談言いあう仲間もいないし、仲間が善意で支えてくれることもない。労働しないと、っていうか労働をシェアしないと、仲間同士の友情なんて生まれないすよ。中身のないものになっちまう」エウヘニオは同僚たちのことをちらっと見まわす。「そうだろ、みんな？」

同意のつぶやきが広がる。

「だったら、サッカーはどうだ？」心許ないが、別の手で攻めてみることにして、シモンはそう応戦する。「われわれはサッカーチームに属し、ともに闘い、ともに勝ったり負けたりしているとする。その場合も、同じように愛しあい助けあうだろう。仲間同士の友愛が究極の善であるなら、どうしてこんな重たい穀物の荷を運ぶ必要があるんだ？　サッカーボールを蹴っていればいいじゃないか？」

「サッカーやってるだけじゃ食えないからだよ」アルバロが言う。「サッカーをするには、生きていないとだめだし、生きていくには、食わないとだめだ。ここでの労働を通して、われわれは世の人々を生かしていることになる」と言って、首を横に振る。「考えれば考えるほど、労働とサッカーは比べられない、ふたつは哲学的に言って別々の世界に属していると思うがなあ。わからんよ、本当にわからん。あんたはどうしてこの仕事をそんなふうに貶すんだ」

その場にいる人々の視線がいっせいにシモンに向けられる。

「誤解しないでくれ、われわれの労働を貶すつもりなんてないんだ。わたしの誠意を証明するために、明日は一時間ばかり早く仕事に来て、昼休みも短くしよう。積み荷もだれにも負けないぐらいたくさん運ぶ。でも、わたしは引き続きこう問うだろう。われわれはなぜこの仕事をしているんだろう？　なんのために？　と」

アルバロが前に出て、たくましい腕を彼の肩にまわしてくる。「雄々しい功労なんて要るかよ、同志。あんたの気持ちはおれたちもわかってるんだし、証明なんか必要ない」すると、ほかの仲間たちも寄ってきて背中をたたき、抱擁してくる。彼はだれかれなく微笑みかける。涙がこみあげてくると同時に、思わず笑みこぼれてしまう。

「うちのメインの倉庫はまだ見たことがなかったろう？」アルバロがまだ彼の手を握りながら尋ねる。

「ないね」

「自分で言うのもなんだが、なかなかの施設だぜ。ちょっと寄ってみるか？ あんたさえよければ、いまからでも行けるが」アルバロは御者のほうを向く。御者は御者席で背を丸め、荷役たちの討論が終わるのを待っていた。「同志をひとり倉庫まで乗せていってもらえるか？ よっしゃ、いいな。ほら、乗って！」アルバロは彼に手を貸して、運転士の横に乗せる。「あの倉庫をひと目見たら、自分の仕事をもっと誇れるようになるぞ」

その倉庫は、思ったより埠頭から遠い南岸にある。河川が湾曲し、細くなっていくあたりだ。馬がアンブルでゆっくり進んでいくので――御者は鞭を持っているのに使わない。ときどき舌打ちして馬を励ますだけ――倉庫に着くまでに一時間近くかかってしまい、その間、たがいにひと言も発しない。

倉庫は野っぱらにぽつんと建っていた。巨大な、サッカースタジアムぐらいの広さの二階建ての建物で、スライド式ドアがいくつも付いていたが、ドアも、荷袋を積んだ荷馬車が楽々通れるぐらい大きい。

今日の業務は終了したらしく、荷下ろしをする作業員の姿はない。御者が荷馬車を貨物の積み下ろし台の横に停め、馬たちのハーネスをはずしている間に、シモンは巨大な建物の奥へぶらりと入っていく。壁と屋根の隙間から射しこむ光で、何メートルも堆く積まれた袋が見える。穀物の袋が山積みになり、それが奥の暗がりまでずっとつづいている。なまくらに数を勘定してみるが、途中でわからなくなる。少なくとも百万個ぐらいある。ひょっとすると数百万個。これだけの穀物を挽くのに充分な製粉所と、それを焼くのに充分なパン屋と、それを消費するのに充分な人間がノビージャには存在するんだろうか？

足元で、ジャリッという乾いた音がする。こぼれた穀物を踏んだのだ。くるぶしになにか柔らかいものが当たり、思わず蹴り飛ばす。キィッと声があがる。突如、川のせせらぎのような、低い囁きのような音が四方から聞こえているのに気づく。彼も叫び声をあげる。まわりの床じゅうに生き物が蠢いている。ネズミだ！　いたるところにネズミがいる！

「倉庫じゅうにネズミがいるぞ！」と、叫びながらあわてて引き返すと、御者と門番に出くわす。

「袋の中身が床じゅうにこぼれてる。ネズミの大群がいるんだ！　おぞましい！」

御者と門番は顔を見あわせる。「ええ、それなりの数のネズミはいますよ」門番は言う。「もっと小さいのもいます。数えきれないほど」

「それなのに、なにも対策をしないのか？　不衛生じゃないか！　食物のなかに棲みついて、汚染しているんだぞ！」

門番は肩をすくめる。「わたしたちにどうしろと言うんです？　穀物のあるところに齧歯動物あり、です。そういうもんでしょう。猫を放ってみたこともありますが、ネズミたちもいまでは怖いもの知らずで。いずれにしろ、多すぎてどうにもなりません」

「言い訳にならん。罠を仕掛けることもできるだろう。毒を撒くとか。建物を燻でいぶすとか」

「食糧倉庫に毒性のスプレーなんかできないですよ――考えればわかるでしょう！　さて、用がお済みなら、もう鍵を閉めないと」

　翌朝、彼はいつの一番にアルバロにこの話をもちだす。「得意げに倉庫のことを話していたが、自分で行ったことがあるのか？　あそこはネズミだらけだぞ。害獣の大群に餌をやるために働くなんて、どこが誇らしいんだ？　どうかしてる、狂ってる」

　アルバロは柔和でむかつく笑みを向けてくださる。「貨物の積み下ろしをする場所には、ネズミがいるもんさ。倉庫のある場所にも、決まってネズミがいる。われわれ人類が栄えるところでは、ネズミも栄える。ネズミは知能の高い生き物だよ。あいつらはおれたちの影と言ってもいい。そりゃ、荷下ろしした穀物を少しばかり食うだろうが、まあ、無駄になるぶんも織り込み済みだからな。どこに行っても仕損ってあるだろう。畑でも、貨物列車や貨物船でも、倉庫でも、パン屋の貯蔵室でも。そんなことでいちいち騒いでも仕方ない。世の中に仕損品はつきものだ」

「だからって、打つ手がないわけじゃないだろう！　どうして、ネズミに汚染された倉庫に、トン単位、いや、何千トン単位で穀物を貯蔵しておくんだ？　一か月ごとに、われわれの需要に見合う量だけ輸入すればいいじゃないか。この移送作業全体を、どうしてもっと能率よく組織できないんだ？　トラックを使えばいいのに、どうして馬と荷馬車でやらなくちゃいけない？　貨物だって、どうして袋に小分けになって送られてきて、荷役が担いで運ぶことになるんだ？　船倉のあっち端からざーっと入れて、こっち端からポンプを使って管で吸いあげればいいじゃないか？」

　アルバロは長々と考えてから、ようやく答える。「あんたの言うように、穀物をいっぺんに吸いだせたら、シモン、おれたちはどうなる？　馬たちは？　エル・レイはどうなるよ？」

「われわれがやっているこの港湾労働はなくなるだろうな」彼はそう答える。「その点は認めるよ。

しかしその代わり、ポンプを組み立てたりトラックを運転したりする仕事は見つかるだろう。いまと同じように、みんな職には就ける。ただ、仕事の種類が違って、頭を使うことになるだろう。体力だけではなく」

「つまり、おれたちを獣じみた労働生活から解放したいというんだな。ドックを去って、別な種類の仕事を見つけろと。そういう職場では、袋に入った穀物の粒が自分の体型にそって動くのを感じ、粒がカサカサいうのを聞きながら、積み荷を肩に担ぎあげることもできないし、物とじかにふれあうこともできなくなる——人間の糧となり命をあたえている食物との接触を失うんだ。

われわれはなぜ、自分たちが救済されるべきだとこうも強く思いこんでいるんだろうな、シモン？　おれたちは無能でほかに出来ることがないから、こんな荷役をして暮らしていると思うか？　ポンプを組み立てたり、トラックを運転したりできないから？　とんでもないさ。もうおれたちのこと、わかってきたろう。あんたも仲間なんだよ、同志。べつに無能なわけじゃない。救済される必要があるなら、とっくに自分たちでしているよ。愚かなのはおれたちじゃない。愚かなのは、あんたが頼りにしている小賢しい理屈だ。そのせいで、答えを見誤ってしまうんだ。ここはおれたちのドック、おれたちの埠頭だ、そうだよな？」アルバロは左右に目をやった。肯定のつぶやきが広がる。「小賢しい知恵の出る幕はない。大事なのは実物だけだ」

彼は耳を疑う。こんな反知性主義的なごたくを喋り散らしているのが、わが友アルバロだとは信じられない。残りの作業員たちも彼の後ろにしっかりと整列しているように見える——毎日、真実と仮象について、真と偽について、自分と議論しているあの知的な若者たちが……。日頃から彼らに好意をもっていなければ、あっさり立ち去るところだ——そうして彼らには不毛な労働をさせておけばいい。しかし彼らは仕事仲間なのだから、幸せであってほしいし、間違った道を歩んでいると気づかせる義務が自分にはある。

「自分の言ったことを考えてみろ、アルバロ。きみは〝実物〟と言うが、その物が永遠に変わらずその物だと思っているのか？　まさか。万物は流転する。ここへ来るのに海を渡ってきた時のことを忘れたか？　海の水は流れ、流れながら変化する。同じ川のなかには二度と入れないということさ（同一性を論じたヘラクレイトスの言葉）。魚が海に棲むように、人間は時間のなかで生き、時とともに変化せざるをえない。いくらわれわれが荷役の尊い伝統を守ろうと誓っても、しまいには技術の変化に追い越されるんだ。変化というのは満ち潮のようなものだ。防壁を築くことはできるが、決まって隙間から水が染みこんでくる」

男たちはだんだん寄りあい、いつしかアルバロと彼を半円形に囲む恰好になっている。その物腰に、敵意は感じられない。それどころか、そっと励まされているような、がんばって最善の弁論を展開するよう促されている気すらする。

「きみたちを救済しようというんじゃない」彼はつづける。「わたしにはこれといって取り柄もないし、だれの救世主になるつもりもない。わたしもきみたちと同じように、海を越えてきた。同じように過去を持たずにここにきた。どんな過去があろうと、それは棄ててきたんだ。新しい世界で新しい人間になったわけで、それはそれで良いことだ。しかしだからと言って、歴史という概念(アイデア)を手放したわけでもない。始まりも終わりもない〝変化〟という概念もだ。概念というのは、時の力をもっても、われわれの頭から洗い流せるものではない。概念はいたるところにある。この宇宙は、概念に充ち溢れている。概念なしには宇宙も存在しないだろう。なぜなら、それなしには、なにも存在しないから。
　たとえば、正義という概念（アイデア）。われわれはみな、公正な制度のもとに生きたいと願う。まじめな努力がしかるべき報いを得るような。これは真っ当な願い、真っ当でりっぱな願いだ。ところが、われわれがこの船場でしていることはこの公正な制度の実現には役立たない。われわれがここでしているのは、雄々しい労働の芝居（ページェント）にすぎないからだ。そしてその芝居はネズミの大群のおかげで維持されている――あいつらが昼も夜も、われわれが荷下ろしした何トンもの穀物をガツガツ食べて、穀物を置くスペースをどんどん作ってくれているんだ。あのネズミたちがいなければ、われわれの労働の無意味さがばれてしまう」と、ここで間を置く。男たちは黙りこんでいる。「わからないか？　きみたちの目は節穴か？」

　アルバロが一同を見わたす。「アゴラ（古代ギリシャの人民集会）の雰囲気になってきたな。だれか、この雄弁なる友に応える者はいないか？」

　若い荷役が手をあげる。アルバロがうなずいてみせる。

「友人の提起する〝現実〟の概念はまぎらわしいですね」その若者はクラスの優等生のように、はきはきした自信ありげな声で喋りだす。「どういう混乱があるか示すために、歴史を気候と比べてみましょう。その土地の気候というのは、われわれより大きなものですよね。気候がこれからどうなるか、人間の力で定めることはできません。しかし気候はわれわれより大きいという特質をもって現実となるわけではありません。現実の顕現すなわち現象を伴うから現実のものになるんです。この現象には風や雨も含まれます。というわけで、雨が降れば、ぼくたちは濡れる。風が強くなれば、帽子が飛ばされる。雨と風というのは、人間の知覚で捉えられるような、つかのまの、二次的な現実でしょう。ですから、現実世界のヒエラルキーにおいて、気候はこれらの上に来るわけです。では、歴史について考えましょう。もしも歴史が気候のように、より高次の現実であるなら、歴史もぼくたちが五感で感じられるような顕現をもつはずです。しかし、そんな現象がどこにありますか」若者は一同をみまわす。「ぼくたちのなかに、歴史に帽子を飛ばされたという人がいますか？」一同沈黙。「いないでしょう。なぜなら、歴史には顕現がないからです。なぜなら、歴史は現実のものではないからです。なぜなら、歴史とは作り話にすぎないからです」

「もっと正確に言うと」と、昨日、会社勤めのほうが好ましいのかと訊いてきたエゥヘニオが口をはさむ。「歴史は現在において顕現をもたないからだろ。歴史っていうのは、過ぎ去ったものの中にわれわれが見るパターンにすぎない。現在にまでおよぼす力はない。

われらが友シモンは、人間の代わりに仕事をしてくれる機械を導入しろと言ってる。歴史がそう定めているからって。けどさ、肉体労働をやめろと言っているのは歴史じゃなくて、人間の怠け心、っていうか怠け心の誘惑だろ。怠惰っていうのは、歴史と違う意味でリアルだよ。感覚で捉えられるし。草に寝ころんで目を閉じてさ、ホイッスルが鳴っても二度と起きあがるもんかと思うたびに、怠けの顕現を感じるね。それぐらい甘美な歓びだ。晴れた日に、草の上でごろごろしながら、だれがこんなこと言うんだよ？　『もう起きあがるなと歴史が言ってる、骨身に沁みるぜ』言うわけないだろ。骨身に沁みるのは怠け心だよ。だから、怠けずに働くことを『骨身を削って働く』って言うんだ」

エウヘニオは喋っているうちに、だんだん興奮してくる。止まらなくなりそうで不安になったのか、周りがひとしきり拍手をして話をさえぎる。彼の言葉が途切れたところで、アルバロがその機をとらえて言う。「われらが友シモンが彼に応じる気があるかどうかわからないが、ともあれ、シモンはこのわれわれの労働を無益な芝居として否定した。なかにはこの発言に傷つく者もいるだろう。つい口が滑っただけだとか、もっとよく考えてみて発言を撤回するか訂正したいというのであれば、ありがたく受け入れたいと思う」

シモンが答える番だ。どう見ても風向きがわるい。逆風に抗う意志はあるか？

「もちろん、さっきの軽率な発言は撤回するよ」彼は言う。「それでだれか傷ついたのなら、そのことも謝りたい。歴史に関しては、こう言うしかない。今日のところは歴史なんて気にせずにいられるかもしれないが、いつまでもそうはいかないだろう。そういうわけで、ひとつ提案をしたい。十年後、いや五年後でもいい、この埠頭にまたみんなで集まって確かめようじゃないか。そのときもまだ人間の手で貨物が荷下ろしされ、袋詰めで倉庫に運ばれて、われらが敵のネズミたちの糧になっているか。そんなはずがないと、わたしは思うがね」

「なら、その予想がはずれたらどうする？」アルバロが言う。「十年後も、今日とまったく同じ方法で荷下ろしをしていたら、歴史は実在しないと認めるかい？」

「いいとも」彼は答える。「そのときは現実の力にひれ伏すよ。歴史の評決に従うと言ったらいいかな」

第十五章

彼が反ネズミ論をぶってからしばらく、職場の空気はぴりぴりしている。仲間たちは相変わらず親切だが、彼がそばに行くと、一瞬、しーんとなる気がする。

実際、いまになって自分の激昂ぶりを思うと、恥ずかしくて赤面する。友人たちがかくも誇りにしている仕事であり、自分も一員になれて感謝している仕事をよくも腐せたものだ。

とはいえ、じきに空気もほぐれてくる。ある日、午前中の中休みに、エウヘニオがやってきて紙袋を差しだし、「ビスケットいります？　一枚か二枚、おすそ分け」などと言ってくる。礼を述べると（ビスケットはおいしく、ジンジャーと、シナモンとおぼしき味がした）、エウヘニオはこう返してくる。「あの、こないだのこと考えてみたんだけど、やっぱシモンさんの言うことにも一理あるなって。おれたちが食っていくのになんにも貢献しないネズミをどうして食わせてやらなきゃいけないんだ？　まあ、ネズミを食うやつもいるけど、おれは絶対食べない。食べます？」

「いいや、わたしもネズミは食べないね」と、彼は答える。「きみのビスケットのほうがずっと良いよ」

その日の仕事が引けると、またエウヘニオがその話題をもちだす。「おれたち、シモンさんの気持ちを傷つけたんじゃないかって気になってんすよね。ほんと、敵意とか全然ないんで。みんなシモンさんにはめいっぱい好意をもってるし」

「いや、傷ついたということはまったくない」彼は答える。「哲学論争で意見が分かれたというだけじゃないか」

「そうそう、哲学的な見解の不一致」エウヘニオは同調する。「住んでるの、イースト・ヴィレッジですよね？　バス停まで一緒に帰りますよ」そう言われた彼は、いまも東アパート地区に住んでいるという嘘の辻褄をあわせるために、バス停までつきあうはめになる。

「ずっと訊こうと思っていたことがあるんだが」彼は6番バスを待ちながら、エウヘニオに尋ねる。「哲学とはぜんぜん関係ない話だ。きみたちは余暇をどう過ごしているんだい？　サッカー好きが多いのは知っているが、夕方以降はどうしてる？　きみたちは奥さんも子どももいないみたいだが。恋人がいるのかな？　倶楽部に行ったり？　アルバロが言うには、いろいろと倶楽部があって、参加できるんだろう」

エウヘニオの顔が紅潮する。「倶楽部のことはさっぱりだな。おれは主に〝学院〟に行ってるんで」

「じゃ、そっちを教えてくれ。学院の話は聞いたことがあるが、何をするものなのか見当もつかない」

「学院にはいろいろクラスがあるんですよ。なんかの講座とか、映画鑑賞とか、ディスカッション・グループとか。シモンさんも参加してみたら。けっこう楽しめると思うけど。若者向けのばかりじゃないから、わりと年いった人たちも来てるし、無料だし。行き方って知ってます？」

「いや」

「ニュー・ストリートありますよね、そこのでかい交差点の近く。白くて高いビルで、ガラス張りのドアなんだけど、たぶん気づかずに何度も前を通ってるんじゃないかな。明日の夜にでも来て、うちのグループに参加してくださいよ」

「よし、わかった」

翌日、行ってみると、エウヘニオが登録しているのは、他にも荷役が三人参加している哲学のコースだと判明。彼は仲間たちとは離れて、後方の席に座る。こうすれば、退屈したらそっと抜けだせるだろう。

講師が入ってくると、クラスはしんと静まる。講師は中年の女性で、彼の目には、ずいぶんだらしない服装に見える。鉄灰色の髪を短く刈りこみ、化粧っ気もない。「こんばんは、みなさん。では、先週の続きから。テーブルに関する思索をつづけましょう——テーブルとその近い親戚である椅子についてです。ご記憶でしょうが、先週は世界に存在するさまざまな種類のテーブルと、さまざまな種類の椅子についてディスカッションしたのですね。その多様性の背後にはどのような統一性があるのか。あらゆるテーブルをテーブルたらしめ、椅子を椅子たらしめているものとは何か（プラトン哲学のイデア論）」

静かにシモンは立ちあがり、そっと教室を出ていく。

廊下はがらんとしているが、白の長いローブをまとった人影が足早にこちらに近づいてくる。そばに来ると、センターのアナにほかならないことがわかる。「アナじゃないか！」彼は声をかける。

「こんにちは」アナはそう応えたが、「失礼、立ち話してられないの、遅刻よ」と言いつつ、立ち止まる。「あら、お知り合いよね？　名前は忘れたけど」

「シモンだ。センターで会ったろう。小さい男の子を連れていた。ノビージャに到着した最初の晩、きみはご親切にも寝場所を提供してくれた」

「ああ、あの時の！　息子さんはお元気？」

白いローブは実のところ、タオル地のバスローブだった。足は素足。妙な格好だ。この学院の中にはスイミングプールでもあるのか？

彼の戸惑い顔を見て、アナは笑いだす。「モデルをしているのよ。週にふた晩、モデルを務めているの。人体クラスで」

「人体クラス？」

「ドローイングのクラスよ。ヌードデッサンの。そのクラスのモデルをやっているの」と、両腕を伸ばして、あくびをする真似をする。喉元でローブの合わせがひらく。いつぞやかくも感じ入ったバストがちらりと覗く。「あなたも参加したら。人体について学ぶのにもってこいのクラスよ」と言うと、彼がまごついているうちに、「それじゃ——もう遅刻だから。坊やによろしく」と言って去っていく。

彼はがらんとした廊下をぶらぶら歩いていく。学院は外観から予想していたより広かった。閉まったドアのむこうから、音楽が聞こえてくる。ハープの伴奏にあわせ、女が悲痛な歌声を響かせている。掲示板の前で、立ち止まる。長いコース一覧が貼りだされている。建築製図、簿記、微積分学、そして数々のスペイン語講座：初級スペイン語（12クラス開講）、中級スペイン語（5クラス開講)、上級スペイン語、スペイン語作文、スペイン語会話。そうか、独りでスペイン語と格闘していないで、ここに習いにくればよかったのだ。スペイン語文学の講座は見当たらないが、上級スペイン語に含まれるのかもしれない。

それ以外の語学のコースはひとつもない。ポルトガル語もない。カタルーニャ語もない。ガリシア語もない。バスク語もない。

エスペラントもない。ヴォラピュク(ヨハン・マルティン・シュライヤーによって創られた人工言語)もない。

人体デッサンのクラスを探す。あった——人体デッサン　月曜から金曜　午後7時より9時。土曜　午後2時より4時。12クラス開講。クラスごとに登録のこと。クラス1　満席、クラス2　満席、クラス3　満席。間違いなく、人気のコースらしい。

習字、織り物、かご編み、フラワー・アレンジメント、陶芸、人形劇。

哲学、哲学入門、哲学(特別トピックス)、労働哲学、哲学と日常生活。

終業のベルが鳴り、生徒たちが廊下に出てくる。初めはぱらぱらと、それからどっと一気に。エウヘニオが言ったとおり、若者だけでなく、彼と同年代の人々も、もっと上の人々もいる。どうりで、夜の街が死体安置所並みに寂れていると思った! だれもかれもがこの学院に来て、自己の向上を図っているのだ。だれもがより良い市民に、より良い人間になることに忙しい。シモンを除いて。

呼び止めてくる声がある。エウヘニオが人混みから手を振っている。「こっち、こっち! なんか食いにいきますよ! 一緒に行きましょうよ!」

エウヘニオについて階段をひとつ降りると、煌々と明かりのついたカフェテリアに出る。すでに、食べ物のカウンターには長蛇の列ができている。彼もトレイとカトラリーを自分でとる。「水曜日だから、ヌードルか」エウヘニオが言う。「ヌードル、好きですか？」

「ああ、好きだよ」彼は答える。

彼らの番が来る。皿を差しだすと、カウンター係が山盛りのスパゲティをべちゃっと載せてくれる。そこへ別な手が伸びてきて、トマトソースを上にかける。「あ、ロールパンもとって。腹いっぱいにならないかもしれないから」と、エウヘニオが助言してくれる。

「支払いはどこでするんだ？」

「しないすよ。タダ」

ふたりがテーブルを見つけて座ると、クラスにいた若い荷役たちも合流する。

「クラスはどうだった？」と、彼らに尋ねる。「椅子の何たるかがわかったかい？」

冗談のつもりだったが、若者たちはぽかんとした顔で彼を見てくる。

「椅子が何だか知らないんですか？」しばしあって、なかのひとりが訊いてくる。「下を見て。いまあなたが座っているものですよ」シモンが同僚たちをちらっと見まわすと、四人はいっせいに爆笑する。

彼は気のいい人間だと思われたくて、話をあわせようとする。「いや、つまり、何をもって椅子は椅子と……その、なんと言えばいいのかな……」

「シリシダード（sillaはスペイン語で椅子）」エウヘニオが助け船を出す。「あなたの椅子は」と、シモンが座っている椅子を指し、「シリシダード（椅子性）を具現化している。言い換えれば、シリシダードを分有し、あるいは実現化しているのです、と、あの先生なら言いそうだな。そのようにして、あなたはそれが椅子であってテーブルではないと知るのです」

「あるいはスツールかも」と、仲間のひとりが付け加える。

「あの先生はこういう男の話をしたことがあるかい？」シモンは尋ねる。「どうすれば椅子が椅子だとわかるかと訊かれて、問題の椅子を蹴りつけ、『こうすればわかりますよね？』と言ったんだ」

「いや」と、エウヘニオは答える。「でも、そんなことしたって、椅子が椅子だとわからなくないですか。ブッだということはわかるけど。蹴りの対象ブッっていうか」

シモンは黙りこむ。実のところ、自分はこの学院では場違いな存在のようだ。哲学的な講釈を聞くだけで苛々する。椅子と椅子性の関係なんか、どうでもいい。

スパゲティは味が足りない。トマトソースはトマトピューレを温めただけのもの。塩がないかと見まわすが、見当たらない。胡椒もない。とはいえ、スパゲティはいつもの献立と違って、少なくとも新鮮ではある。来る日も来る日もパンばかりよりはましだ。

「で、どのコースに登録します？」エウヘニオが尋ねてくる。

「まだ決めていないんだ。コース一覧はざっと見たよ。じつに選択の幅が広い。人体デッサンはどうかと思ったんだが、どうも満員のようだ」

「じゃ、うちのクラスには入らないんだ。残念。さっきシモンさんが出てってから、もっと面白くなったのに。無限と無限の危険性についてディスカッションしたんですよ。椅子のイデアの先に、もっとイデアな椅子があったらどうなるか、そのさらに先には、そのまた先には？　って永遠につづく。でも、人体デッサンも面白いし。今期はデッサン――ふつうのデッサンのコースをとっておけば、来期はきっと人体デッサンの優先権をゲットできるな」

「人体デッサンはいつもすごい人気ですから」若者のひとりが教えてくれる。「みんな人体について学びたいらしくて」

皮肉かどうか窺ってみたが、皮肉な調子はテーブルの塩と同じぐらいさっぱり見当たらない。

「人体について知りたいなら、解剖学のクラスのほうがいいんじゃないか？」シモンは言う。

その若者は同意しない。「解剖学では、人体の各器官のことしか教えてくれないですよね。全体を知りたければ、人体デッサンとか造形みたいなコースをとらないと」

「全体というのは、つまり……？」

「まず、ぼくの言う人体は人体そのままの意味。つぎに、そのイデアとしての人体を意味します」

「それなら、ふつうの体験によって学べないか？　つまり、幾晩か女性と過ごせば、人体を人体として知るには充分なんじゃないか？」

若者は顔を赤らめ、助けを求めて仲間の顔を見まわす。シモンはわが身を呪う。こういうくだらないジョークが出るのが自分のわるいところだ！

「イデア（idealには「理想の」という意味もある）の形としての人体については」と、彼は強引に話を進める。「それがわかるようになるには、来世まで待つしかないかもしれないな」と言って、食べかけのスパゲティを脇に押しやる。自分には量が多すぎ、腹にもたれすぎる。「さて、もう行く時間だ。おやすみ。あしたドックでまた会おう」

「あ、おやすみです」彼らは引き留めようともしない。まあ、当然のことだろう。この勤勉で、観念的で、純粋無垢で、りっぱな若者たちの目に、自分はどんなふうに見えていることやら？　そんな彼らがわたしの吐く毒気から、なにを学べるというのだろう？

「おたくの坊やはどうしてる？」アルバロが訊いてくる。「いないと寂しいね。学校は見つかったのかい？」

「まだ学校にあがる年じゃないんだ。母親のところにいるよ。あの子がわたしとあまり長い時間過ごすと、彼女が嫌がるんでね。親権を主張してふたりの大人に引っ張られると、子どもの愛情が分裂してしまうと言うんだ」

「けど、人間はそもそもふたりの大人に引っ張られるものじゃないか。父親と母親がいるんだから。ハチやアリじゃあるまいし」

「そうかもしれんな。しかしいずれにせよ、わたしはダビードの父親じゃないんだ。あの母親は本当の母親だが、わたしは本当の父親じゃない。そこが違いだよ。アルバロ、この話をするのはつらい。話題を変えないか？」

アルバロは彼の腕をぎゅっとつかむ。「ダビードは並みの男の子じゃない。信じてくれ、あの子のことはずっと見てきた。おれだって、わかったうえで言っているんだ。こうすることが、あの子の最良の利益になると思うのか？」

「あの子は本当の母親に託してきたんだ。いままでは母親の元で育てられている。ところで、あの子が並みじゃないというのはなぜだ？」

「あの子を託したと言うがな、本人は本当にそれを望んでいたのか？　そもそも、実の母親はどうしてあの子を棄てたりしたんだ？」

「棄てたわけじゃない。生き別れになったんだ。しばらくの間、母と子は別の世界に暮らしていた。それで、わたしが母を見つける手伝いをした。ダビードは母を見つけ、ふたりは再会して一緒に暮らすことになった。いまでは、母と息子本来の関係を築いているよ。一方、わたしとあの子の関係は本来のものではない。それだけのことだ」

「あんたとあの子の関係が本来のものじゃないなら、なんなんだ？」

「観念上の関係さ。あの子とわたしは観念上の関係にあるだけだ。観念的であって生来的ではない養育義務によって世話をしている人間との関係、と言うか。ところで、あの子が並みじゃないと言うのはどういう意味なんだ？」

アルバロは首を横に振る。「生来的な、観念的な……おれにはさっぱりわからんよ。そもそも、父さんと母さんはどうやって一緒になると思う？——未来の子の父と母という意味だが。たがいに生来的な義務を負うからか？　いいや、違うとも。ふたりの歩む道がたまたま交わり、恋に落ちたからだ。これほど生来的でない関係もないし、これ以上恣意的な関係もないだろ？　ランダムな結びつきから、新しい生命がこの世に生まれてくるんだ。新しい魂が。この成り行きのなかで、だれがだれになんの義務を負っているんだ？　おれには答えられんが、あんたにだって答えられないことだけはわかる。

おれはあんたと坊やが一緒にいるところをよく見てきたんだ、シモン。だから、わかる。あの子はあんたをとことん信頼してる。愛してもいる。もちろん、あんたもあの子を愛してる。だったら、なぜ手放すんだ？　どうしてあの子から離れようとするんだ？」

「いや、離れたのはわたしの意志じゃない。あの子の母親が親の権利として、わたしを引き離したんだ。もしも選択の余地があるなら、いまもあの子と一緒にいるさ。しかし選択肢はない。選ぶ権利はわたしにはないんだ。この件に関して、わたしはなんの権利もない」

アルバロは無言のまま、じっと考えごとをしているようだ。「どこに行けばその女性に会えるのか、教えてくれ」ようやくそう訊いてくる。「おれからも、ちょっと話しておきたい」

「気をつけてくれよ。ヤクザな兄貴がいるんだ。そいつには絡まないほうがいい。じつは兄貴はふたりいて、もうひとりも同じぐらい不愉快なやつでね」

「自分の身ぐらい守れるさ」アルバロは言う。「どこに行けば会える?」

「名前はイネスというんだ。わたしがいた東地区の部屋に住んでいる。B棟の二階の202号室だ。わたしに送りこまれたなんて、嘘言うなよ。送りこんでなんかいないからな。言いだしたのはわたしではなくて、きみのほうだ」

「心配すんな。自分の考えで来たと、はっきり言うから。あんたは関係ないって」

翌日の昼休み、アルバロが手招きしてくる。「あんたのイネスと話してきた」と、前置きもなしに話しだす。「彼女、あんたを坊やと会わせると約束したぞ。ただし、いますぐじゃない。月末だそうだ」

「それは朗報だな! どうやって説得したんだ?」

アルバロは訊くなというふうに手を振る。「それはどうでもいいだろ。坊やを散歩に連れだしていいそうだ。日程は追って連絡すると。あんたの電話番号を訊かれたが、わからなかったから、おれの番号をわたしといた。伝言をとりつぐと言っておいたよ」

「なんとお礼を言ったらいいか。あの子を興奮させないようにーーつまり、彼女との関係に障らないようにするから心配するなと伝えてくれ」

第十六章

イネスからの呼び出しは思ったより早く来る。翌日にもう、アルバロに呼ばれる。「あんたのアパートで緊急事態発生だ。家を出がけに、イネスから電話があったよ。すぐに来てくれと言うんだが、そんな時間はないと答えたんだ。心配するな、坊やになにかあったわけじゃない。排水管のトラブルなんだ。工具が必要になるだろうな。小屋から工具箱を持っていけよ。急いでな。彼女、泡くってたぞ」

玄関で出迎えにきたイネスは、ぶ厚いコートを着ている（なぜ？――寒くもないのに）。たしかに取り乱して、かなり頭に来ているようす。トイレが詰まっちゃったのよ、とのこと。アパートの管理人が調べにきたが、イネスは（管理人いわく）ここの正規住民ではないし、（管理人いわく）「縁もゆかりもない」からと、一切の対処を拒んだという。ラ・レジデンシアの兄たちに電話したものの、潔癖症のふたりは（イネス怒っていわく）手を汚したくないんでしょ、のらくらと言い訳をして逃げたらしい。今朝になって、ほかにどうしようもないので、シモンの親方のアルバロなら、現場労働者なんだから排水管のことぐらいわかるだろうと思って相談したという。なのに、アルバロじゃなくてあなたが来たのね。

イネスはリビングを行きつ戻りつしながら、怒って延々とまくしたてる。先だって会ったときより痩せたのではないか。口角のあたりに皺が寄っている。彼はただ黙って話を聴いていたが、目は少年に向けられている。ダビードは目覚めたばかりなのか、ベッドに上身を起こし、信じられないという顔でこちらを見つめている。なんだか、死者の国から甦ったみたいに。

シモンは少年ににっこりと微笑む。ハローと、声に出さずに口を動かす。

少年は親指を口から出したが、なにも言わない。縮れっ毛の髪は長く伸びるにまかせているようだ。水色のパジャマを着ており、跳ねまわる赤いゾウとカバの柄がついている。

イネスは喋るのをやめない。「わたしたちが越してきた時から、このトイレはトラブルばかりよ」そう言い立てている。「おおかた、下の階の人たちのせいなんじゃないの。階下の部屋を調べてきてほしいって管理人に頼んでも、聴く耳を持たないのよ。あんな失礼な男って会ったことがないわ。廊下まで臭っているのにお構いなしとはね」

イネスときたら、恥ずかしげもなく下水の話をしている。これには、なんだか違和感を覚える。身内の話題とまでは言わないにしろ、少なくともデリケートな問題だろう。こっちのことを、トイレの不具合を直しにきてくれた作業員としか見ていないのだろうか。もう二度と会う必要もない相手。それとも、気まずさを隠そうとして、ベラベラ喋り立てているのか？

部屋を突っ切って窓をあけ、身を乗りだして見る。トイレの排水管は下におりてそのまま下水道管に通じ、塀の外へとつづいている。三メートルほど下に、階下の部屋の排水管が見える。

「102号室の人には話してみた？」彼は尋ねる。「アパート中の排水管がどこかで詰まっているなら、みんなここと同じ問題を抱えているはずだ。しかし、まずはトイレを見てみよう。ひょっとしたら、その場で原因がわかるかもしれないよ」と言って、少年のほうを向く。「ちょっと手伝ってもらえないかな？　そろそろ起きる時間だろう、お寝坊さん！　ごらん、もうお日さまは天高く昇っているぞ！」

少年は身をよじって、うれしそうに笑いかけてくる。それを見て、気持ちが浮き立つ。なんと、愛しい子だろう！　「こっちにおいで！　もうキスができないほどの年じゃないだろう？」

少年はベッドから跳びだし、駆け寄ってきてハグをする。入浴していないらしい、乳臭くて深い匂いを彼は吸いこむ。「なかなか良いパジャマだね。じゃ、見にいってみようか？」

トイレの便器には、縁すれすれまで水と排泄物が溜まっている。持ってきた工具箱に、針金がひと巻きある。針金の先端を曲げてフックをつくり、便器の排水口のあたりをやみくもに探ると、トイレットペーパーの塊が引っかかってくる。「おまるはないかな？」と、少年に訊く。「おしっこをするやつのこと？」少年が訊き返すので、うなずく。少年はちょこまかと走っていき、布をかけたおまるを抱えてもどってくる。そのすぐ後にイネスも飛んできて、おまるをひったくり、一言もなく出ていく。

「ビニール袋を探しておいで」彼は少年に言いつける。「穴が開いていないか確かめてな」

そうとうな量の紙の塊を排水口から引きだしたが、まだ水位はさがらない。「じゃ、着替えておいで、階下(した)に降りるから」そう少年に言ってから、イネスに声をかける。「102号室が留守なら、一階のハッチを開けてみよう。詰まっているのがそこより先だったら、わたしにはどうしようもない。地域の水道局の管轄になるだろうね。でも、まずは見てこよう」ここでいったん言葉を切る。

「ところで、こういうことはだれにでもある。だれのせいでもない。運がわるかっただけだ」

これはイネスの気を楽にしてやろうという配慮。そこをわかってほしいものだ。ところが、イネスは目を合わせようともしない。気まずいのか、怒っているのか。それ以上のことは、想像もつかない。

少年を同伴して102号室へ行き、ドアをノックする。かなり間があってから、掛け金がはずされ、ドアが薄くひらく。薄明りで見分けられるのは暗い人影だけで、男なのか女なのかもわからない。

「おはようございます」彼は中に声をかける。「おじゃましてすみません。上の部屋の者ですが、トイレが詰まりまして。同じような問題が起きていませんか」

ドアがもう少しひらく。戸口にいるのは、年老いて腰のまがった女性と判明。灰色の目はどんよりとして、どうも物が見えていないようだ。

「おはようございます」彼はもう一度あいさつをする。「おたくのトイレ。トイレに問題ありませんか？　詰まっていませんか？　詰まりは（アタスコス）？」

なんの返答もない。老女は微動だにせず、もの問いたげにこちらを見ている。目が見えないだけでなく、耳も聞こえないのか？

少年が前に進みでて、「おばあちゃん（アブエラ）」と言う。老女は片手を差し延べて、少年の髪の毛をなで、その顔をしげしげと眺める。一瞬、少年は大胆にも老女に体をすり寄せ、するっと部屋の中へ入ってしまう。まもなくもどってきて、「きれいだった」と言う。「おトイレはきれいだったよ」

「失礼しました、セニョーラ」シモンはそう言って、頭をさげる。「ご協力ありがとうございます。

おじゃまして申し訳ありません」それから、少年にこう言う。「このお宅のトイレはきれいだ――ということは、どういうことだ？」

少年は眉をひそめる。

「この下の階は、水がちゃんと流れているってことさ。ところが、上の階は」と、階段を指さす。「水が流れない。ということは、どういうことだ？　ということは、パイプのどこが詰まっているんだろう？」

「上の階」少年は自信たっぷりに答える。

「おみごと！　だったら、どこを修理しにいけばいいかな、上の階か下の階か？」

「上の階だよ」

「そう、ここより上の階を直しにいくのは、水の流れが……水はどっちの方に流れるかな、上か下か？」

「下」

「いつも？」

「いつもだよ。水はいつも下に流れるの。ときどき上に流れるけど」

「いいや、上に流れることはない。いつも下に行く。それが水の性質なんだ。さて、問題は、水が自然の性質と矛盾することなく、うちの部屋にあがってこられるのはどうしてかってことだ。蛇口をひねったりトイレを流したりすると、水が出てくるだろう。どうしてそんなことが起きるのか？」

「水が出てくるから」

「いやいや、それじゃ答えになっていないな。なら、別な訊き方をしてみよう。水は上向きに流れないのに、うちの部屋まであがってこられるが、それはどうしてだろう？」

「空から来るんだよ。空から蛇口に水が落ちてくるの」

確かに。水は空から降ってくるものだ。「でもな」彼は指を一本立てて注意を促した。「でも、空の水はどうやって空にあがったんだ？」

自然哲学の話になっている。よし、この子にどれぐらい自然哲学の素質があるか見てみよう。

「それは、空が息を吸うから」子どもはそう答える。「息を吸って」と、少年も深く息をして止め、にっこりして――純粋な知的喜びにあふれた笑顔――から、ドラマチックに吐きだす。「息を吐くから」

玄関のドアが閉まる。掛け金をかける音が中から聞こえてくる。

「イネスがその、天が息をする話をしてくれたのかい？」

「ううん」

「自分でぜんぶ考えだしたの？」

「そうだよ」

「天の上で息を吸ったり吐いたりして、雨を降らせているのは、だれなんだろうな？」

少年は黙りこむ。顔をしかめて必死で考えているようだ。とうとうあきらめたのか、首を振る。

「わからないかい？」

「思いだせないんだ」

「まあ、気にするな。じゃ、上にもどって、お母さんに知らせよう」

持参した工具は出番がないようだ。原始的な針金一本がどんなときも頼りになる。

「ふたりとも、散歩にでも出かけたらどうだい」彼はイネスに提案する。「これからする作業はちょっとげんなりするだろうから。坊やにまで見せることはないと思うんだ」

「ちゃんとした下水道業者を呼んだほうがいいわよ」イネスが言う。

「わたしの手に負えなかったら、必ずちゃんとした業者を見つけてくる。どっちみち、ここのトイレは直るから大丈夫だ」

「散歩、行きたくない」少年が言う。「ぼくも手伝いたい」

「ありがとう、坊や。気持ちはありがたいが、これは手伝いが要るような作業じゃないんだ」

「じゃあ、アイデアを出してあげる」

彼はイネスと目を見かわす。無言のうちになにか通じあうものがある。〝お利口でしょ、わたしの息子！〟と、イネスの顔は言っている。

「なるほど、そうだな」彼は言う。「きみはアイデアに関してはなかなかだ。でも、残念ながら、トイレというのは、アイデアやらイデアやらを受けつけるようなものじゃないんだ。トイレというのは、観念（アイデア）の領域にない。たんなるがさつな物体なんだよ。トイレでの作業というのは、がさつな作業に他ならない。そういう仕事はわたしがやっておくから、お母さんと散歩に行っておいで」

「ぼくはどうしていちゃだめなの？」少年は言う。「ただのウンチでしょ」

少年の声音には、耳慣れない、挑戦的なものがあり、どうも気に入らない。さんざん褒められて、逆上（のぼ）せているのだろう。

「トイレはただのトイレだが、ウンチはただのウンチじゃないんだ」彼は言い返す。「世の中には時として、ただの物じゃない物があるんだ。ウンチもそうした物のひとつだ」

イネスが少年の手を引っ張る。真っ赤になって怒っている。「来なさい！」と、少年に言う。

少年は首を横に振る。「ぼくのウンチだもん。ぼくもここにいたい！」

「ウンチはきみの物じゃないよ。もう排泄したんだ。要らない物だから捨てたんだよ。もうきみの物じゃない。もはや所有権はない」

イネスがそれを鼻で笑い、キッチンへ引っこむ。

「いったん、下水管の中に入ったウンチはだれのものでもなくなるんだ」彼はたたみかける。「下水管の中で、他の人たちのウンチと一緒になって、普遍的ウンチとなる」

「じゃ、どうしてイネスは怒ってるの？」

イネスか。この子はそう呼んでいるのか、マミーやお母さんではなく？

「気まずいからだよ。人はウンチの話をすることを好まない。ウンチは臭い。ウンチは細菌がいっぱいだ。ウンチは体に良くない」

「どうして？」

「どうしてって、なにが？」

「イネスのウンチでもあるでしょ。どうして怒るの？」

「怒っているわけじゃない。ちょっと神経質になっているんだろう。神経質な人っているんだよ。性質だから、どうしてと訊いても仕方がない。けど、神経質になる必要はないんだ。さっき言ったように。ある地点を超えたら、それは特定のだれかのウンチではなく、ただのウンチになるんだからね。どの水道業者に訊いても、同じ答えが返ってくるよ。水道屋さんはウンチを見てこう呟いたりもしない。『おもしろいもんだな、セニョーラYだかXだかがこんなウンチをするとはだれが思ったろう！』葬儀屋とちょっと似ているよ。まあ、葬儀屋さんは『おもしろいもんだな！』とは呟かないと思うが」そこではっとして口をつぐむ。**ちょっとやりすぎたか。なんだか、自分ばかり喋っているしな。**

「ソウギヤってなあに？」少年が訊く。

「葬儀屋というのは、死体の世話を請け負う人たちのことだ。それが水道屋さんと似ていると言ったんだ。葬儀屋さんも、死体がしかるべき場所へ送られるようにするのが仕事だ」

さあ、つぎにきみはこう訊くんだろう。〝シタイ〟ってなあに？

「シタイってなあに？」少年は訊く。

「死体というのは、死を患って、もう使いものにならなくなった体のことだ。とはいえ、死を心配する必要はないんだよ。死んだ後には、必ず来世があるからね。それはきみもわかっているだろう。われわれ人間はその点、恵まれているね。人間は捨てられて土に還るウンチとは違うから」

「じゃあ、人間はどんなものなの？」

「ウンチに似ていないとしたら、どんなものであるか？　われわれ人間は観念(イデア)のようなものだ。観念というのは死ぬことがない。これはいずれ、学校で習うだろう」

「でも、ぼくたち、ウンチを出すよ」

「そのとおり。人間はイデアを分有するが、それでもウンチを出す。それは、われわれが二重性を有しているからだ。これ以上明快な言い方は思いつけない」

少年は黙りこんでいる。よく意味を反芻させよう。彼はそう思う。シモンは便器の横に膝をつき、袖をできるだけ上までまくりあげる。「お母さんと散歩に行ってきなさい。さあ」

「じゃ、ソウギヤさんは？」少年はまだ質問する。

「葬儀屋かい？　それも、他と同じひとつの職業にすぎない。葬儀屋さんもわれわれと変わるところはないよ。やはり二重性を持っている」

「ソウギヤさんに会える？」

「いますぐは無理だな。いまは、別の用事があるだろう。こんど街に行ったら、葬儀屋がないか見てみよう。そうすれば、見られるだろう」

「シタイも見れる？」

「いや、それは無理だ。人の死というのは、密やかな問題だから。葬儀屋というのは、表に出ない職業なんだよ。彼らは死体を街ゆく人に見せたりしない。さあ、もうこの話は充分だろう」と言って、針金を便器の奥につっこむ。S字になった排水トラップの中へ針金を、なんとかして差し入れなくては。詰まりの原因がトラップ内にないなら、外の結合部にあるに違いない。そうなったら、どうやって修理すればいいのかわからない。降参して、下水道業者、もしくは下水道業者のイデアを探すことになるだろう。

イネスのウンチの塊がまだ浮いている水に、手、手首、前腕と浸かっていく。S字の曲がりにそって針金を差しこんでいく。**抗菌石鹼だな。**と、彼は思う。**あとで抗菌石鹼で洗わないと。爪の中まで念入りにブラシをかけて。なにしろ、ウンチはただのウンチだし、細菌はただの細菌なんだから。**

自分が二重性を有する複雑な生き物にはとても思えない。たんに、原始的な道具で下水管に詰まった物を引っ張りだそうとしている男に思えるばかりである。

腕を引き抜くと、針金も引き抜かれてくる。先端のフックは伸びてしまっている。もう一度、フックをつくりなおす。

「フォークを使えば」少年が言う。

「フォークでは短すぎるよ」

「キッチンのフォークを使えば。それを曲げて」

「どういうことだい、見せてくれ」

少年は駆けていき、長いフォークを持ってもどってくる。それは、ふたりがこの部屋に入居したときからあったが、まるで使い道がなかったものだ。「力があれば、曲げられるよ」

彼はフォークの先をフック状に曲げると、S字の曲がりにそって、入るところまでつっこむ。フォークを引き抜こうとすると、なにか引っかかりを感じる。最初はゆっくりと、じきに勢いよく、詰まっていた物が引きだされてくる。ビニール製の裏当てのついた布の塊。便器の水が退いていく。彼は水洗のチェーンを引く。きれいな水があふれてくる。しばらく待って、またチェーンを引く。パイプ詰まりがとれたらしい。万事、もとどおり。

「こんなものがあったよ」彼はイネスに言う。まだ水のたれている物を差しだす。「見覚えは?」

イネスは彼の面前で真っ赤になり、どこを向いたらいいかわからないようすで、罪人のように突っ立っている。

「いつも、こうして——その、これをトイレに流しているのか? それはやってはいけないと教えられなかったか?」

イネスは首を横に振る。頬が真っ赤になっている。少年が彼女のスカートを心配そうに引っ張る。「イネス！」少年が声をかけると、イネスは上の空で頭をなでてやり、「なんでもないのよ、ダーリン」と、かすれ声で言う。

シモンはトイレのドアを閉めると、汚れたシャツを脱ぎ捨て、洗面台で洗う。抗菌石鹸などなく、みんなが使っている兵站部の石鹸だ。シャツをぎゅっと絞り、すすいでからもう一度絞る。これでは、濡れたまま着ることになるな。つぎに両腕、脇の下を洗い、タオルで拭く。望むほどには清潔にならないだろうが、少なくとも糞の臭いはしなくなった。

ベッドに腰かけたイネスの胸に、少年が赤ん坊のように抱きつき、彼女はその体を揺らしている。少年はうとうとしており、その口からは涎がひと筋たれている。「さて、帰るよ」シモンは声をかける。「また困ったら呼んでくれ」

後から振り返ってみると、そのイネス宅への訪問は人生のひと幕として、なんとも奇妙な、なんとも意外な印象を残す。かつてテニスコートで、クールで品の良いこの若い女性を初めて目にした瞬間、のちに、彼女の糞を体から洗い落とす日が来ようとは、だれに予想できたろう！ 学院のクラスなら、これをどう解釈するか？ 鉄灰色の髪の女先生ならなんと呼ぶだろう。「ウンチのウンチ性」だろうか？

第十七章

「もし慰めを求めているなら」と、エレナが言う。「慰めを得れば少しは楽になるなら、男性が行く所があるでしょう。男性の友だちから聞いていないんですか？」

「いいや、まったく。〝慰め〟って具体的にどういうことなんだ？」

「性的な慰めですよ。もし性的慰めを求めているなら、寄港地はわたしだけである必要はないってことです」

「申し訳ない」彼はぎこちなく言う。「きみがそんなふうに見ているとは知らなかった」

「気を悪くしないで。人生の避けがたい事実ですから。男性が慰めを必要とするのは、みんな知っています。わたしは、こういうことも出来ますよって教えているだけです。そういう所に行ったらどうですか、という。船場の友だちに訊けばいいでしょう。移転センターに問い合わせるのが恥ずかしければ」

「要するに、風俗店のことか？」

「なんならそう呼んでもけっこうですが、わたしが聞くところでは、いかがわしい雰囲気はなく、とても清潔で快適だそうですよ」

「で、サービスをする女の子たちは制服を着ているのか?」

エレナは、よくわからないという顔で見てくる。

「看護婦みたいに揃いの服を着ているのか、と訊いているんだ。下着もお揃いかね?」

「それはご自分で確かめるしかないのでは」

「なら、風俗店で働くのは世間で認められた仕事か?」こんなことを訊いても、エレナが苛つくだけなのはわかっているが、例によって不機嫌になっているのだ。子どもを手放して以来、自暴自棄で意地悪な気分に陥ることがよくある。「世間に顔向けできるような職業なのか?」

「さあ、どうでしょう」エレナは答える。「行って確かめてみたらいいでしょう。そろそろお引き取りくださいな。もうすぐ生徒が来るので」

男たちが行く場所についてなにも知らないと言ったのは、じつは嘘。アルバロが最近、ドックの近くにある〈なごみサロン〉なるクラブの話をしていたからだ。

エレナの部屋を出ると、彼はまっすぐ〈なごみサロン〉へ向かう。入口のプレートには、〈レジャー&レクリエーション・センター〉の文字が刻まれている。〈営業時間　午後2時より午前2時　月曜定休　入店をお断りすることがございます。会員お申込み受付中〉それから小さな文字で、〈プライベート・カウンセリング、ストレス解消、からだのセラピー承ります〉とあった。

ドアを押して中に入ると、そこは殺風景な待合室だ。壁際に、クッション付きの長椅子がひとつ置かれている。デスクには〈受付〉の札が出ているものの、あとは電話があるぐらいで、受付らしいものはなにもない。彼は椅子に座って待つ。

しばらくすると、奥の部屋から、中年の女性が出てきて言う。「お待たせしてすみません。ご用件をお伺いします」

「会員になりたいんだが」

「かしこまりました。こちらの用紙二枚に記入していただくのと、それから、身分証明証も必要になります」女性はクリップボードとペンを渡してくる。

一枚目の用紙をちらっと見る。氏名、住所、年齢、職業を書く欄がある。「船員だって来店するんじゃないか」彼は指摘する。「彼らも用紙に記入させられるのかね？」

「船員さまでいらっしゃいますか？」女は訊いてくる。

「いや、ドックで働いているが、船員ではない。船乗りはひと晩かふた晩、港で過ごすだけだろう、だから例に出したんだ。彼らもここを使うには会員になる必要があるのか？」

「当施設を利用するには、入会の承認が必要になります」

「で、その承認にはどれぐらい時間がかかるんだ？」

「承認にはさほど時間はかかりません。しかしその後、セラピストのスケジュールのどこかに予約（スロット）（女性の割れ目の意もある）を入れる必要がございます」

「このわたしも入れる必要があるんだな？」

「セラピストのリストに入れてもらうことが必要です。この時点で少々お時間をいただくかもしれません。セラピストたちのリストはたいてい満員ですので」

「じゃ、わたしがさっき言った船乗りなら、陸（おか）にひと晩かふた晩しかいないんだから、この店に来ても仕方ないわけだ。予約がとれるころには、船は沖の彼方だよ」

「当〈なごみサロン〉は船員の方々のための施設ではございません、セニョール。船員の方々にも、それぞれご自分の土地にそういう施設があるはずです」

「故郷にそういう施設があったって、使えないじゃないか。故郷じゃなくて、ここにいるんだから」

「さようでございます。わたしたちにはわたしたちの施設があり、彼らには彼らの施設があるのでございます」

「わかったよ。こう言ってはなんだが、きみは学院の生徒みたいな話し方をするな――たしか〈生涯学習学院〉とかいう名前で、市街地にあるんだ」

「さようですか」

「ああ、そうなんだ。そこの哲学コースにいた生徒に似てる。ロジックの立て方かな。あるいはレトリックか」

「いえ、わたしは学院の生徒ではございません。では、お決まりでしょうか？　申し込みなさいますか？　もしなさるなら、用紙の記入をどうぞ」

　二枚目の用紙を見ると、一枚目よりさらにやっかいだ。「プライベート・セラピスト申込書　以下の欄に、自己紹介とご要望をお書きください」とある。

「わたしはふつうの要望を持ったふつうの男です」彼は書く。「すなわち、わたしの要求は過激なものではないということ。最近まで、ある子どもの保護者をしていました。その子を手放した（保護者としての任務と権利は終了）ため、もの寂しさを感じ、自分の身をもてあましています」書いてから独りで読み返してみる。このためにペンを使ったのだ。鉛筆で書いたら消しゴムで消せるから、もっと効率よく書いてしまうだろう。「だれかに親身に話を聞いてもらい、心の重荷をおろしたい、そういう相手が欲しいのだと気づきました。親しい女友だちもいますが、近ごろはむこうの心が離れてしまったようです。彼女との交わりは、どこかよそよそしい。心の重荷をおろすには、親密な間柄でないといけないようです」

他に書くことは？

「美に飢えています」彼はさらに書く。「女性らしい美しさです。いささか飢えています。美しさは絶対必要。経験から言って、美は畏怖と感謝を呼び起こします。美しい女性を腕に抱けるという大変な幸運への感謝の気持ちです」

美に関する段落は丸ごと線で消してしまおうかとも思うが、やめておく。審査されるなら、気持ちのおもむくままに書いたほうがいい。思考とか論理の明晰さを発揮するより。

「とはいえ、わたしも男性的欲求を持たない男だというのではない」と、いささか荒っぽく締めくくる。

たわごと（キ・トンテリア）だ！　なんたるごちゃ混ぜ！　なんたる道徳的混乱！

受付に二枚の用紙を提出する。受付係はそれを最初から最後まで——よく見ていない振りのひとつもせず——じっくりと通読する。待合室には、受付の女性と彼のふたりきりだし、忙しい時間帯でもないのだろう。美は畏怖を呼び起こす。そのくだりに来たとき、彼女の顔にごく微かな笑みが感じられなかったか？　彼女は純粋で無邪気な受付係にすぎないか、あるいは、自身も畏怖と感謝については、なにかしらの過去を持っているか？

「印のついていない欄がありますが」彼女は言う。「セラピー時間：三十分、四十五分、六十分、九十分とございます。どの長さになさいます？」

「最大限の慰めということで、九十分にしよう」

「九十分セッションの予約をとるには、少しお待ちいただくかもしれません。スケジュールの問題ですが。でも、初回セッションは九十分で申し込みしておきましょう。後からでも、変えようと思えば変えられますので。では、以上になります。お疲れさまでございました。こちらからご連絡いたしますので。初回の時間は書面でのお知らせとなります」

「大変な手順だな。船乗りを歓迎しない理由がわかるよ」

「はい、当サロンは一時滞在者のご利用には向きません。ですが、一時滞在の状態というのは、それこそ一時的なものでしょう。ここでは一時滞在者でもご自分の居住地では居住者ですし、ここに居住されている方でもよそでは一時滞在者となります」

「ペル・ディフィニティネム（定義としては）」と、彼は言う。「きみのロジックは非の打ちどころがないな。お知らせを待つとするよ」

用紙の住所欄には、エレナのアパートの住所を書いておいた。何日も過ぎる。エレナに訊いてみるが、彼宛ての郵送物はないという。

彼はまたサロンに足を運ぶ。先日と同じ受付係がデスクにいる。「憶えているかな？　先々週ぐらいに来た者だが。そちらから手紙が来ると聞いたが、なにも連絡がないものだから」

「確認させていただきます。失礼ですが、お名前は……？」受付係はファイル・キャビネットを開けると、一冊のファイルをとりだす。「拝見したところ、申込書には問題ないようですが。作業の遅れは、お客さまに合ったセラピストと縁組するのが難しいためではないかと」

「縁組だって？　こちらの希望が明確に伝わっていないようだ。美だのなんだの用紙に書いたことは忘れてくれ。なにも理想の結婚相手を探しているんじゃない。ただ、話し相手を、女性の話し相手を探しているだけだ」

「かしこまりました。問い合わせてみます。数日、お時間をいただきます」

また何日かが過ぎる。手紙は来ない。〝畏怖〟なんて言葉を使ったのがまずかったか。アルバイトで小遣い稼ぎをしようというどこの若い女性が、そんな責任を押しつけられたがるだろう？　本音もけっこうだが、時には丸まる書かないほうが良いのだ。たとえば、このように。問「〈なごみサロン〉への入会動機をお聞かせください」答「この町に来たばかりで、知り合いがいないからです」問「どんなセラピストをご希望でしょうか？」答「若くてきれいな人」問「セッションの長さのご希望は？」答「三十分で充分です」


例のネズミや歴史や港湾労働の進め方について意見が対立したとはいえ、妙なわだかまりは残っていないことを、エウヘニオはことさら示そうとする。帰る時間になると、しょっちゅうエウヘニオが後からついてくるので、そのたびにシモンは6番バスに乗って、東地区へ帰る振りをしなくてはならない。

「学院のこと、もう決めました？」ある日、エウヘニオはバス停までの道のりで訊いてくる。「登録しないんすか？」

「じつは、学院のことは最近あまり考えていなくてね。レクリエーション・センターの入会申請をしているんだよ」

「レクリエーション・センター？　あ、あの〈なごみサロン〉みたいな？　でも、どうしてレクリエーション・センターなんかに？」

「きみも友だちも、あそこは使っていないのかい？　だったら、どう処理しているんだ——その、なんというか——物理的衝動を？」

「物理的衝動？　肉体の衝動ってことですかね？　それについてもクラスでディスカッションしてたんだけど、どんな結論になったか聞きます？」

「頼むよ」

「くだんの衝動には特定の対象がないって点に気づいたことから始まったんですけど、結局、その衝動でおれたちが惹かれるのは特定の女性じゃなくて、抽象概念としての女性っていうか、女性的な原型（イデア）じゃないですか。ってことは、衝動を鎮めるためにいわゆるレクリエーション・センターを利用すると、衝動を貶めることになる。どうしてかって言うと、ああいう場所で提供されるイデアの顕現は劣化コピーだから。劣化コピーと交わりを持っても、その探求者は失望して悲しくなるだけってことですね」

　彼はこのフクロウのような眼鏡をかけたまじめな若者が劣化コピーの腕に抱かれる姿を想像しようとする。「きみはその失望をサロンで会った女性たちのせいにするんだね」彼はそう応じる。「しかし、その衝動そのものを顧みるべきだろう。手の届かないところにあるものに手を伸ばすのが、欲望というものの本質であるなら、それが満たされないからといって驚くことがあろうか？　学院の先生はきみたちに話さなかったのか？　劣化コピーと交わるのも、善と真実と美へと昇華していくために必要なステップだと？」

エウヘニオは黙りこむ。

「まあ、考えてみてくれ。そうしたものが梯子として存在しなければ、われわれはどういうことになるか？　ああ、バスが来た。じゃ、明日までじっくり考えてくれよ」

「わたしには自分で気づいていない問題があるんだろうか？」彼はエレナに訊いてみる。「入会申請をしているクラブのことだが。どうして断られたと思う？　ざっくばらんに頼むよ」

暮れ時の菫色の光が射すなか、彼とエレナは窓際に座って、ツバメたちが急降下するさまを眺めている。気さくな友人関係。長い時間を経て、ふたりはそういう関係に落ち着いていた。双方の合意で伴侶（コンパニエーロ）となったのだ。友愛結婚。もしそれを提案したら、エレナは同意してくれるだろうか？　エレナとフィデルのアパートに同居する方が、ドックの侘びしい小屋で日々をしのぐより快適に決まっている。

「断られたとは限らないでしょう」エレナが答える。「順番待ちリストがよほど長いんじゃないですか。むしろ、あのサロンに執着しているのが意外ですけどね。他をあたってみればいいでしょう。あるいは、たんに引きあげるか」

「引きあげる？」

「セックスから撤退するってことです。そうしてもいい年でしょう。別なものに充足を求めてもいい年です」

彼は首を横に振る。「まだまだだよ、エレナ。もう一度、アヴァンチュールを楽しみ、また失敗したら、引退を考えるかもしれない。わたしの質問に答えていないじゃないか。わたしにはなにか人を遠ざけるようなところがあるのかな？　たとえば、話し方とか。それが人をげんなりさせるのか？　スペイン語が間違いだらけだとか？」

「あなたのスペイン語は完璧ではないにしろ、日に日に良くなっていますよ。わたしが聞く限り、新参者であなたほど上手に話せない人はたくさんいます」

「そう言ってくれてありがたいが、実際のところ、わたしは〝耳〟があまりよくないんだ。人の言っていることを聴きとれず、当てずっぽうにやりとりすることがよくある。たとえば、あのクラブの女性ともそうだ。なんだか、わたしをクラブの女の子のひとりと結婚させたがっているように聞こえたんだが、聞き間違えかもしれない。わたしは嫁探しをしているんじゃないと言ったら、気狂いでも見るような目で見られたよ」

エレナはなにも答えない。

「エウヘニオと話しているときもそうだ」彼はたたみかける。「どうも、わたしの話し方には、旧弊な考え方に囚われている、過去を忘れられない人間、という印象をあたえるものがあるんじゃないか。そんな気がしてきている」

「忘れるのには時間がかかります」エレナは言う。「ちゃんと忘れてしまえれば、不安感も薄れていくし、毎日の生活がずっと楽になりますよ」

「そんなありがたい日を心待ちにしているよ。〈なごみサロン〉やら〈くつろぎサロン〉やら、あらゆるノビージャのサロンに迎え入れられる日をね」

エレナがきっとして彼を見る。「あるいは、記憶にしがみついている方がよければ、好きにしてください。でも、わたしに愚痴を言いにくるのはやめて」

「頼むよ、エレナ、誤解しないでくれ。なにも、草臥（くたび）れた記憶なんかを後生大事にしているわけじゃないんだ。わたしもきみと同意見だよ。記憶というのは重荷でしかない。そう、わたしが手放すのを渋っているのは別なものなんだ。記憶自体ではなく、過去を持つ肉体、その過去が染みわたった肉体に住まう感覚。わかってもらえるかな？」

「新たな人生は新たな人生なのよ」エレナは言う。「新たな環境で古い人生を最初からやりなおしても仕方がない。フィデルをごらんなさいな――」

「だが、新たな人生も意味がないじゃないか？」彼は話をさえぎる。「それによって人間のほうが変容し、変貌していかないなら。わたしがいい例だろう」

エレナは間を置き、もっとなにか言う時間をあたえてくれるが、言いたいことは言いつくしていた。

「フィデルをごらんなさい」エレナはふたたび言う。「ダビードも。ふたりとも記憶の生き物ではありません。子どもというのは過去ではなく現在に生きています。どうして彼らに倣わないんです？　変貌するのを待っていないで、もう一度、子どもに帰ればいいじゃありませんか？」

第十八章

少年と連れだって緑地を散歩する。イネスに許可された初めての外出日だ。彼の心の憂鬱が晴れ、足取りもはずんでいる。この子と一緒にいると、時が飛ぶように過ぎていく。

「ところで、ボリバルはどうしてる?」彼は尋ねる。

「ボリバルは逃げちゃった」

「逃げただって! それは驚いたな! ボリバルはきみとイネスの忠犬だと思っていたよ」

「ボリバルはぼくのこと好きじゃないんだ。イネスだけを好きなんだよ」

「でも、一人しか好きになれないってことはないだろう」

「ボリバルはイネスだけが好きなの。イネスの犬だもん」

「きみはイネスの息子だけど、好きなのはイネスだけじゃないだろう? わたしのことも愛している。ディエゴやステファノ、それからアルバロのことも愛しているだろう」

「ううん、そんなことないよ」

「それを聞いてがっかりだな。ともあれ、ボリバルは去ったわけだ。どこに行ったんだと思う?」

「でも、もどってきたんだよ。おもてに餌を置いておいたら、もどってきたの。いまはイネスが外に出さないようにしてるんだ」

「きっと新しい家になじめなかったんだな」

「ボリバルがレディの犬の臭いをかぐからだって、イネスが言ってた。レディ犬と仲良くなりたいんだって」

「そうだな、ジェントルマンの犬を飼うと、そういう苦労がある——ジェントルマン犬はレディ犬と一緒にいたいんだよ。自然の法則なんだ。もしジェントルマン犬もレディ犬もおたがい仲良くしたいと思わなくなったら、赤ちゃん犬が生まれなくなり、そのうち犬は一匹もいなくなってしまうだろう。だから、ボリバルも少し自由にしてやった方がいいかもしれない。ところで、睡眠は？　前よりよく眠れているかい？　怖い夢は見なくなった？」

「船の夢を見たよ」

「どの船だい？」

「あの大きな船だよ。帽子をかぶった男の人、見たでしょ。あの海賊（パイレート）」

「水先人（パイロット）だな、海賊（パイレート）じゃなくて。どんな夢を見た？」

「船が沈むんだ」

「沈む？　それで、どうなるんだ？」

「わかんない。憶えてないよ。お魚がいっぱい来て」

「だったら、どうなったか、わたしが教えてあげよう。きみとわたしは救出されたんだ。救出されたはずだよ。そうでなければ、どうしていまここにいる？　たんなる悪夢ってことさ。どっちにしろ、魚は人間を食べないしね。魚は人間には危害をくわえない。良い子たちだ」

そろそろ引き返す時間だ。陽が沈みかけ、一番星が耀きだしている。

「わたしが指しているあそこに、二つの星が見えるかい——明るい星が二つあるだろう？　あれは双子座と呼ばれているんだ。いつもくっついているから。それから、あそこのあの星、地平線のすぐ上の、縁が赤っぽくなっている星があるだろう——あれは宵の明星。陽が沈むころ、最初に出てくる星だ」

「あの双子は男の兄弟なの？」

「そうだ、名前は忘れてしまったが、むかしむかし、あの双子はとても有名で、だから星になったわけさ。イネスなら、この物語を憶えているかもしれないね。イネスはお話をしてくれるかい？」

「寝る前にしてくれるよ」

「それはいいね。自分で字が読めるようになったら、イネスやわたしや他人に頼らずに済む。世界中のお話をぜんぶ自分で読めるようになる」

「ぼく、読めるよ。読みたくないだけなんだ。イネスにお話ししてもらう方がいい」

「それはちょっと近視眼的な考えじゃないか？　ものを読むことで、きみにとって新しい窓がひらかれるんだ。イネスはどんなお話をしてくれるんだい？」

「『三男ものがたり』だよ」

「『三男ものがたり』？　聞いたことがないな。どんな話なんだい？」

少年はしばし無言のまま、前で手を組んで遠くを見つめたのち、語りだす。

「むかしむかし、三人の兄弟がいました。いまは冬で、雪が降っていて、お母さんがこう言いました。三人の息子たちよ、三人の息子たちよ、お腹がひどく痛い。尊い薬草を守っている〝知恵の女〟をおまえたちが探しだしてくれないと、母さんは死んでしまうだろう。

そこで長男が言いました。母さん、母さん、ぼくが知恵の女を探してきます。そう言って、長男はマントをはおると、雪のなか出ていき、キツネに会いました。キツネは長男にこう言いました。どこに行くんだ、兄弟？ 長男は答えました。尊い薬草を守っている知恵の女を探しにいくんだ。おまえと話している暇はないんだよ、キツネ。すると、キツネは言いました。食べ物をくれたら、そこへ案内してあげるよ。でも、長男はこう言いました。どけよ、キツネ。そうしてキツネをけっとばして、森へ入っていき、それっきり行方不明になりました。

またお母さんが言いました。二人の息子たちよ、二人の息子たちよ、お腹がひどく痛い。尊い薬草を守っている知恵の女をおまえたちが探しだしてくれないと、母さんは死んでしまうだろう。

そこで次男が言いました。母さん、母さん、ぼくが行きます。そう言って、次男はマントをはおると、雪のなか出ていき、オオカミに会いました。オオカミはこう言いました。食い物をくれよ、そうすれば知恵の女のところへ案内してやるぜ。でも、次男はこう言いました。どけよ、オオカミ。そうしてオオカミをけっとばして、森へ入っていき、それっきり行方不明になりました。

またお母さんが言いました。三男よ、三男よ、お腹がひどく痛い。尊い薬草を守っている知恵の女をおまえが探しだしてくれないと、母さんは死んでしまうだろう。

すると、三男は言いました。心配しないで、お母さん。ぼくがきっと知恵の女を探しだして、尊い薬草を持って帰ります。そうして雪のなか出かけていき、クマに会いました。クマはこう言いました。食べ物をくれたら、知恵の女のところへ案内してやる。それを聞いて三男はこう言いました。

いいとも、クマさん。なんでも好きなものをあげるよ。すると、クマはおまえの心臓を食わせろと言いました。すると、三男は言いました。いいとも、ぼくの心臓をあげよう。そうして三男は自分の心臓をクマにあげ、クマはそれをがつがつと食べました。

食べると、クマはこう言いました。クマは三男を秘密の道へ案内し、三男が知恵の女の家について扉をノックすると、知恵の女はこう言いました。どうして血を流しているのだ、三男よ？　三男は答えました。クマに道案内をしてもらうために心臓をあげて、食べられてしまったからです。お母さんの病気を治す尊い薬草を持って帰らなくてはなりません。

すると、知恵の女は言いました。見よ、これがエスカメルと呼ばれる尊い薬草だ。おまえは信念をもって、クマに心臓を食わせた。おまえの母の病気はきっと治るだろう。自分の血の滴をたどっていけば、森を抜けて帰り道が見つかるだろう。

三男はぶじに帰りつき、お母さんに言いました。見てよ、お母さん、エスカメルの薬草だよ。それじゃあ、さよなら。ぼくはクマに心臓を食べられてしまったから、もうお別れなんだ。お母さんは薬草のエスカメルを口にすると、たちまち病気は良くなって、こう言いました。息子よ、息子よ、おまえはまぶしい光で輝いているよ。そのとおり、三男はまぶしい光で輝きながら、空高くのぼっていきました」

「それから？」

「それだけだよ。これでお話はおしまい」

「だったら、最後の息子は星になり、母親は独りぼっちになったということだね」

少年は黙りこむ。

「この話は好きになれないな。結末が悲しすぎる。ともあれ、きみはこの三男と違って、星のように空へ昇っていくことはあり得ないよ。なぜなら、きみはたった一人の息子で、つまり長男だからね」

「ぼくにも兄弟ができるかもって、イネスは言ってたよ」

「そうなのか！　その兄弟はどこから来るんだい？　こうしてきみを連れてきたように、またわたしがだれか連れてきてくれると思っているんだろうか？」

「イネスのお腹から出てくるって言ってたよ」

「うん、しかしどんな女性も独りきりで子どもをつくることはできないんだ。手伝ってくれる父親が必要だということは、イネスも知っているはずだが。自然の摂理だよ。犬やオオカミやクマと同じ摂理のもとに、わたしたちも生きているんだ。しかし、たとえ彼女がさらに息子を持っても、きみが長男であることには変わりない。次男でも三男でもなくね」

「えー、やだよ！」少年は怒り声で言う。「ぼくは三男になりたいんだ！　イネスに言ったら、いいわよって。イネスのお腹にもどって、また出てくればいいんだって」

「イネスがそう言ったのか？」

「うん」

「そうか、もしそれを成し遂げたら奇跡だな。きみみたいな大きな子がお母さんのお腹にもどったという話は聞いたことがないし、また出てくるとなるとなおさらだ。イネスはもうちょっと違う意味で言ったんじゃないかな。もしかして、きみはいつでも最愛の子だと言いたかったのかもしれないし」

「最愛の子なんかになりたくないよ。三男になりたいんだ！　イネスは約束してくれたよ！」

「1は2より先に来るだろう、ダビード。そして、2は3より先に来る。いくらイネスが約束したところで、これは変えられないことなんだ。1、2、3の順になっている。これは自然の摂理にもまさるぐらい強力な摂理なんだよ。数の法則と呼ばれるものだ。ともあれ、きみが三男になりたいのは、たんにイネスの話では彼がヒーローだからだろう。三男ではなく長男がヒーローになる物語はほかに山ほどある。それに、三兄弟である必要もない。一人息子だっていいし、彼が心臓を食われる必要もない。あるいは、その母親には息子はいなくて、一人娘がいることもあり得る。世の中には、たくさんの種類の物語があり、たくさんの種類のヒーローがいる。文字を読めるようになれば、きみにもわかるだろう」

「読めるもん。読みたくないだけなんだ。読むのは好きじゃないんだ」

「それは、あまり賢明でないな。それに、そのうちきみも六歳になる。六歳になったら、学校に行くことになるぞ」

「イネスは学校には行かなくていいって言ってるよ。ぼくはイネスの宝物だから、うちにいて自分で勉強すればいいって」

「きみが彼女の宝物なのは認めるよ。イネスはきみを見つけてラッキーだった。でも、四六時中、イネスとうちにいたいと本当に思うかい？　学校に行けば、同じ年頃の子たちとたくさん出会う。読み方も正式に習うことができる」

「イネスは学校だと個別指導が受けられないからだめだって」

「個別指導だって！　どういう意味なんだ、それは？」

「イネスは、ぼくは賢いから個別指導が必要だって。学校だと賢い子は個別指導が受けられないから、退屈しちゃうんだって」

「なら、きみはどうして自分が賢いと思うんだい？」

「数をぜんぶ知ってるもん。聞きたい？　ぼくは134も知ってるし、7も知ってるし、それから」と、ここで深呼吸をする。「4623551も知ってるし、888も知ってるし、92も知ってるし、それから――」

「わかった、わかった！　それは数を知っているとは言わないぞ、ダビード。数を知っているというのは、数を勘定できるということなんだ。数の順序を知っているというか――どの数が先に来て、どの数が後に来るかということをだね。さらに進むと、数を足したり引いたりできるということだ――ある数からある数へ、ひとっ跳びに移るわけだ。間にある数をぜんぶ数えなくてもね。たんに数を言えるというのと、数をわかっているというのは違うんだ。きみがここで一日中、数を言いつづけても、おしまいにならない。なぜなら、数には終わりがないからだ。知らなかったのかい？」

イネスは教えてくれなかったか？」

「そんなの、嘘だよ！」

「なにが嘘なんだ？　数に終わりがないことか？　数をぜんぶ言える人間はいないということか？」

「数ぜんぶ言えるもん」

「いいだろう。きみは888を知っていると言ったね。では、888のつぎの数はなんだ？」

「92」

「不正解だ。つぎの数は889だよ。888と889の二つのうち大きいのはどっちだ？」

「888」

「不正解。889の方が大きい。なぜなら、889の方が888より後に来るからだ」

「どうしてわかるのさ？　行ったこともないのに」

「『行ったこともない』って、どういう意味だ？　もちろん、888に行ったことはない。しかし888が889より小さいと知るのに、そこへ行く必要はないんだ。なぜか？　わたしは数の成り立ちというものを習ったからだ。算術の決まりごとを習ったからだ。きみも学校へ行けば、その決まりを習う。そうすれば、きみの人生において、数はもう――」と、ここで言葉を探す。「そんなにややこしいものではなくなる」

これに対して少年はなにも応えず、冷静な目で彼を見てくる。いま言ったことが右から左へ素通りしたとはまったく思えない。よく頭に入ったはずだ。ひと言も余さず。頭に入ったうえで拒絶されたのだ。なぜ、かくも賢く、大物になる素質も充分なこの子が理解を拒むのだろう？

「きみはどの数も行ったことがあるんだろう。だったら、教えてくれ」彼はさらに言う。「最後の数、いちばん最後の数はなんなのか。オメガだなんて言うなよ。オメガはなしだ」

「オメガってなに？」

「いや、なんでもない。とにかく、オメガはなし。最後の数、いちばん終わりの数はなんだか教えてくれ」

少年は目を閉じて、ひとつ深く息をする。考えこむあまり、眉間に皺が寄っている。唇が動くが、言葉にならない。

ふたりの頭上の大枝に一対の鳥が止まり、ここで一夜の宿りをするつもりで、ともに囀る。そのとき彼は初めてこう思う。この子はただの賢い子ではない——賢い子なら世の中にごまんといるが、もっと違う何かがこの子にはある。それが何であるか、すぐに名状できないが。手をさしのべて、少年の肩を軽く揺する。「さあ、もういいだろう。それだけ数えれば充分だ」

少年はびくっとする。目をぱっちりひらくと、心ここにあらずという一心不乱の表情は消え、顔がゆがむ。「触るなよ！」少年は聞き慣れない甲高い声で叫ぶ。「そうやってまた忘れさせようとする！　どうしていつも忘れさせようとするの？　だいっきらいだ！」

「この子を学校に行かせたくないなら」と、彼はイネスに持ちかける。「せめて、わたしに読み方ぐらい教えさせてくれ。あの子はもうそういう時期に来ている。すぐに覚えてしまうさ」

東アパート地区のコミュニティセンターには、ささやかな図書館がある。ふた棚ほどのわずかな蔵書。『独学で大工仕事』『かぎ編み百科』『夏のレシピ101選』などなど。しかし、そんな本の下敷きになり、表紙を下にした状態で、『さしえ入り　ドン・キホーテ』が見つかる。背表紙が破れてしまっている。

彼は得意げにその絵本をイネスに見せる。

「ドン・キホーテってだれなの？」イネスは訊く。

「昔々の正義の騎士ってやつだ」彼は絵本の最初のページをひらく。背の高い痩せこけた男が描かれている。うっすらと顎鬚をはやし、鎧に身を包み、草臥れた老馬に騎乗している。その横には、ロバに乗ったずんぐりむっくりの男。ふたりの前には、道がくねくねとはるか彼方までつづいている。「コメディなんだ」彼は言う。「この子も気に入ると思う。だれも溺れないし、殺されない。馬もだ」

彼は少年を膝に乗せて、窓際の椅子に腰をおろす。「一緒にこの本を読んでいこう。一日一ページか二ページずつ。まずはわたしが声に出して読んで、それからふたり一緒に、言葉と言葉がどんなふうにつながっているか確かめながら、一語一語見ていこう。それでいいかい？」

少年はうなずく。

「ラ・マンチャにひとりの男がいる——ラ・マンチャというのはスペインという国の地方で、スペイン語はもともとこのスペインから来ているんだ——男はもう若くはないが、年寄りというほどでもない。ある日、頭の中でアイデアがひらめく。そうだ、騎士になろう。そこで、彼は壁に掛かっていた錆だらけの甲冑をおろし、それを身につけると、口笛を吹いてロシナンテという名の馬を呼び、友人のサンチョを呼んでこう言う。『サンチョ、わたしは騎士らしい冒険の旅に出ようと思うのだが——おまえも一緒に来ないか？』ほら、これがサンチョという語だ。こっちにもまたサンチョと出てくる。大きなSで始まる同じ語だろう。この字の格好を覚えてごらん」

「キシらしい冒険ってなあに？」少年が尋ねる。

「騎士（カバイエロ）の冒険だよ。つまり、危機に瀕した麗人を救ったり、人食い鬼や巨人と戦ったりする。読めばわかるさ。この本には、騎士の冒険がいっぱい詰まっているんだ。

さて、ドン・キホーテと相棒のサンチョは——ほら、くるっと丸まったQが入っているのがドン・キホーテだ。それからまたサンチョ。ふたりはそう遠くまで行かないうちに、見よ、道端に巨人がそびえ立っているではないか。四本もの腕があって、四つの大きなこぶしを握りしめ、恐ろしげに旅人たちを手招いていた。

『見よ、サンチョ、冒険の手始めはこれだ』ドン・キホーテが言う。『こいつを倒さないかぎり、旅人たちは安心できん』

サンチョはきょとんとした顔で相棒を見た。『巨人なんてどこにいるんです。おいらに見えるのは、風に回る四本羽根の風車だけだ』

「フウシャってなあに？」少年がまた訊く。

「絵を見てごらん。この大きな腕が風車の四枚羽根だ。この羽根が風で回ると、歯車が動き、歯車は風車の内部の大きな石を回す。これはひき臼と呼ばれる石で、このひき臼が小麦を小麦粉に挽くから、パン屋もわれわれが食べるパンを焼くことができる」

「でも、ほんとは風車じゃないんでしょ？」少年は言う。「先を読んで」

「『おまえの目に見えるのは風車かもしれないが』ドン・キホーテは言った。『それは、おまえがマラデュタの魔女たちの魔法にかけられているからなのだ。その目が曇っていなければ、目の前に立ちはだかる四本の腕を持つ巨人が見えるはずだ』ところで、魔女の説明は必要かな？」

「いいよ、知ってるから。先を読んで」

「そう言うと、ドン・キホーテは槍をかまえ、ロシナンテのわき腹に拍車をかけて、巨人に突撃していった。巨人は四つの拳のうちの一つで、あっさりとドン・キホーテの槍先をかわした。『ハハハ、哀れなおんぼろ騎士め、わたしに勝てると本当に思っているのか？』巨人は言った。

そう言われたドン・キホーテはこんどは剣を抜き、ふたたび突撃していった。ところが、巨人はまたもやあっさりとべつの拳で剣をふりはらい、そのついでに騎士とその牡馬までなぎ倒した。

ロシナンテはなんとか立ちあがったが、ドン・キホーテの方は頭を強打されて、くらくらめまいがしていた。『ああ、サンチョよ、わたしの恋人、うるわしのダルシネアの手で香油を傷口にぬってもらわないと、明日の夜明けまで命がもたないであろう』ドン・キホーテは言った。――『なにを馬鹿な、ご主人さま』とサンチョは答えた。『頭のたんこぶぐらいで。この風車から離れれば、けろっと良くなっちまいますよ』――『風車ではないぞ、巨人だ、サンチョ』ドン・キホーテは言いかえした。――『じゃ、この巨人から離れれば』とサンチョは言いなおした」

「どうしてサンチョも巨人と戦わないの？」

「それは、サンチョは騎士ではないからだ。騎士ではないから、剣も槍も持っていないんだ。じゃがいもの皮をむくポケットナイフだけだ。そんなサンチョにできることと言えば――あした読めばわかるが――ドン・キホーテをどうにか馬に乗せて、最寄りの宿屋まで連れていき、休ませて回復を待つことぐらいしかない」

「でも、だったら巨人を手でぶてばいいじゃないか？」

「サンチョには、巨人というのは実は風車だとわかっているんだよ。風車とは戦えないだろう。風車は生き物じゃないからね」

「風車じゃないよ、巨人だよ！　この絵ではただの風車だけど」

彼は絵本を置く。「ダビード、『ドン・キホーテ』はちょっと変わったお話なんだよ。図書館の貸出係の女性には、子ども向けのやさしい本に見えるかもしれないが、実のところ、そんなに簡単な話じゃないんだ。ふた組の目、つまりドン・キホーテとサンチョの目を通して見た世界を読者に提供する。ドン・キホーテにしてみれば、自分が闘っているのは巨人であり、サンチョにとっては、風車なんだ。読者の大半は――きみは違うようだが、たいていの読者はサンチョに賛成して風車だと考える。風車の絵を描いた画家もそう思っているようだな。それだけでなく、その本を書いた作者も同意見らしい」

「本を書いた人ってだあれ？」

「ベネンヘーリという男性だ」

「その人、あの図書館に住んでるの？」

「違うと思うな。まったくあり得ないことではないが、まずなさそうだ。少なくとも、わたしはあそこにいるのは見かけたことがないよ。いれば、すぐわかるはずなんだ。長いローブを着ているし、頭にターバンを巻いているからね」

「どうしてぼくたち、ベンヘーリの本を読んでるの？」

「ベネンヘーリだよ。たまたま図書館で見つけたからさ。これなら、きみも楽しめるかと思ってね。スペイン語の勉強にもなるし。ほかに訊きたいことは？」

少年は返事をしない。

「では、今日はこのへんでおしまいにして、ドン・キホーテとサンチョのつぎなる冒険は、また明日つづけて読もう。明日までには、大きなSで始まるサンチョと、くるっと丸まったQが入ったドン・キホーテを指させるようになっているといいな」

「ドン・キホーテとサンチョの冒険じゃないよ、これ。ドン・キホーテの冒険だよ」

第十九章

大きめの貨物船が一隻、ドックに着く。アルバロが「二段腹」と呼んでいる貨物船で、船首と船尾に船倉がある。港湾の荷役は二手にわかれて仕事をする。シモンは船首側の人員になる。

荷下ろしの初日、午前の中ごろ、船倉にいるとデッキからなにやら騒ぐ声と甲高い口笛が聞こえてくる。「火事の知らせだ」チームのひとりが言う。「早く出よう！」

あわてて梯子を昇っているうちに、煙の臭いがしてくる。煙は船尾の船倉から出ていた。「全員、下船！」船長とならんだアルバロが船橋(ブリッジ)の定位置から大声で指示を出してくる。「みんな、岸にあがれ！」

荷役が梯子を引きあげるが早いか、船の乗組員らが巨大なハッチカバーを閉じていく。

「あいつら、火を消さないのかね？」彼は言う。

「兵糧攻めってやつだろ」ひとりが答える。「一、二時間もすれば消えるさ。もっとも、積荷は間違いなくおじゃんになるけどな。魚にくれてやったほうがましだ」

荷役たちは船着き場に集まる。アルバロが点呼をとる。「アドリアーノ……アグスティン……ア

「マルシアーノまでくる。「マルシアーノ……」と声が返ってくる。「はい……はい……はい」レクサンドレ……」返事がない。「だれかマルシアーノを見た者はいるか？」返事がない。密閉されたハッチから、細い煙が一本、風のない戸外に立ちのぼっている。

船乗りたちがハッチカバーをまた開けていく。すると、たちまち薄黒いもうもうたる煙に巻かれる。「閉めろ！」船長は命令を出すと、アルバロに、「おたくの人足が中にいるなら、一巻の終わりってことだ」

「見捨てるわけにはいかねえんだ」アルバロは言い返す。「おれが下におりる」

「わたしが指揮をとる間はそうはさせない」

正午ごろ、船尾のハッチカバーがまたいっとき開かれる。煙は相変わらずもうもうと立ちこめていた。船長は船倉への放水を命じる。港湾労働者たちは帰される。

この日の出来事をシモンはイネスに話して聞かせる。「マルシアーノの安否は、明日の朝、船倉の水を汲みだしてみないとわからんな」彼は言う。

「マルシアーノのなにがわからないの？ マルシアーノはどうしちゃったの？」少年が会話に割りこんできて訊く。

「たぶん、眠ってしまったんだよ。うっかり煙をたくさん吸ってしまったんだ。人は煙を吸いこむと、身体の力が抜けてぼうっとして眠りこんでしまう」

「それから？」

「残念ながら、つぎに起きた時にはこの世にいない」

「死ぬってこと？」

「そうだ、死んでしまう」

「死んだら来世に行くのよ」イネスが言う。「だから、その人のことは心配しなくていいの。さあ、お風呂の時間よ、入りましょ」

「シモンが入れてくれる？」

少年の裸は長らく見ていなかった。だいぶふっくらしてきたのを目に留めて、うれしく思う。

「はい、立って」彼は言って、少年の体に残った石鹸の泡を洗い流すと、タオルでくるんでやった。

「さっと体を拭くから、自分でパジャマを着るんだよ」

「やだ」少年は言う。「拭くのはイネスがいい」

「きみに拭いてほしいそうだ」彼はイネスに伝える。「わたしじゃ不満らしい」

少年はベッドに寝そべり、イネスに世話をさせ、両足の間、すなわち両腿の間の割れ目も拭かせる。親指を口にくわえ、その目は万能の歓びに陶然として、イネスの動きをもの憂く追っている。

イネスは赤ん坊にするように、ベビーパウダーを少年の体にはたいてやる。パジャマを着るのも手伝ってやる。

もう寝る時間だというのに、少年はマルシアーノの話を諦めようとしない。「マルシアーノは死んでないかもしれないよね。みんなで見にいっちゃだめ？　イネスとシモンとぼくで。ぼくは煙なんか吸わないからだいじょうぶだよ。だめ？」

「行っても仕方ないんだよ、ダビード。マルシアーノを救うには手遅れだ。それに、どっちみち船倉は水に浸かっていて入れない」

「手遅れじゃないよ！　ぼく、水の中を泳いでいって助けられるよ、アシカみたいに。どこだって泳いでいけるんだ。言ったろう、ぼく、脱出奇術師（エスケープ・アーティスト）なんだ」

「いいや、だめだ、船倉の水の中を泳ぐなんて、いくら脱出の達人だって、危険すぎる。どこかに閉じこめられてもどってこられなくなる。そもそも脱出奇術師は他人は救出しないんだ。自分が抜け出すだけで。それに、きみはアシカでもない。泳ぎを習ったこともないじゃないか。そろそろ理解しておくれよ、人は願っただけで泳げるようにもならないし、脱出奇術師にもなれないんだ。どちらも、練習に何年もかかる。ともあれ、マルシアーノだって、いまごろ救出されて、この世に連れもどされたくはないはずだ。もう安らぎを得たんだからね。いまこの瞬間にも海を渡っているんじゃないかな、来世を楽しみにしながら。過去をきれいに洗い流して、新たなスタートを切るのは、彼にとってすばらしい冒険になるだろう。もう荷役になって、重い袋を肩に担ぐ必要もない。つぎは鳥になることもできる。なんでも好きなものになれる」

「アシカかもね」

「鳥でもアシカでも。それどころか、でっかいりっぱなクジラにもなれるぞ。来世でなにになるか、無限の可能性があるんだ」

「シモンもぼくもライセに行く？」

「もっとも、死んだらの話だ。けど、わたしたちは当面、死ぬ予定はない。これから長く生きるんだから」

「ヒーローみたいにね。ヒーローは死なないでしょ？」

「そうだ、ヒーローは死なない」

「ライセでもスペイン語話さなくちゃいけないの？」

「そんなことあるもんか。むしろ中国語をやらされるかもしれん」

「じゃあ、イネスは？　イネスも来る？」

「決めるのは本人だ。だが、きみが来世に行くなら、イネスもついていきたがるだろうな。きみのことが大好きだから」

「マルシアーノに会える？」

「会えるとも。しかし会っても彼だとわからないかもしれない。ただの鳥かアシカかクジラだと思ってしまうかもしれないからね。一方、マルシアーノのほうも――そう、本当はきみなのに気づかず、ただのカバだと思うかもしれない」

「そうじゃなくて、本物のマルシアーノのことだよ、ドックにいる。ぼくたち、本物のマルシアーノに会える？」

「船倉の水を汲みだしたら、船長が乗組員を送りこんで、マルシアーノの死体を運びだすことになるだろう。でも、本物のマルシアーノはもうわたしたちの世界にはいないんだ」

「会える？」

「本物のマルシアーノには会えない。本物のマルシアーノはわたしたちの目には見えないんだ。それに、彼の遺体も――マルシアーノはもう体から脱出しているがね――わたしたちがドックに着くころには、運び去られているだろう。夜明けとともに作業をするだろうから。きみがまだ寝ているうちに」

「運ぶってどこに？」

「運んでいって、土に埋めるんだよ」

「でも死んでなかったらどうなるの？　埋めちゃったのに死んでなかったら？」

「そんなことには決してならない。死者を埋める墓掘り人たちは、まだ生きている人を埋めたりしないように気をつけているからね。心臓の鼓動がしないかちゃんと聴くんだよ。呼吸の音もきちんと確かめる。ほんの微かにでも鼓動の音が聞こえたら、絶対に埋めない。だから、心配することはないんだ。マルシアーノは安らかに――」

「ちがうってば、わかってないなあ！　もしぽんぽんが煙でいっぱいになっても、本当は死んでなかったら――」

「ぽんぽんじゃなくて肺だな。人間はぽんぽんじゃなくて肺で息をしているから。マルシアーノが肺に煙を吸いこんだら、間違いなく死んでいる」

「そんなのうそだよ！　てきとうに言ってるだけ！　じゃあ、墓掘りの人たちがドックに行かないうちに行こうよ？　いまから行く？」

「いまって、こんなに暗いのにか？　いくらなんでも無理だろう。どうしてそんなにマルシアーノに会いたいんだ、坊や？　死体は重要じゃないんだ。マルシアーノの魂が本物のマルシアーノなんだよ。そして、その魂はもうすでに来世に向かっている」

「マルシアーノに会わせてよ！　ぼくが煙を吸いだしてあげる！　埋めないで！」

「ダビード、わたしらが肺から煙を吸いだして生き返らせられるぐらいなら、乗組員たちがとっくにやっているはずだ。乗組員だって、わたしらと同じで善意は山ほど持っているんだから。とはいえ、いくら肺から煙を吸いだしても、死んでしまった人を生き返らせることはできない。自然の摂理のひとつだ。いったん死んだら死にっぱなしなんだよ。死体が息を吹き返すことはない。生きつづけるのは魂だけだ。マルシアーノの魂、わたしの魂、きみの魂」

「そんなのうそだ！　ぼくには魂なんてないもん！　マルシアーノに会わせてよ！」

「会わせられんな。わたしたちもマルシアーノの葬儀に行くから、そこで他のみんなと同じように、お別れのキスをする機会はあるだろう。そんなふうにして、終わりを迎えるんだよ。マルシアーノが死んだ話は、これでもうおしまいだ」

「ぼくに命令するなよ！　お父さんじゃないくせに！　いいよ、イネスに頼むから！」

「イネスがこの暗いなか、きみを連れてドックまでとぼとぼ歩いていくはずないだろう。聞き分けのないことを言うな。きみが人を救いたいのはわかる。それはりっぱなことだが、人は救われたくないこともあるんだ。マルシアーノはそのままにしておいてやれ。もう逝ってしまったんだ。彼の良い思い出だけを心に残して、彼の抜け殻は手放そう。おいで。イネスがおやすみ前のお話を用意して待ってるよ」


翌朝、シモンが持ち場に着くころには、船尾船倉の水の汲みだしはほぼ完了している。一時間のうちには、船乗りのチームが船倉に降りていけるようになる。まもなく、港湾労働者たちが無言でドックから見守るなか、亡くなった荷役仲間の死体がストレッチャーに固定されてデッキに運びだされてくる。

アルバロが荷役たちに呼びかける。「一日二日のうちには、われわれの友人に正式の別れを告げる場が設けられる。しかし今日のところは、通常作業だ。船倉は崇高さもへったくれもないとっ散らかりようだから、まずそいつの片付けが当面の仕事だ」

荷役たちはそれから丸一日、足首まで水に浸かり、湿気た灰のつんとくる臭いの充満する船倉で片付けにあたる。穀物の袋はひとつ残らず爆ぜていた。このねばねばする代物をショベルですくってバケツに集め、リレー式にデッキまで運びあげて、そこから海に投棄する、というのが彼らに課された仕事だった。人の死んだ現場で黙々とおこなわれる侘しい作業だ。夕方、イネスのアパートを訪ねたシモンは疲弊して、ふさぎこんでいる。

「ここには酒なんか置いてあったりしないだろうね？」イネスにいちおう訊いてみる。

「わるいけど、あれもこれも切らしているのよ。お茶でも淹れるわね」

少年はベッドに寝そべり、本に夢中になっている。すでにマルシアーノのことは頭にないらしい。

「やあ」シモンは少年に声をかける。「今日のドンはどんな調子だい？　なにをやらかしてる？」

少年は質問を無視して、「この言葉って、どうゆう意味？」と、指をさして訊く。

「Aventuras《アベントウラス》(冒険）だよ。大文字のAで始まっている。ドン・キホーテの冒険と書いてあるんだ」

「じゃ、こっちの言葉は？」

「Fantástico《ファンタスティコ》（すばらしい）。これは小文字のfで始まる。それから、そっちの語は――大文字のQを覚えているだろう？――Quixote（キホーテ）だ。キホーテは大文字のQで始まるから、すぐにわかるね。たしか字は読めるって聞いた気がするが」

「ぼく、字を読みたいんじゃないんだ。お話を読みたいんだよ」

「無茶を言うな。お話は言葉からできていて、言葉は文字からできているんだから。文字を使わないとお話はつくれない。ドン・キホーテもだ。だから、字を覚えないとな」

「どれがファンタスティコか教えてよ」

シモンは少年の指をその語の上に持っていく。「これだ」その爪は清潔できれいに切りそろえられていた。それに引き替え、自分の手はどうだろう、むかしはこんなふうに柔らかで清潔だったのに、いまではひび割れて汚れ、ひびには黒ずんだ垢が入りこんでいた。

少年は目をぎゅっと瞑(つむ)って息をつめてから、また目を大きく見開き、その語を探しだした。「ファンタスティコ」

「すごいじゃないか。ファンタスティコという語を見分けられるようになったな。読み方を覚えるには二通りの方法があるんだ、ダビード。ひとつは、いまきみがしているみたいに、一語一語、丸覚えしていく方法。ふたつめは、こっちの方が手っ取り早いんだが、言葉を作っている文字を覚える方法だ。スペイン語には、ぜんぶで二十七文字しかない。こいつを覚えてしまえば、知らない単語だって、いちいちわたしに教わらなくても、自分で綴れるようになる」

少年は首を横に振る。「ぼくは一番目のやり方で読みたいんだ。あの巨人はどこに出てくる？」

「実の正体は風車だったという巨人かい？」彼はページをめくっていく。「ここに出てくる」そう言って、男の子の人さし指を**gigante**(ヒガンテ)という語の上にもっていく。

男の子はまた目を瞑って言う。「指でさわって読むんだ」

「どう読もうと勝手さ。目で読もうが、盲人みたいに指で読もうが、読めればいいんだ。じゃ、大文字のQではじまるキホーテはどこだ？」

男の子は人さし指でページをつつき、「ここだよ」と答える。

「はずれ」彼は男の子の指を正しい位置にもっていく。「これが大文字のQではじまるキホーテだ」

男の子はむくれて、手をふりほどく。「それって、この人の本当の名前じゃないんだよ。知らないの？」

「通称みたいなものかもしれないな。このへんではその名で知られている。けど、本人もそう名乗ることにしたたし、読者にもその名前で紹介されているわけだろう」

「でも、本当の名前じゃないんだ」

「なら、本名はなんというんだ？」

急に少年は自分の殻に引きこもり、「あっち行ってよ」と、小声でつぶやく。「ひとりで読むから」

「けっこう。わたしはもう帰るよ。気を取り直して、ちゃんと文字を覚える気になったら、電話してくれ。電話でドンの本名も教えてくれよ」

「教えない。ないしょだから」

イネスは料理に没頭しており、彼が帰るときも顔すらあげない。

一日おいてから、シモンはまたアパートを訪ねていく。見れば、少年は先日と同様、本に夢中のようす。話しかけようとすると、少年はうるさそうに手を振って、「シーッ！」と言い、ひっぱたくような素早い動きでページをめくる。まるで、ページの裏にひそんでいる蛇に嚙まれまいとするみたいに。

つぎのページにはドン・キホーテの挿絵がある。命綱を結わえつけて、地中の穴のなかへ降ろされていくキホーテ。

「読むのを手伝おうか？　どういう状況か説明しようか？」シモンは尋ねる。

少年はうなずく。

シモンは本を手にとる。「これは『モンテシーノスの洞穴』というエピソードだ。モンテシーノスの洞穴の噂をさんざん聞かされたキホーテは、名高い驚異の数々をこの目で見てやろうと決意する。従者のサンチョと物知りの学者に――ほら、この帽子をかぶった男が〝物知りの学者〟に違いない――自分を暗い洞穴のなかに降ろしたら、引き揚げの合図を出すまでじっと待つよう指示した。ゆうに一時間しても、まだサンチョと学者は洞穴の口に座って待っていた」

「ガクシャってなあに？」

「学者というのは、本をたくさん読んで、たくさんのことを学んだ人のことさ。サンチョと学者はゆうに一時間もそうして待っていたが、とうとうロープを引く感触があったので、引き揚げはじめた。かくしてドン・キホーテはまた光のなかにもどってきた」

「じゃあ、ドン・キホーテは死ななかったんだ？」

「そうだ、死んでない」

少年は満足そうに、ふうっと大きく息をつく。「よかった……んだよね？」

「ああ、もちろんだ。けど、どうしてキホーテが死んだと思ったんだい？　彼はドン・キホーテだ。ヒーローだぞ」

「キホーテはお話のヒーローだし、奇術師（マジシャン）なんだよ。ロープでぐるぐる巻きにして箱に入れても、箱を開けたらいなくなってるんだ。脱出しちゃうから」

「ああ、サンチョと学者がドン・キホーテをぐるぐる巻きに縛りあげたと思ったのか？　そうじゃないんだ。きみもただ挿絵を眺めてお話を想像するだけじゃなく、ちゃんと本を読むようになれば、このロープはキホーテを縛りつけるためではなく、洞穴から引き揚げるのに使うってことがわかるはずだ。話を進めてもいいかな？」

少年はうなずく。

「ドン・キホーテは友人らに篤く感謝の言葉を述べると、モンテシーノスの洞穴で起きたことを面白おかしくすっかり話して聞かせた。彼に言わせると、地中の洞穴で三日三晩すごし、不思議な光景を多々目にしたという。たとえば、水飛沫ではなくダイヤモンドがきらめきながら流れ落ちる滝も見たし、サテンのローブをまとったお姫さまみたいな貴婦人たちが列をなして歩いていたり、そんな中でも目をむいたのが、宝石をちりばめた鞍をつけた白馬にまたがるレディ・ドルシネアで、レディは馬を止めて、キホーテにやさしく話しかけてきたという。

『お言葉を返すようで、なんですが』と、サンチョがそこで言った。『それは思い違いかと。三日三晩も地中におられたはずがない。せいぜい一時間ぐらいだ』

『そんなことはないぞ、サンチョ』と、ドン・キホーテはいかめしく言い返した。『わたしはたしかに三日三晩、留守にしていたはずだ。一時間ほどに感じられるというなら、待っているうちにうたた寝でもして、知らぬ間に時が経っていたのだろう』

サンチョは反論しようとしたが、ドン・キホーテは言いだしたら聞かないのを思いだし、思いなおした。『はい、ご主人さま』サンチョは物知りの学者に目配せをしながらそう言った。『おおせのとおり。ご主人さまがおもどりになるまで、まるまる三日三晩、おいらたちふたりは眠りこけていたんだな。レディ・ドルシネアのお話をもっとお聞かせくださいよ。どんな会話を交わしたのか』

ドン・キホーテはいかめしい顔でサンチョを見た。『サンチョよ、忠誠の足りない友よ、おまえはいつになったら悟るんだ、一体いつになったら？』そう言うと、ふっと黙りこんだ。

サンチョは頭を搔いた。『すいません、ご主人さまがほんの一時間に見えて、じつは三日三晩もモンテシーノスの洞穴で過ごしたというのは、どうも信じられんです。たったいまも、この足元を貴婦人たちが列をなして歩いているとか、レディが雪みたいに白い馬を跳ばしているとか、そんな話も。もっとも、レディ・ドルシネアが契りの印として、ルビーかサファイアの一つでも、馬鞍からはずしてご主人さまに賜ったというなら、おいらたちみたいな疑い深い哀れな者どもに見せてくれれば、話はまたべつですが』

『ルビーかサファイアでも、か』ドン・キホーテは考えこんだ。『嘘でない証拠に、ルビーかサファイアを見せろと言うのだな』

『まあ、言ってみれば』

『わたしがそんなルビーかサファイアを見せたら、どうする、サンチョよ？』

『そうとなれば、おいらは跪いてご主人さまの手に口づけして、ちょっとでも疑ったりしたことのお赦しを乞います。そうして終生の忠誠を誓います』

シモンは本を閉じた。

「それから？」少年は言う。

「それからも何もないさ。これでこの章はおしまいなんだ。あとは明日のお楽しみにしよう」

少年はシモンの手から本をとりあげ、命綱で吊るされたドン・キホーテの挿絵のページを再度ひらき、絵のまわりにある活字をじっと凝視し、「どこなの？」と小さな声で言う。

「どこってなにが？」

「章の最後」

シモンはその章の最後を指さす。「ごらん、ここから新しい章が始まっているだろう。『ドン・ペドロ・イ・ラス・マリオネタス』、すなわちドン・ペドロと操り人形たち。『モンテシーノスの洞穴』はもう終わったんだ」

「けど、ドン・キホーテはサンチョにルビーを見せたの？」

「さあ、わからないな。セニョール・ベネンヘーリが書いていないから。見せたかもしれないし、見せなかったかもしれない」

「でも、本当にルビー持ってたの？　本当に三日三晩、地面の下にもぐってたの？」

「さあ、どうだろう。ドン・キホーテの時間はわれわれの時間と違うせいかもしれないよ。わたしたちにとっては瞬く間でも、ドン・キホーテには永劫（アイオーン）にも相当するかもしれない。けど、ドン・キホーテが懐にルビーを入れて地上にもどってきたと思うなら、そういう内容の本を自分で書けばいいだろう。そうすれば、われわれもセニョール・ベネンヘーリの本は図書館に返して、きみの書いた本を読める。とはいえ、残念ながら本を書けるようになるには、字を読めるようにならないと」

「ぼく、読めるよ」

「いいや、読めないだろう。きみはただページを眺めて、口をもごもご動かして、頭の中でお話をつくっているだけで、読んでいるわけじゃない。本当に読むには、ページに書かれていることを受け入れる必要がある。自分の勝手な想像はすててること。ちゃんと言うことを聞いて、赤ん坊みたいな真似はやめなさい」

この子にこんなにはっきりと、こんなに厳しい物言いをしたのは初めてだ。

「シモンの言うやり方で読むのはいやだ」少年は言う。「自分のやり方で読みたいんだ。あるところに、おこなしのよい、ぜんぜんぜんぜん金なしのおとこがいました。おとこは、うまにのるときは、うまで、あるくときは、ぷまでした」

「それはただの言葉遊び(ナンセンス)だろう。〝ぷま〟なんてものは世の中にないんだから。ドン・キホーテの物語は言葉遊びじゃないんだ。勝手に言葉遊びにして、キホーテの物語を読める振りをしてもだめだ」

「だめじゃないよ！　言葉遊びじゃなくて、ぼく、読めるんだから。これ、おじさんの本じゃないだろ、ぼくの本だ！」ダビードは顔をしかめて、猛然とページをめくっていく。

「とんでもない、セニョール・ベネンヘーリの本だよ。彼が世に出したから、いまはわれわれのものになっている——ある意味、われわれのものとも言えるし、見方を変えれば、図書館のものとも言えるが、間違ってもきみひとりのものではない。ページが破れるからやめなさい。どうして本をそう荒っぽくあつかうんだ？」

「だって、だって、急いでめくらないと穴が開(あ)くから」

「どこに？」

「ページとページの間に」

「まさしくナンセンスだな。ページの間に穴なんてあるわけがないだろう」

「穴があるんだよ。ページの中側に。シモンの目にはなんにも見えないんだ。だから、穴も見えるわけないよ」

「もうやめてちょうだい！」イネスが言う。

一瞬、子どもに怒鳴ったのかと思う。いいかげん頭にきて、ダビードのわがままを叱りつけたのかと思う。だが、そうではなかった。イネスが睨みつけているのはシモンだ。

「この子に字を読めるようにさせたいんじゃなかったのか」

「こんな言い合いをしてまでまっぴらよ。ほかの本を見つけてきて。もっとわかりやすい本を。この『ドン・キホーテ』とかいう本は、子どもには難しすぎる。図書館に返してきてちょうだい」

「だめだよ！」少年は本をがっちりつかむ。「持っていかせないぞ。ぼくの本だもん！」

第二十章

　イネスが住むようになってから、部屋にはかつての質実な感じがなくなった。それどころか部屋じゅうに物が散らかっていたが、それはたくさんある彼女の持ち物ばかりとは限らない。なかでもひどいのが少年のベッドがある一角で、彼が収集して家に持ち帰った物が段ボール箱からあふれだしている。小石、松ぼっくり、しおれた花、なにかの骨、貝殻、瀬戸物や古びた金属のかけら。

「そのゴミは、そろそろ捨てたらどうだい？」シモンはそうもちかけてみる。

「ゴミじゃないや」男の子が言う。「ためてるんだ」

　彼は足先で箱をつつく。「がらくただろう。拾った物を何でもかんでもためこむわけにはいかないぞ」

「ぼくの博物館なんだ」男の子は言い返す。

「古いがらくたの山が博物館なもんか。なにがしか価値があるものしか博物館には納めてもらえないんだ」

「カチってなに？」

「価値のある物であれば、世間の人々が大事にするし、価値があるってことで意見が一致するわけだ。割れたカップに価値はない。だれも大事にしないからね」

「ぼくはしてる。ぼくの博物館なんだ、おじさんは関係ない」

彼はイネスのほうを向く。「あなたも賛成したのか？」

「坊やの好きにさせておいて。古い物がかわいそうなんですって」

「把手のとれた古いカップなんか、かわいそうに思えるはずないだろう」

少年はさっぱりわからないという顔で、彼をじっと見つめる。

「カップには感情がないんだ。捨てられたってなんとも思わない。傷つきもしない。使い古しのカップをかわいそうに思うぐらいなら、たぶん――」彼はカッとなって言葉をさがす。「空も、空気も、足元の地面もかわいそうになるんだろうな。なんでもかんでもかわいそうに思うんだろうな」

少年は相変わらず黙って見つめてくる。

「物というのは永続するように出来ていない」彼は言う。「それぞれに寿命があるんだ。その古いカップは良き一生をすごした。もう隠退して、新しいカップに道をゆずる時期だ」

最近ではすっかり見慣れたあの強情そうな表情が、男の子の顔にはりついている。「いやだ！」と、きっぱり言う。「これはとっとくんだ！　絶対持ってかせないぞ！　ぼくのなんだから！」

なにかにつけイネスが甘やかすので、少年はますます聞き分けがなくなっている。日々是、言い争いであり、声を荒らげず足を踏み鳴らさずに暮れる日はない。

彼は少年を学校へ入れるようイネスに促す。「このアパートも、ダビードを育てていくには手狭になってきているだろう。あの子もそろそろ現実の世界と向き合うべきだ。もっと広い地平が必要なんだよ」ところが、イネスはなんのかのと抵抗しつづける。

「ねえ、お金はどこから来るの？」少年が訊く。

「どんな種類のお金のことだい、それにもよるな。硬貨だったら、造幣局というところだ」

「おじさんは造幣局でお金をもらってきてるの？」

「いや、そうじゃない、お金をくれるのはドックの給金支払係だ。きみも会ったことがあるだろう」

「どうして造幣局に行かないの？」

「ただ行ったって、お金はもらえないからさ。お金を得るには働く必要がある。稼ぎださないといけない」

「なんで？」

「なぜなら、世の中はそういうふうに出来ているからさ。働かずにお金が手に入ったり、造幣局がみんなにお金をあげていたら、価値がなくなってしまうだろう」

シモンは少年をサッカーの試合に連れていき、回転式のゲートで料金を払う。

「どうしてお金を払うの？」少年は訊く。「前は払わなくてよかったよ」

「これは決勝戦だからな。今シーズン最後の試合なんだ。この試合の最後に、優勝者はごほうびにごちそうを奢ってもらう。そのケーキやワインを買うお金を集めないとならないだろう。お菓子屋さんだってケーキの代金をもらわないと、つぎのケーキを焼くための小麦粉や砂糖やバターを買えない。いいかい、これが決まりなんだ。〝ケーキを食べたければ、そのためのお金を払う〟ワインでも同じことだ」

「どうして？」

「どうしてって？　きみのあらゆる〝どうして？〟に対する返答は、過去にも現在にも未来にも、〝世の中はそういうふうに出来ているから〟だ。この世の中はわれわれの都合のいいようには出来ていないんだ、坊や。こっちが合わせていかなくてはならない」

少年はなにか言い返そうと口をひらくが、シモンがすかさずその口に指を押しつける。「お静かに。もう質問はなしだ。おとなしく試合を観戦しなさい」

観戦後、ふたりはアパートにもどってくる。イネスはガス台で調理に忙しい。焦げた肉の匂いが部屋に立ちこめている。

「夕飯の時間よ！」彼女は大声で告げる。「手を洗ってらっしゃい！」

「さて、わたしはこのへんで失礼するよ」彼は言う。「それじゃ、またあした」

「どうしても帰るの？」イネスが訊く。「あの子が食事をする姿を見ていたいと思わないの？」

テーブルにひとりぶんの、小さな王子さまのための食器がセットされる。イネスがフライパンから細いソーセージを二本、皿にうつす。ソーセージのまわりに、半分に切って茹でたじゃがいも、人参の薄切り、カリフラワーを半円を描くようにならべ、フライパンに残った油をその上に回しかける。開け放した窓のそばで眠っていた犬のボリバルが起きあがって、音もなく近寄ってくる。

「う〜ん、ソーセージだ！」男の子は言う。「ソーセージって最高だね」

「ソーセージなんて、しばらくお目にかかってなかったな」彼はイネスに言う。「どこで買ってきたんだい？」

「兄のディエゴが手に入れてきたの。ラ・レジデンシアの厨房のだれかと親しいらしくて」

少年はソーセージを細切れにし、じゃがいもを切り分け、むしゃむしゃ食べる。大人ふたりに注視されていても、膝に頭を乗せてきた犬に一挙一動を見つめられていても、気にするふうでもない。

「人参もお忘れなく」イネスが言う「暗闇でも目がよく見えるようになるわよ」

「猫みたいに」少年が言う。

「そう、猫みたいに」イネスが返す。

少年は人参を食べる。そして「カリフラワーはなにに良いの？」と訊く。

「カリフラワーは健康に良いのよ」

「カリフラワーは健康に良くて、肉は体を丈夫にするんでしょ？」

「そのとおり。肉は体を丈夫にする」

「わたしはもう帰る」シモンはイネスに言う。「肉は体を丈夫にするが、この子にソーセージを食わせるなら、よく考えてからにしたほうがいい」

「どうして？」少年が尋ねる。「どうしてイネスはよく考えなきゃいけないの？」

「ソーセージになにが入っているかわからないからさ。体に良くないものも入っているかもしれないんだ」

「ソーセージになにが入ってるの？」

「そうだな、なんだと思う？」

「お肉でしょ」

「そうだ。でも、どんな肉だろう？」

「カンガルーの肉」

「またふざけはじめたな」

「象の肉」

「いや、ソーセージには豚の肉が入ってるんだ。いつもじゃないが、ときどきね。ところが、豚はあまりきれいな動物じゃない。羊や牛みたいに草を食べるんじゃないんだ。目の前に出てきたものはなんでも食べてしまう」ちらっとイネスのほうを見ると、彼女は唇をぎゅっと引き結んで睨み返してくる。「たとえば、ウンチも食べる」

「トイレのウンチ？」

「いやいや、トイレのを食べるわけじゃない。でも、そのへんの草地でウンチに出くわしたら食べるだろうね。よく考えもせずに。豚は〝雑食〟なんだ。なんでも食べるという意味だよ。共食いをすることもある」

「そんなの嘘よ」イネスが割って入る。

「じゃ、ソーセージにもウンチが入ってるの？」男の子は訊く。すでにフォークを置いてしまっている。

「ただの冗談よ。おじさんの言うことなんか聞かないの。そのソーセージにはウンチなんか入ってないから」

「ソーセージに本物のウンチが入っているとは言わないさ」彼は言う。「でも、ウンチから出来た肉は入ってる。豚というのは不衛生な動物なんだ。豚の肉はウンチ肉だ。とはいえ、これはわたしの一意見にすぎない。同意しない人もいるだろう。きみは自分で考えて決めなさい」

「もういらないや」少年は言って、皿を脇に押しやる。「ボリバルにあげて」

「ぜんぶきれいに食べたら、チョコレートをあげるわよ」イネスが言う。

「いやだ」

「あなたはさぞご満悦でしょうね」イネスが彼に食ってかかる。

「衛生の問題だよ。倫理衛生学というか。豚を食えば、豚みたいになるんだ。きみの一部がね。もちろん全部じゃなく一部だが、きみはその豚の性質を帯びるわけだ」

「どうかしてるわ」イネスは言い返すと、こんどは男の子にむかって、「この人の言うことなんか聞いちゃだめよ。頭がおかしいんだから」と言う。

「頭などおかしくないさ。キリスト教でいう〝共存説〟というやつだ。この考えなくして、どうして人食い族が存在すると思う？　人食いというのは共存説をまじめに実践する人々なんだ。他人を食べれば、その人間が自分の一部になる。人食いたちはそう信じている」

「ヒトクイってなあに？」男の子が訊く。

「人食いっていうのは野蛮人のことよ」イネスが答える。「心配しなくていいの。このへんには人食いなんていないからね。ただのおとぎ話なのよ」

「オトギバナシって？」

「昔々のお話で、いまでは実際にないことばかりなの」

「オトギバナシを聞かせてよ。ぼくも聞いてみたい。三兄弟のオトギバナシがいいな。それとも、天に昇った兄弟の話か」

「天に昇った兄弟のお話なんてひとつも知らないわ。さあ、食事を済ませてしまいなさい」

「兄弟の話が無理なら、赤ずきんはどうだ」彼が言う。「そう、オオカミが女の子のおばあちゃんをガブリと食って、おばあちゃんになってしまいました。オオカミおばあちゃんです。って、共存説に則って」

　少年は立ちあがり、皿の料理をかき集めて犬のボウルにうつすと、空（から）の皿をキッチン・シンクに置く。犬はソーセージをむさぼり食う。

「ぼく、ライフセイバーになる」少年がある日、宣言する。「ディエゴがプールで教えてくれるって」

「それは、いい」彼は答える。「ほかにどんな計画があるんだい？　ライフセイバーと脱出奇術師と手品師（マジシャン）のほかに」

「もうないよ。それでぜんぶ」

「プールから人を引きあげるのも、箱から脱出するのも、マジックをやるのも、趣味みたいなものだ。キャリアにも、生業にもならない。きみはなにをやって生計を立ててるつもりだい？」

　少年は助けを求めるように母をちらっと見る。そこで度胸が据わったらしく、こう答える。「ぼくはセイケイなんて立てなくていいんだ」

「人間はみんな生計を立てる必要がある。それも人間の条件の一部だ」

「どうして？」

「どうして？　どうして？　どうして？　そんなんじゃ、まともな会話にならん。きみは人を救助したり、鎖から脱出したり、そうやって働くことを拒否して、どうやって食べていくつもりなんだ？　体を強くする食べ物はどこで得るんだ？」

「お店だよ」

「きみが店にいけば、食べ物がもらえる、と。お金を払わずに」

「うん」

「店の人が食べ物をぜんぶただであげてしまったら、どうなるだろうな？　店が空っぽになったらどうする？」

妙な微笑みを口元に浮かべて、少年はすまして答えた。「どうして？」

「なにがどうしてなんだ？」

「どうして店が空っぽになるのさ？」

「なぜなら、たとえばX斤のパンを持っているとして、それをぜんぶただであげてしまったら、手元にはパンもなくなるし、新たなパンを買うお金も残らない。なぜなら、XマイナスXはゼロだからだ。イコール、なにも無いということ。イコール、空っぽ。イコール、お腹も空っぽ」

「えっくすって、なに？」

「Xというのは任意の数字を表しているんだ。十でも百でも千でもいい。きみがなにか持っているとして、それをあげてしまったら、もう手元になくなってしまうだろう」

少年は顔をしかめて目を瞑り、へんな顔をして見せる。かと思うと、くすくす笑いだす。母親のスカートをつかんで、腿のあたりに顔を押しつけ、いつまでも笑っているので、顔が真っ赤になった。

「どうしたの、坊や？」イネスが訊くが、少年は笑うのをやめようとしない。

「もう帰ってもらえないかしら」イネスが言う。「坊やが興奮するから」

「教育の一環だよ。この子を学校に入れてくれれば、こんな家庭学習は必要ないんだが」

　少年は、E棟に住む老人と友だちになる。老人は屋上にハト小屋を持っており、ロビーの郵便箱によると、パラマキさんというらしいが、少年は「セニョール・パロマ」すなわち「ハトさん」と呼んでいる。セニョール・パロマはハトたちに手で餌をやらせてくれる。そればかりか、自分のハトも一羽、少年にくれる。純白のハトで、少年は「ブランコ（「白」の意）」と名づける。

　ブランコはおとなしく、いささか鈍いぐらいの鳥で、少年が手を差しのべて手首に乗せたり、ときには肩に乗せたりして、散歩に連れていくこともできる。飛び去る気配もないし、そもそも飛びそうに見えない。

「ブランコは羽根を切られているんじゃないかな」シモンは少年に言う。「ちっとも飛ばない説明がつくだろう」

「そんなことないよ。ほら、見て！」少年はハトを宙に放りあげる。ハトは腕弛（かった）るそうに羽ばたいて、一、二度旋回してからまた少年の肩にとまり、羽をつくろいはじめる。

「ブランコは手紙を運べるんだって、セニョール・パロマは言ってる。もしぼくが道に迷ったら、メッセージをブランコの足に結んで飛ばせば、ブランコは家に帰れるから、セニョール・パロマがぼくを捜しにきてくれるって」

「まったく親切だな、セニョールは。でも、そのためには紙とペンをいつでも持ち歩かないといけないよ。それから手紙をブランコの足に結ぶ紐も。ところで、なんと書くんだい？　助けを呼ぶのになんと書くか見せてくれ」

ふたりはひとけのない児童公園を歩いているところだ。少年は砂場に座りこみ、砂をならすと、指でなにか書きだす。肩ごしに覗いてみると、まず０と書かれ、つぎにＥ、そしてなにやら読めない字があり、また０、Ｘ、もうひとつＸ。

少年は立ちあがり、「読んでみて」と言う。

「なかなか難しいな。スペイン語なのかい？」

少年はうなずく。

「うーん、降参だ。なんと書いてあるの？」

「『ブランコについてきて。ブランコはぼくのしんゆうです』って書いてあるんだ」

「なるほど。前はフィデルがきみの親友だったね。その前は、エル・レイ。フィデルと仲良くしなくなって、その代わりハトが親友になったのは、どういうわけだい？」

「フィデルは年が上すぎるもん。フィデルは乱暴だし」

「フィデルが乱暴しているのなんて見たことがないぞ。あの子は乱暴だって、イネスが言ったのか？」

少年はうなずく。

「フィデルはどこをとってもおだやかな子だよ。わたしは大好きだし、きみも前は好いていたじゃないか。ひとつ言っておくと、きみが一緒に遊ばなくなったんで、フィデルは傷ついているんだ。わたしに言わせれば、ひどい仕打ちだ。それどころか、乱暴な扱いと言ってもいい。セニョール・パロマと屋上で過ごす時間を減らして、もっとフィデルと遊んだ方がいいと、わたしは思うがね」

少年は腕にとまらせたハトをなでる。彼のお咎めを口答えもなく受け入れる。いや、たんに聞き流しただけかもしれない。

「それからもうひとつ、きみはもう学校にあがる時期だとイネスに話したほうがいい。断固、言い張りなさい。きみはとても賢いから、読み書きも自分で覚えているのは知っているが、実社会では、みんなと同じように書けないとだめなんだ。だれも読めない、セニョール・パロマも読めない手紙をブランコの足につけて飛ばしても仕方ないだろう」

「ぼくは読めるもん」

「そりゃ読めるだろうさ、書いた本人なんだからな。けど、メッセージに大事なのは、他の人たちも読めるってことなんだ。きみが道に迷って、セニョール・パロマに助けを求めるメッセージを送るなら、むこうも読めるものでないとだめだ。そうでないなら、きみの体をブランコに結わえつけて、家に連れて帰ってと頼むしかない」

少年はきょとんとした顔をする。「でもさ――」と言いかけたところで、ジョークだと気づき、ふたりして大いに笑う。


ふたりがいるのは、東アパート地区の児童公園だ。さっきまで彼は少年をブランコに乗せて押してやっていた。ブランコはすごい高さまで上がり、少年は怖いのと楽しいので叫び声をあげた。いまは息をつきながら並んで座り、夕暮れの残照のなかで水を飲んでいる。

「イネスはお腹からふたごを出せる?」少年は訊く。

「もちろん、そういうこともある。ちょっと珍しいが、ないわけじゃない」

「イネスがふたごを産んだら、ぼくは三番目の子になるのかな。ふたごはいつでも一緒にいるの？」

「そうとも限らないが、だいたいは一緒にいたがるかな。ふたごはふたご座みたいなもので、自然と好きあうものなんだ。そうでないと、だんだんと離れていって、星座じゃなくなってしまうかもしれない。けど、愛しあっているからしっかり結びついている。この世の終わりまで、きずなで結ばれているんだ」

「でも、ふたご座は本当は一緒じゃないよ、べつべつだよ」

「うん、それはそうだ。空のふたつの星は括りつけられているわけじゃない。星と星の間には小さな隔たり（ギャップ）、つまりすきまがある。それが自然の摂理なんだ。恋人同士を考えてみるといい。年がら年中たがいに縛りつけられていたら、愛しあう必要もなくなるんじゃないか。一つになってしまうんだから。求めあうものがなくなる。だから、世界には隔たりというものがあるのさ。なにもかもが、この宇宙のなにもかもが、ぎっちりとすきまなく詰めこまれていたら、きみも、わたしも、イネスも区別がなくなってしまうだろう。たったいまも、きみとわたしが話しあうこともなく、沈黙がつづくだろうね——なにもかもが一つになって、黙りこくる。そんなわけで、まあ、何かと何かの間に隔たりがあること、きみとわたしが一つではなく二つに分かれているのは、総じて良いことだよ」

「でも、落っこちるかも。すきまから落っこちるかもしれないよ。割れてたら」

「隔たり即ちすきまと割れ目は同じではないんだよ、坊や。隔たりというのは自然の一部、ものの成り立ちの一部なんだ。隔たりに落っこちて消えてしまうということはない。そんなことにはならないんだ。割れ目というのはまったく別物でね。割れ目とは、自然の摂理のなかに走る亀裂みたいなものだ。ナイフで自分の体を切るような、ページを二つに裂くようなもの。きみは割れ目に落ちないように注意しなくちゃと始終言っているが、その割れ目とやらはどこにあるんだ？　きみとわたしの間のどこに割れ目が見えるか？　見せてくれ」

少年は黙りこむ。

「星座のふたごも地上のふたごと同じだ。数にも似ているかな」こんな話は子どもには難しすぎるだろうか？　かもしれない。だが、この子はわたしの言葉を吸収してくれるだろう。そう願わずにはいられない――吸収して、じっくり考え、もしかしたら言わんとすることを理解しはじめるかもしれない。「1と2みたいなものだよ。1と2は同じものではないだろう。二つの間には違いがあるけど、これは隔たりであって割れ目ではない。隔たりがあるから、わたしたちは数を数えられるんだ。落っこちる心配をせずに1から2に移ることができる」

「ぼくたちもいつか空のふたご座を見れる？　船で行ける？」

「そうだな、それに適した船が見つかれば行けるだろう。でも、ふたご座まで行くにはとても長い時間がかかる。ものすごく遠くにあるからね。わたしの知る限り。まだ行ってみた人はいない。いまのところ」と、彼は地面を足で踏みつけて言う。「人間が足を踏み入れたのは、この星しかない」

少年は怪訝そうな顔で見てくる。「ここは星じゃないよ」

「いいや、星なんだよ。間近で見ると、星には見えないが」

「だって、光ってないもん」

「どの星も間近で見ると光っていないんだ。でも、遠くから見ると、なにもかも光って見える。きみも輝いているし、わたしも輝いている。星々もまぎれもなく輝いている」

少年はうれしそうだった。「星ってぜんぶ数字なの？」

「いいや、さっき、ふたご座は数に似ていると言ったが、それは言葉の綾だ。星は数ではないよ。星と数はまったく別物だ」

「ぼくは星って数字だと思う。あれは11番だし」と、空に指を突きだす。「あれは50番で、あっちは33333番」

「ああ、そうか、一つ一つの星に番号をふれる？と訊きたかったんだな？たしかにそれも星を同定する方法の一つだが、やけに退屈だし、想像が膨らまないな。固有名詞があったほうがいいと思う。おおぐま座とこぐま座とか宵の明星とかふたご座とか」

「違うってば、わかってないなあ。星はいっこいっこが数字だって言ったんだよ、ぼくは」

シモンは首を振る。「個々の星は数字ではないよ。星と数字は似ている点も少しあるが、大方はまったく似ていない。たとえば、星は天空に無秩序に散らばっているが、数は自分の位置をきちんと把握して整列した船団みたいに進んでいく」

「死ぬかもよ。数も死ぬかも。数は死んだらどうなるの？」

「数が死ぬことはない。星も死なない。星は不滅なんだ」

「数だって死ぬよ。空から落ちてくるかもしれない」

「あり得ないな。星が空から落ちてくることはあり得ない。落ちているように見えるのは、流れ星といって、本物の星じゃないんだ。数について言えば、数が列から落ちたら、そこに割れ目が、亀裂が、出来てしまう。数の働きというのは、そういうものじゃないんだ。数と数の間に亀裂が入ることはないし、どの数字も欠けたりしない」

「だからあ！　やっぱりわかってない！　なんにも憶えてないんだね！　数も空から落ちるよ。ドン・キホーテが割れ目に落ちたみたいに」

「ドン・キホーテは落ちたんじゃない。縄で出来た梯子を使って洞穴に降りていったんだ。ともかく、ドン・キホーテはいま関係ないだろう。現実にはいないんだし」

「いるってば！　主人公(ヒーロー)なんだから！」

「わるかったよ、そういうつもりで言ったんじゃない。もちろんドンは主人公だし、もちろん現実にいるさ。わたしが言おうとしたのは、ドンが経験したことは、もうだれも経験しないってことさ。人間は最初から最後まで、割れ目に落ちたりせずに生きていく」

「落ちるってば！　割れ目に落ちるし、落ちた人は出てこれないから、もう会えなくなるんだ。シモンだって、前にそう言ったじゃないか」

「こんどは〝割れ目〟と〝穴〟をごっちゃにしているな。人は死んだら墓に、地中の穴に埋められるって話だろう？　墓というのは、墓掘り人がスコップを使って拵(こしら)えるものなんだ。割れ目みたいに不自然なものじゃない」

　そのとき衣擦れの音がし、暗闇のなかからイネスが姿をあらわす。「ちょっと、何度も何度も呼んだのよ」と、尖り声で言う。「まったく、だれも人の言うことを聞かないのね？」

第二十一章

つぎの訪問でアパートのドアをノックすると、勢いよくドアを開けた少年は、興奮して顔を紅潮させている。「シモン、すごいんだよ！」と、大声で話しかけてくる。「ぼくたち、セニョール・ダガに会ったんだ！　セニョールは魔法のペンを持っててさ！　ぼくに見せてくれたの！」

ダガのことなど、忘れかけていた。そう、ドックでアルバロと給金支払人を侮辱したあの男だ。「魔法のペンだって！」彼はそう応じる。「それは面白そうだな。入ってもいいかい？」

ボリバルがえらそうに近づいてきて、彼の股ぐらをくんくんと嗅ぐ。イネスはソファに座り、屈みこんで縫物をしている。お婆さんになったイネスの姿が一瞬、目に浮かんでうろたえる。イネスはあいさつもなしに、喋りかけてくる。「街に行ってきたのよ。この子の手当てをもらいに〈生活支援課〉へ。そこに、その男がいたわけ。あなたのそのご友人が」

「いや、友人でもなんでもない。言葉を交わしたことすらない」

「その人が魔法のペンを持ってたの」少年が言う。「中に女の人が入ってるんだよ。って言うと、絵だと思うでしょ、違うんだ、本物の女の人なんだよ。小さな、小さなレディなんだ。ペンを逆さまにすると、着てる服がぜんぶ脱げてはだかになるの」

「むむ。セニョール・ダガはその小さなレディのほかにもなにか見せてくれたかい？」

「アルバロが手を切ったのはおれのせいじゃないって言ってた。アルバロの方からけんかを始めたんだって。だから、アルバロがわるいんだって」

「みんなそう言うものなんだよ。むこうから仕掛けてきたと言うのさ。決まって他人のせいにするんだ。ひょっとして、セニョール・ダガは盗んでいった自転車をどうしたか、きみに話したりしなかったか？」

「ううん」

「そうか、こんど彼に会ったら訊いてみなさい。給金支払人が自転車をなくして、歩きで巡回するはめになっているのは、だれのせいですか？って」

会話は途切れた。幼い男児をそばに呼んで、裸のレディの入ったペンを見せるような男どもに対し、イネスがほとんど意見しないので、彼は驚いている。

「だれのせいなの？」少年が尋ねる。

「と言うと？」

「だって、決まって他人のせいだって言ったでしょ。セニョール・ダガのせいなの？」

「自転車がなくなった件か？　そうだ、ダガのせいだ。だが、〝決まって他人のせい〟と言うのは、もっと一般的な意味だよ。なにかまずいことが起きると、人間というのはとたんに、自分のせいじゃないと言いだすんだ。創世以来の決まり文句だ。人間の本質の一部として具わっているんじゃなかろうか。人間は過ちを〝わたしのせいです〟と認めるように出来ていない」

「それ、ぼくのせい？」

「なにがきみのせいだって？　いやいや、そうじゃない。まだほんの子どもなのに、どうしてきみのせいになるんだ？　とはいえ、セニョール・ダガには近寄らない方がいい。小さい子の模範になるような人じゃないからね」と、真顔でゆっくりと話した。少年だけでなくイネスに対しても警告したつもりだ。

何日か後、停泊した船の船倉から上がっていくと、ドックにイネスが御自ら出向いているのでびっくりする。アルバロとなにやら話しこんでいる。ドキンと心臓が打つ。彼女が波止場にあらわれたことはいまだかつてない。ということは、悪い知らせとしか思えない。

坊やがいなくなったの、とイネスは言う。セニョール・ダガに連れ去られた、と。警察にも通報したけど、力になってくれそうにない。だれにも頼れそうにない。アルバロも、シモンも、来てちょうだい。ふたりならダガを見つけだすにも、手こずることはないでしょう、仕事仲間なんだから――あの子をわたしの元に返して。

波止場では女性の姿を見かけることがめったにない。荷役たちは、都会風の服を着て髪を振り乱し半狂乱になっている女性に、ちらちらと好奇の目を向けてくる。

彼とアルバロでイネスから少しずつ経緯を聞きだす。〈生活支援課〉に行ったら長い列ができており、少年がじっとしていられなくなった。そこにたまたまセニョール・ダガが居合わせ、アイスクリームを買ってあげると言ってきた。つぎに見たときには、この地上から消えてしまったかのように、ふたりは姿を消していたと言う。

「どうしてあんな男と一緒にあの子を行かせたんだ？」シモンは疑問をぶつける。

イネスは頭をつんとそらして、その質問を掻いやる。「成長期の男の子には男性の存在が必要なのよ。母親ばかりと始終一緒にいられないわ。それに、いい人に思えたのよ。誠実そうな人だって。ダビードは彼のイヤリングに夢中だった。自分もイヤリングをしたいって」

「買ってやると言ったのか？」

「もっと大きくなったらイヤリングをしてもいいけど、いまはまだだめと言ったわ」

「すまんが、話し合いはおふたりでやってくれ。用ができたら呼んでくれればいいから」アルバロが言う。

「それで、この件に関するきみの責任はどうなんだ？」ふたりきりになると、彼はイネスに問い質す。「どうしてあんな男にわが子を託せるんだ？　わたしに話していないことがあるんじゃないか？　まさか、きみもゴールドのイヤリングをして、裸のレディをペンに入れているやつの魅力にやられているのか？」

イネスは聞こえない振りをする。「ずっと、ずっと待っていたんだけど、家にもどっているかもしれないと思ってバスに飛び乗ったの。アパートにもいなかったから、こんどは兄に電話をして、そしたら兄が警察に電話するって。でも、すぐに折り返し電話があって、警察は力になれないと。わたしがあの子の……ダビードを子どもにする正式な書類がないから」

イネスはそこで言葉を切り、遠くをじっと見つめている。「彼は……子どもをもたせてやると言ったのよ。子をとりあげるなんて言わなかった」急にイネスはすすり泣いて止まらなくなる。「そんなこと……そんなこと、言わなかった……」

怒りはおさまらないが、それでもシモンはこの女に同情しはじめている。じろじろ見てくる荷役たちの目も意に介さず、イネスを抱き寄せる。イネスは肩にもたれてすすり泣く。「そんなこと言わなかったのに……」

彼は子どもをもたせてやると言ったのよ。頭がくらくらする。「場所を変えよう。あまり人目のないところへ」そう言って彼はイネスを小屋の裏手に連れていく。「よく聴いてくれ、イネス。ダビードはきっと無事だ。その点は間違いない。ダガはあの子に手だしができるような男じゃない。アパートにもどって待とう。ダガの住まいはわたしが突きとめて、ようすを見にいくから」と言って、いったん口をつぐむ。「あなたに子どもをもたせてやると言ったそうだが、それはどういう意味なんだ？」

イネスは身を振りほどく。すすり泣きがやむ。「どんな意味で言ったと思うのよ？」という声には険がある。

半時間後、シモンは移転センターにいる。「至急必要な情報があるんだが」彼はアナに言う。「ダガという名の男性を知らないかな？　三十代で、細身で、片耳にイヤリングをつけていて、ほんの短期間だがドックで働いていた」

「お尋ねの理由は？」

「彼に話があってね。ダビードを母親の元から連れ去って、行方をくらましたんだ。きみが手助けできないと言うなら、警察に行くしかなくなる」

「その男性の氏名はエミリオ・ダガ。だれもが知る人物ですよ。住まいは市街住居地区（シティ・ブロックス）。少なくとも、住所登録はそこになっていますけど」

「正確には市街住居地区のどこなんだ？」

アナは奥に引っこんで居住者カードの棚を調べ、住所を書きつけた紙切れを手にもどってくる。

「こんど来るときには、ダビードの母親の居場所をどうやって突きとめたのか教えてくださいね。そちらの時間が許せば、知りたいものだわ」

市街地区は移転センターが管理する複合住宅地のなかでも垂涎の的だった。アナがくれた住所を目指していくと、本棟の最上階の部屋にたどりつく。ドアをノックしてみる。ドアを開けたのは、魅力的な若い女だったが、いささか化粧が厚すぎ、ハイヒールで危なっかしい足取りで歩みでてくる。実のところ、〝女〟にはほど遠い――せいぜい十六というところではないか。

「エミリオ・ダガという人を捜しているんだが」彼は言う。「住まいはここかね？」

「ここだけど」娘はそう答える。「入れば。ダビードを連れもどしにきたんだよね？」

部屋の中はタバコの饐えた臭いがする。ダガは綿のTシャツとジーンズに素足という恰好で、黄昏の街を見晴らす大きな窓を前に座っている。椅子を回して半ばこちらを向き、あいさつ代わりに手をあげる。

「ダビードを連れもどしにきた」

「あいつなら、寝室でテレビを見てる」ダガはそう言う。「あんたがおじちゃんか？　おーい、ダビード！　おまえのおじちゃんが来たぞ！」

隣の部屋から、少年が興奮しきったようすで走りでてくる。「シモン、見においでよ！　ミッキーマウス、やってるよ！　ミッキーはプラトー（実際はプルートだが、作者による言葉遊びと思われる。Platoはプラトンのこと）っていう犬を飼ってるんだ。それに、電車も運転するし、レッド・インディアンが矢を射ってくるんだ。早く来てよ！」

彼は少年にとりあわず、ダガに向かって、「母親は心配で気も狂わんばかりになっているんだ。よくもこんな真似ができたな」

ダガをこんなに間近で見たことはなかった。金髪の巻き毛をひと房たらしている以外はスキンヘッドだが、地肌はきめが粗く、脂じみている。Tシャツは脇に穴がひとつ開いている。意外なことに、こんな男でも脅威は感じない。

ダガは立ちあがりもしない。「落ち着けよ、じいさん(ビエーホ)。おれら、楽しくやってんだけどさ、そのうち坊やがおねんねしちまったんだ。丸太みたいに、天使みたいに、すやすや寝てたよ。で、いまは、お子さま番組を観てる。どこがいけねぇんだ?」

彼はそれに答えず、「おいで、ダビード!」と言う。「帰るぞ。セニョール・ダガにあいさつしなさい」

「やだよ！　ミッキーマウス、観たい！」

「ミッキーはこんどまた見せてやるよ」ダガが言う。「約束な。おまえのためにとっとくから」

「プラトーは?」

「プラトーもだ。プラトーもとっとくよ、なあ?」

「いいよ、べつに」娘が答える。「つぎ来るまで、ネズミ箱に閉じこめとくから」

「帰ろう」シモンは少年に言う。「お母さんは心配で寝こんでいる」

「あの人、ぼくのお母さんじゃないよ」

「お母さんだとも。きみを心から愛している」

「おまえの母ちゃんじゃないなら、だれなんだよ、坊主?」ダガが口をはさむ。

「ただの女の人だよ。ぼくにはお母さんがいないんだ」

「お母さんはいるだろう。イネスがきみのお母さんだ」シモンが言う。「さあ、手をつなごう」

「やだよ！　ぼくにはお母さんもいないし、お父さんもいないんだ。ぼく、ひとりだ」

「馬鹿言うな。だれしも母親がいるし、父親もいる」

「ねえ、お母さんっている？」少年はダガに訊く。

「いいねぇよ」ダガが答える。「おれも母ちゃんはなし」

「ほらね！」少年は、そら見ろと言わんばかりだ。「ぼくはセニョール・ダガと一緒にいたいんだ。イネスのとこには行きたくない」

「おいで」ダガが言うと、少年はとことこ走っていき、ダガの膝にのぼる。彼の胸に安心してもたれ、親指を口にくわえる。「おれんとこにいたいのか？」と訊かれると、少年はうなずく。「おれとフラニーと三人だけで暮らしたいってことか？」少年はふたたびうなずく。「フラニー、おまえもオッケーだよな——ダビードがここに来て一緒に暮らすってことで？」

「いいよ、べつに」

「その子にはまだ判断力がない」シモンが言う。「ほんの子どもだ」

「たしかに、ほんの子どもだな。決めるのはこいつの両親だ。けど、あんたもいま聞いたとおり、坊主には両親がいないんだ。じゃ、どうすればいい？」

「ダビードには、世のどんな母親にも負けないほどこの子を愛している母親がいる。わたしに関しても、実の父ではないかもしれないが、ダビードを大切にしているんだ。大切にし、愛し、面倒を見ている。この子は連れて帰る」

ダガはこのちょっとした演説を黙って聞いてから、意外にもにっこりとし（しかも魅力的な笑顔で）、きれいな歯並びを見せる。「よし、わかった。じゃ、坊主をそのママさんのところへ連れてきな。ダビードは楽しくすごしたと伝えろよ。おれと一緒ならいつも安全だって言っとけ。おまえもおれと一緒だと安心だろ、兄ちゃん？」

少年はまだ親指をくわえたままうなずく。

「よし、じゃあ、この後見人のおじさまと帰る時間だ」ダガは膝から少年を抱きあげる。「またすぐに来いよ。約束な？　ミッキー、見にこいよ」

第二十二章

「どうして、いつもスペイン語で話さないといけないの？」

「人間はなにか言語を話す必要があるだろう。獣みたいに鳴いたり吼えたりしたくなければ。なにか言語が必要となると、みんな同じ言葉を話すのがいちばんなんだよ。それが合理的じゃないか？」

「でも、どうしてスペイン語なんだよ？　ぼく、スペイン語なんてきらいだ」

「きらいってことはないだろう。きみはスペイン語がとても上手だ。わたしより上手に話すじゃないか。ちょっとヘソ曲げているだけだろう。何語なら話したいんだ？」

「ぼくじしんの言葉を話したいんだよ」

「〝ぼくじしんの言葉〟なんて言語はない」

「あるよ！　ラ・ラ・ファ・ファ・ヤム・イング・トゥ・トゥ」

「そんなのデタラメじゃないか。なんの意味もなさない」

「意味はあるよ。ぼくにはちゃんと意味がある」

「かもしれないが、わたしには意味がわからない。言語というのは、きみにもわたしにも意味がわからないとだめなんだ。そうでないと、言語とはいえない」

きっとイネスの真似だろうが、少年はうるさいと言わんばかりに頭をそらしてみせる。「ラ・ラ・ファ・ファ・ヤム・イングだよ！　こっち見て！」

彼は少年の目を覗きこむ。そこにほんの一瞬、なにかが垣間見える。名づけようのないもの。〝みたいな〟――そのとき浮かんだのはそのひと言だ。捕まえようとしてももがいて逃げていく魚みたいな――いや、魚みたいな的な。あるいは、魚みたいな的なみたいな。どこまで行ってもはっきりしない。そうした瞬間は過ぎ、気がつくと彼は無言で宙を睨んでいる。

「わかった？」少年は訊く。

「さあ、どうかな。ちょっと待て、眩暈がしてきた」

「いまおじさんが何を考えてるかわかるよ！」少年は得意げに言う。

「この子は魔法が使えるんだって思ってるでしょ」

「わかるもんか」

「いいや、ぜんぜん違う。わたしの考えていることなど、きみにわかりっこないんだ。いいか、よく聴きなさい。いまから言語に関することを話す。まじめな話だ。よく心に留めておいてもらいたい。

この国には、だれもがよそ者としてやってくる。わたしも着いたときはよそ者だった。きみもよそ者だった。イネスとあの兄弟だって、かつてはよそ者だったんだ。さまざまな場所から、さまざまな過去を抱えるわたしたちが、新しい生活を求めてやってきた。しかしいまでは、同じ船に乗り合わせた、いわば同志だ。だから、たがいに仲良くやっていかないといけない。他人同士がうまくやっていくには、同じ言語を話すというのも、ひとつの手だ。鉄則なんだよ。これは有意義なルールだから、従ったほうがいい。ただ従うだけでなく、前向きに従うべきだ。嫌々引っ張っていかれるラバみたいな態度じゃなく、熱意と善意をもって。いつまでも拒みつづけていたら、つまり、スペイン語をぞんざいにあつかって自分自身の言葉に執着していたらだ、独りぼっちで生きていくことになるぞ。友だちも持てずに。疎外されてしまう」

「ソガイって？」

「自分の居場所がなくなるってことさ」

「ぼく、どっちみち友だちいないもん」

「学校に入れば、とたんに変わるさ。学校にいけば、新しい友だちがたくさんできる。ともあれ、いまだって友だちはいるじゃないか。フィデルとエレナはきみの友だちだろう。アルバロだって友だちだ」

「あと、エル・レイも友だちだよ」

「そう、エル・レイもだ」

「それから、セニョール・ダガも」

「セニョール・ダガはきみの友だちじゃない。あの人はきみを唆(そそのか)そうとしているんだ」

「ソソノカスって？」

「ミッキーマウスとアイスクリームで釣って、きみをお母さんから引き離そうとしているんだ。ほら、あの日、アイスクリームばかり食べさせられて気持ちわるくなったろう？」

「炎の水も飲ませてくれたよ」

「なんだい、その炎の水って？」

「喉がカーッて熱くなるんだ。元気がないときに飲む薬だって言ってたよ」

「もしかして、セニョール・ダガはその薬を小さな銀の瓶に入れて、ポケットに持っている？」

「うん」

「今後、セニョール・ダガの瓶のものは一切飲んじゃいけないよ、ダビード。大人には薬になるかもしれんが、子どもの体には良くない」

〝炎の水〟（火酒。ジン、ウォッカなどの強いアルコール類）のことはイネスには報告しないが、エレナには話す。「やつはあの子の心をつかんでいるんだ。わたしでは太刀打ちできん。片耳にイヤリングなんか着けて、ナイフを持ち歩き、火酒を飲む。きれいなガールフレンドもいる。ミッキーマウスのビデオもどっさり持ってる。ダビードの目を覚ますにはどうしたらいいか、わからない。イネスもあの男にいかれているらしいんだ」

「いかれないはずないでしょう？　彼女の視点で見てごらんなさい。子どものいない——自分で産んだ子のいない——女性が不安を感じだす年頃なんですよ。生物学的な問題なんです。生物学的に言えば、いつでも受け入れ態勢にある。そんなことも気づかないんだから呆れますね」

「そういう目でイネスを見ていないからね——その、生物学的な目で」

「あなたは考えてばかりいるから。これは、考えて行動するようなことじゃないんです」

「どうしてイネスがまだ子どもを欲しがるのか、わたしにはわからんよ、エレナ。あの子がいるじゃないか。ダビードは降って湧いたような賜りものだろう。純粋でシンプルな賜りものだ。どんな女性も満足してしかるべき賜りものじゃないか」

「ええ、そうは言っても、お腹を痛めて産んだ子ではないでしょう。その点にわだかまりが残るんです。その点、なにか手を打たないと、そのうちセニョール・ダガがダビード坊やの義理のお父さんになる日が来ますよ。ダガ父さんによる義理の弟や妹がぞろぞろできて。ダガでなければ、べつな男がきっと出てきます」

「どういう意味だ？　その点、なにか手を打たないと、というのは？」

「あなたが子どもをつくってあげないと、ということ」

「このわたしが？　想像もできん。わたしは父親になるタイプじゃない。父親ではなく、叔父さんぐらいが向いているんだ。それに、イネスは男が好きではないだろう──少なくとも、わたしはそんな印象を受けるね。男のやかましさ、乱暴さ、毛深さ、そういうものを好まない。ダビードが男にならないよう成長を阻んだとしても、意外ではないね」

「父親になるって、職業に就くのとは違いますよ、シモン。形而上的な運命みたいなものでもありませんせん。相手の女性を好きになる必要はないし、むこうもあなたを好きになる必要はない。その女性と性交渉をもてば、あら不思議、九か月後には父親になってます。それぐらい単純なことなんです。どんな男性にもできます」

「そう簡単にいくか。父親になるというのは、女性と性交渉をもつだけの話じゃない。母親になること、イコール男の種を受ける器を提供することじゃないのと同じだ」

「ええ、でも現実には、あなたがまさにいま言ったことが〝父親になること〟であり〝母親になること〟なんですよ。人間はどこかの男性の種子でポンと誕生して、どこかの女性の子宮に孕まれて、その女性の産道を降りてこないかぎり、この世に出てくることもできない。男と女から生まれるしかないんです。どこにも例外はありません。あけすけな物言いですみませんね。とにかく自分で考えてみてください。イネスに種付けするのは、わが友セニョール・ダガか、わたしか？　と」

彼は首を振る。「もうたくさんだ、エレナ。話題を変えないか？　ダビードはこないだフィデルに石を投げられたと言うんだが。一体どうしたんだ？」

「石じゃありませんよ。おはじきです。あの子の母親がダビードにほかの男の子たちと仲良くするのを許そうとせず、自分はほかより優れた存在みたいに思わせようとするなら、あの子がそんな目にあうのも仕方ないですよ。男の子たちはよってたかってダビードをいじめるでしょう。わたしはフィデルには言って聞かせているし、叱りもしましたが、まったく効き目がなさそうです」

「前は親友同士だったのに」

「前は親友同士だったのに、あなたが変な子育て観をもつイネスを引っ張りこむから、おかしくなったんです。それもまた、あなたが家庭における自分の立場を再検討すべき点ですね」

彼はため息をつく。

「ちょっとふたりだけで話せないか？」彼はイネスに言う。「提案があるんだが」

「後にできない？」

「なに、ひそひそ話してるの？」少年が隣の部屋から大声で訊いてくる。

「きみには関係ないことさ」彼はそう答えてから、イネスにこう言う。「頼むよ、ちょっと外に出ないか？」

「セニョール・ダガのことで内緒話してるんでしょ？」少年がまた訊いてくる。

「セニョール・ダガとは関係ない話だよ。きみのお母さんとわたしだけの問題だ」

イネスは濡れた手を拭くと、エプロンをはずす。彼とイネスはアパートを後にし、児童公園を突っ切って緑地に入っていく。少年は窓辺で、ふたりをじっと目で追う。

「話というのは、セニョール・ダガのことだ」シモンはそこで間をおき、息をつく。「あなたはもうひとり子どもを望んでいる。わたしはそう理解しているが、間違いないか？」

「だれに聞いたの？」

「ダビードが言うには、あなたが弟をつくってくれると」

「おやすみ前のお話をしていたのよ。そこにちらっと出てきただけ。ひとつの考えとして」

「なるほど、考えが現実になることもあるだろう。種が血となり肉となるようにね。イネス、気まずい思いはさせたくないから、最大限の敬意をもって単刀直入に言わせてくれ。もし子づくり目的で男性と関係することを考えているなら、わたしを考慮してみてくれないか。その役割をはたす心構えはできている。役目だけはたしたら、引き続ききみたちの保護者を務め、きみと子どもたちに支援はしながら、脇に引っこむようにする。そういう覚悟はできている。わたしのことは名付け親と言えばいい。おじさんのほうがよければ、そうしよう。ふたりの間に、きみとわたしの間に、なにがあろうと忘れるよ。記憶から洗い流す。なにもなかったかのように、だ。

さてと、言うべきことは言った。いますぐ返答しなくていい。じっくり考えてくれ」

宵闇せまるころ、ふたりは言葉も交わさず、アパートに引き返す。イネスは大股でどんどん歩いていく。明らかに気分を害しているか、苛ついている。なにしろ、彼のほうを見ようともしない。

こんなことをさせたエレナを恨むが、実行した自分も自分だ。生身の協力を申し出るなんて、無作法きわまりない。まるで、配水管の修理でも申し出るみたいに！

　彼はイネスに追いつき、腕をつかんで、振り向かせる。「赦されることではないだろうが、申し訳なかった。どうか赦してほしい」

　イネスは口をひらかない。両手を脇にたらして、木彫りの人形のように突っ立ち、彼が手を離すのを待っている。彼が手をゆるめたとたん、よろめきながら歩きだす。

　上の階の窓から、少年の叫ぶ声がする。「イネス！　シモン！　早く来て！　セニョール・ダガがいるよ！　セニョール・ダガが来てるんだ！」

　シモンはひそかに悪態をつく。イネスはダガが来るとわかっていたなら、どうして自分に言わなかったのだ？　ともあれ、あんな男のどこがいいんだか。ポマードの臭いをさせてわが物顔でのし歩き、鼻にかかった平板なアクセントで喋る、あんな生意気な小僧。

　セニョール・ダガは独りで来たのではなかった。彼が連れてきたあの可愛いガールフレンドは、目をひく真っ赤な縁飾りのついた白いドレスを着て、馬車の車輪の形をした重そうなイヤリングを着けており、動くたびにイヤリングがゆれる。イネスは凍りつくばかりのよそよそしい態度で、娘にあいさつをする。ダガはというと、人の部屋でやけにリラックスし、自分はベッドにのうのうと座りながら、ガールフレンドをくつろがせる気遣いもない。

「セニョール・ダガが踊りに行こうって」少年が言う。「ぼくたちも行こうよ？」

「今夜はラ・レジデンシアに行く予定よ。わかってるでしょ」

「ラ・レジデンシアなんか行きたくないよ！　退屈だもん！　踊りにいきたい！」

「あなたは行けないの。まだ小さすぎるから」

「ぼくだって踊れるよ！　小さすぎないよ！　見てて」柔らかなブルーの靴で軽やかにステップを踏んでくるくると踊ってみせる少年は、たしかになかなか優雅だ。「ほらね！　わかった？」

「踊りには行きません」イネスがきっぱりと言う。「ディエゴが迎えにきて、一緒にラ・レジデンシアに行くの」

「だったら、セニョール・ダガとフラニーも一緒じゃなきゃ！」

「セニョール・ダガにも予定があるのよ。予定をふいにして一緒にきてもらえるなんて思わないこと」イネスはダガがこの場にいないかのような話し方をする。「それに、あなたもよくわかっているはずだけど、ラ・レジデンシアにお客さんは入れないし」

「ぼくだってお客さんだよ」少年は反論する。「でも、入れてくれる」

「そうね。でも、あなたはべつなの。わたしの子どもだから。わたしの人生の灯なんだから」

わたしの人生の灯。他人の目の前で、そんなことを言いだすとはびっくりだ！

ここでディエゴが登場。もうひとりの、さっぱり口をきかない兄も一緒だ。イネスはほっとしたように兄たちを出迎える。「出かける準備はできてるわ。ダビード、荷物をとってらっしゃい」

「やだってば！」少年は言う。「ぼく、行きたくない。パーティしたいんだ。パーティしていい？」

「パーティする暇なんかありません。お客さんにお出しするものもないし」

「うそだー！　ワインがあるじゃないか！　キッチンに！」そう言うが早いか、キッチン・ドレッサーによじのぼり、いちばん上の棚に手を伸ばす。「ほらね！」と大声で言いながら、ワインボトルを得意げに見せる。「ワイン、あるよ！」

イネスは真っ赤になって、ボトルをとりかえそうとする。「それはワインじゃなくて、シェリーよ」イネスは言うが、少年はその手をかわして、「ワインほしいひとー？　ワインほしいひといる？」と呼びかける。

「はーい！」ディエゴが言う。「はーい！」無口な兄もいう。ふたりとも狼狽する妹をげらげら笑っている。セニョール・ダガも調子をあわせ、「おれも！」と言う。

シェリーを注ぐにも六人ぶんの器はないので、少年はボトルとタンブラー一脚を持ってまわる。それぞれの前でシェリーを注いでは、タンブラーが空くのをしかつめらしく待つ。

イネスの番になる。イネスはしかめ面で、要らないという身振りをする。「飲まなきゃだめだよ！」と少年は言い張る。「今日はぼくが王さまなんだ。王さまが飲めって言ってるんだ！」

イネスは上品にちょっぴり飲む。

「最後はぼくの番」少年は高らかに告げる。だれかが止める暇もなく、ボトルを口に持っていき、ぐいっとひと息に飲む。一座を見まわして、一瞬、得意そうな顔をするが、とたんに噎せて咳きこみ、シェリーを吐きだす。「げえ、まずい！」少年はぜいぜい言って、手からボトルがすべり落ちる。それをセニョール・ダガがうまいこと受けとめる。

ディエゴともうひとりの兄は笑い崩れる。「如何なさいました、いと貴き王さま？」ディエゴが声をあげる。「御ための酒をとり落とされるとは？」（ダンテ『神曲』煉獄篇カント15に出てくるくだりをもじったやりとりになっている）

少年はやっと息をつく。「もっと！　もっとワインを！」

イネスが行動に出そうにないので、シモンが割って入る。「もういいだろう！　ダビード、時間も遅いし、お客さんたちはお帰りの時間だ」

「まだだよ。遅くなんかないよ！　ゲーム、やりたい。〝わたしはだれでしょう？〟をやろうよ」

「〝わたしはだれでしょう？〟か」ダガが言う。「どうやって遊ぶんだ？」

「ひとりがだれかになった振りをするでしょ。それがだれなのか、みんなで当てるんだ。こないだ、ぼく、ボリバルの真似をしたら、ディエゴは一発で当てたよ。だよね、ディエゴ？」

「で、罰ゲームは？」ダガが訊く。「当てられちまったら、どんな罰ゲームがあんだ？」

少年はきょとんとする。

「むかしはよ、当てられた方は秘密を白状したりしたもんだぜ。自分のいちばん大事な秘密をな」

少年は黙りこんでいる。

「出かける時間よ。もうゲームをしている時間はないの」イネスが弱々しい声を出す。

「行かないよ！　べつのゲームをやりたいんだ。〝白状しないとその後は（トゥルース・オア・コンセクエンシーズ）（もともとアメリカに「トゥルース・オア・コンセクエンシーズ」というテレビのクイズ番組があった）〟をやろうよ」

「さっきのよりは面白そうだな」ダガが言う。「で、どうやるんだ、その〝白状しないとその後は〟ってやつは」

「ぼくが質問するでしょ、訊かれた人は答えなきゃいけないんだ。嘘ついちゃだめだよ、ほんとのことを答えるの。ほんとのことを言わないと、罰ゲーム。わかった？　じゃ、ぼくから行くよ。ディエゴ、あなたはお尻をきれいに拭いていますか？」

しーんとなる。下の兄が顔を真っ赤にし、いきなりプハハッと爆笑する。少年もうれしそうに笑いだし、くるくる踊りまわる。「ねえ、答えてよ。白状しないとその後は！」

「一巡だけにして」イネスは仕方なく譲歩する。「失礼な質問はやめること」

「失礼な質問はしないよ」少年は同意する。「じゃ、またぼくの番。質問するのは——」と、部屋を見まわし、ひとりひとりの顔を見てから、「うん、イネスだ！　イネス、あなたが世界でいちばん好きなのはだれですか？」

「あなたよ。あなたがいちばん好き」

「あ、ぼくはなし！　どの男性が世界でいちばん好きですか？　ぽんぽんに赤ちゃんをつくるのに」

沈黙がおりる。イネスは唇を固く引き結ぶ。

「この人ですか、それともこの人、この人、この人？」少年は部屋にいる四人の男性を順繰りに指さす。

四番目に指されたシモンが話に割りこむ。「失礼な質問はなしだろう。いまのは失礼な質問だ。女性は自分の兄弟とは子どもをつくらない」

「どうして？」

「つくらないと言ったらつくらないんだ。どうしても何もない」

「あるよ！　ぼくはなんだって好きな質問ができるんだ！　ゲームなんだから。イネス、お腹に赤ちゃんをつくるのにディエゴがいい？　それも、ステファノ？」

イネスが困らないよう、彼は再度口をはさむ。「いいかげんにしろ！」

ディエゴが立ちあがって言う。「さて、行くか」

「だめ！」少年はあきらめない。「白状しないとその後は（トゥルース・オア・コンセクエンシーズ）！　イネス、だれがいちばん好き？」

ディエゴは妹の方を向き、「なにか言えよ。なんでもいいから」と言う。

イネスは黙りこんでいる。

「イネスは男と関わりたくないんだよ」ディエゴが言う。「さあ、これでいいだろ。イネスはおれたちのだれも要らない。自由でいたいんだ。いいかげん、行くぞ」

「本当なの？」少年はイネスに訊く。「そんなことないよね？　だって、ぼくに弟をつくってくれるって約束したじゃない」

またもやシモンが口を出す。「質問は一人に一つまでだ、ダビード。それがルールだろう。きみは質問をして答えを得た。ディエゴが言うとおり、イネスはこの四人のだれもほしくないんだ」

「でも、ぼくは弟がほしいんだよ！　一人っ子はいやだ！　つまんないもん！」

「本当に兄弟がほしいなら、自分で外に見つけにいくことだ。まずは、フィデル。フィデルをお兄さんにするといい。兄弟というのは、なにも同じ子宮から出てこなくてもいいんだ。きみ自身の同胞関係を築けばいい」

「ドウホウってなんだよ、わかんないよ」

「それは意外だな。男の子ふたりがたがいに兄弟だと認めあえば、同胞関係になるということさ。それぐらい簡単なことなんだ。ほかの男子たちも集めて、彼らも兄弟にしたっていい。その子たちはたがいに忠誠を誓いあって、名前をつけるんだ——七つ星同胞団とか、洞穴同胞団とか、そういうやつだ。なんなら、ダビード同胞団でもいい」

「同胞団は秘密にしたっていいんだぜ」ダガが急に割りこむ。目をきらりとさせ、微かな笑いを浮かべている。少年はシモンの話は聞いたためしがないのに、魅入られたように聴いている。「秘密の誓いを立てたりしてな。だれが秘密の同胞団のメンバーなのか、まわりに知らせる必要はないだろ」

シモンが沈黙を破る。「もう今夜はこのへんでいいだろう。ダビード、パジャマをとっておいで。ディエゴをもう長く待たせているんだから。きみの同胞団にかっこいい名前を考えておけよ。ラ・レジデンシアから帰ったら、同胞としてフィデルを真っ先に誘うんだよ」それから、イネスの方を向いて尋ねる。「あなたも同意するね？　認めてくれるね？」

第二十三章

「エル・レイはどうした？」

　船場に待機した荷車は空っぽで、荷物を積みこむ段になっているのに、エル・レイがいるはずの場所には、だれも見たことがない馬が立っている。黒い去勢馬で、ひたいに白い斑点がある。少年がすぐ前まで近づくと、新しい馬は興奮気味に目をぎょろりとさせ、前足の蹄で地面を掻く。

「おーい」アルバロは席でうとうとしている御者に呼びかける。「あの大きな雌馬はどうした？この坊やはわざわざあの馬に会いにきたんだ」

「馬インフルでダウンしてます」

「名前はエル・レイだよ」少年が言う。「彼は雌じゃない。お見舞いにいっていい？」

　アルバロと御者はこっそりと目を見交わす。「エル・レイは厩舎で休んでいるらしいや」アルバロが言う。「馬のお医者さんが薬をくれるさ。良くなったらすぐ見舞いにいこう」

「いま会いたいんだ。ぼくに会えば、良くなるよ」

　ここでシモンが口をはさむ。「まあまあ。まずは、イネスに相談してからだ。そうすれば、明日には三人で厩舎まで遠出できるかもしれない」

「まあ、何日か待ちな」アルバロは言って、シモンの方を見てきたが、その顔つきをどう解釈したらいいのかわからない。「エル・レイがちゃんと回復する時間をやってくれ。馬のインフルエンザはやっかいだからな。人間のより質が悪い。坊やも馬インフルに罹ったら、静かに寝てないといけないし、見舞い客はお断りになるよ」

「エル・レイにはお客さんが必要だよ。ぼくが必要なんだ。友だちだから」

アルバロはシモンを脇に連れていく。「厩舎にあの子は連れていかないほうがいい」というアルバロの言うことの意味がよくわからずにいるうちに、彼は先をつづける。「あの雌はもう年だから。壮りは過ぎた」

「さっきアルバロのところに、馬のお医者さんから報告があったそうだ」少年のところにもどると、シモンは話して聞かせる。「エル・レイがもっと早く回復できるよう、馬の牧場に送ることに決めたらしい」

「馬の牧場ってなに？」

「それは仔馬が生まれる場所でもあるし、年とった馬が休みにいくところでもある」

「ぼくたちもそこに行こうよ？」

「馬の牧場はずっと田舎のほうにあってね。どこだか正確には知らないが、問い合わせてみよう」

四時に船場の仕事ははねるが、少年の姿が見当たらない。「あの子なら、最終の荷馬車に乗っていったよ」荷役のひとりが言う。「てっきり、知ってるもんだと」

シモンはただちに追いかける。穀物倉庫に着くころには、陽は沈みかけている。倉庫のまわりにはすでにひとけがなく、巨大なドアにはすべて鍵が掛かっている。心臓の鼓動を速めながら、彼は少年を捜す。少年は倉庫の裏手で見つかる。積み下ろし台に載せられたエル・レイの亡骸の横にしゃがみ、その頭をなでつつ、たかってくるハエを追い払っている。雌馬を吊るのに使ったらしき頑丈な革ベルトが、まだその腹部に巻かれている。

シモンも台の上にのぼる。「かわいそうに、エル・レイ！」と、つぶやいたところで、馬の耳の中に凝固した血――そして血糊の上にどす黒い銃創があるのに気づき、口をつぐむ。

「心配いらないよ」少年は言う。「三日でまた良くなるから」

「馬のお医者さんがそう言ったのかい？」

少年は首を振る。「エル・レイが」

「エル・レイが自分できみに話したのか――三日でって？」

少年はうなずく。

「けど、たんなる馬インフルではないようだね、坊や。見てわかるだろう。馬のためを思って銃で撃ったんだ。きっと病気で苦しんでいたんだろう。苦しんでいるので、彼らはその痛みを和らげて、エル・レイを救うことを選んだ。もう回復することはない。死んでしまったから」

「死んでない。死んでないよ」少年の頬を涙がころがり落ちる。「良くなるために馬の牧場に行くんだ。そう言ったじゃないか」

「この子は馬の牧場に行くとも。けど、ここの馬の牧場ではないんだ。ここにある牧場ではなく、べつな世界の、べつの牧場に行く。そこでは、もうハーネスを着けて重い荷車を曳かなくてもいい。陽射しのなかキンポウゲを食みながら、草原をのんびり散歩できる」

「そんなの、嘘だ！　エル・レイは良くなるために馬の牧場に行くんだ。荷車に乗って、馬の牧場に運んでもらうんだ」

少年は屈みこむと、馬の大きな鼻の穴に口を押し当てる。シモンはあわてて少年の腕をつかんで、引き離す。「そんな非衛生的なことするんじゃない！　病気になったらどうする！」

少年は腕を振りほどく。憚りなく泣いている。「ぼくが助けてあげるよ！」と言って、しゃくりあげる。「生きていてほしいんだ！　ぼくの友だちだから！」

シモンはまだ抵抗する少年を捕らえて、しっかり押さえこむ。「かわいい、最愛の坊や、愛する人に死なれても、いつかまた会える日を夢見るしかない、そういうこともあるんだ」

「ぼくが息をさせてあげるよ！」少年は涙ながらに言う。

「相手は馬なんだ。きみが息を吹きこむには大きすぎる」

「だったら、シモンがやってよ！」

「やっても効き目はないだろう。わたしはまともな息をもっていないから。生き返らせるような息はもちあわせていない。わたしにできるのは、悲しむことぐらいだよ。死を悼むこと、死を悼むきみによりそうこと、それぐらいだ。さあ、暗くならないうちに、急いで川べりに行って花を摘んでこないか。エル・レイを飾ってあげよう。この子もきっと喜ぶだろう。ばかでかいわりには穏やかな馬だったじゃないか。花輪を首にかけて馬の牧場に到着できたら、さぞ気分がいいだろう」

こうしてシモンは少年をなだめすかして馬の亡骸から引き離し、川岸に連れていくと、一緒に花を摘んで、花飾りを編むのを手伝ってやる。ふたりは引き返す。死んで虚空を見つめる馬の目のあたりに、少年は花飾りをかけてやる。

「さあ、もうエル・レイとお別れをしよう。これから広大な馬の牧場まで、長旅をすることになるからね。むこうに着いたら、花輪の冠をかぶっている彼を見て、みんなこう言いあうだろう。『元いたところでは、王さまだったに違いない！　きっとあれが噂に聞く、ダビードの友人のエル・レイだ！』」

少年はシモンの手をとる。満月がのぼるなか、ふたりはドックへの道をとぼとぼと引き返す。

「いまごろエル・レイは起きだしてるかな、どう思う？」少年は尋ねる。

「うん、起きだして、体をぶるぶるっとやって、いつもみたいに、ほら、ヒヒーンと啼いて、パッカパッカパッカと新しい世界に向けて旅立っているさ。だから、めそめそ泣くのはおしまいだ。もう泣くな」

「うん、もう泣かない」少年は言うと急に気をとりなおし、元気な笑顔さえ見せる。

第二十四章

シモンと少年は誕生日を同じくしている。すなわち、同じ船で同じ日に到着したため、ふたり一緒に到着し、一緒に新生活に踏みだした日にちを誕生日として登録された、ということだ。少年は五歳ぐらいに見えたので五歳と記載され、同様に、シモンはその日は四十五歳ぐらいに見えたので、（身分証上は）四十五歳ということになった（これにはちょっとむっとした。気持ち的にはもっと若いつもりでいたのに。しかし最近では、もっと年寄りの気がする。六十歳ぐらいの。いや、七十歳ぐらいに感じる日もある）。

少年には友だちがいないので――いまや、馬の友だちすら――誕生パーティを開いても仕方ないのだが、それでもシモンとイネスは、この日はきちんと祝うべきだということで合意していた。そんなわけで、イネスはケーキを焼き、美しくアイシングを施して、ろうそくを六本立て、ふたりは本人に内緒で贈り物も買う。イネスはセーター（冬はもうそこまで来ているから）、彼はそろばん（数の科学に抵抗しつづける少年を案じて）。

ところが、ポストに入っていた一通の手紙のせいで、誕生日のお祝い気分に影が射す。そこには、ダビードは六歳の誕生日を迎えたので、公立の学校に入学すべし、入学手続きの義務は彼の親または後見人にある、と書かれている。

今日にいたるまで、イネスはダビードに、あなたは賢いから学校教育なんて必要ない、家庭教師にほんのちょっと教えてもらえば済むので、そういう教育なら家庭で受けられる、と思わせてきた。とはいえ、『ドン・キホーテ』を読むにも聞き分けがないし、読み書き計算にしても、明らかにできないのにできると言い張るしで、イネスの心にも疑念が生じてきた。教職の専門家の指導を受けるのがいちばんかもしれない、と最近では態度を軟化させている。かくして、ふたりは共同で三つめのプレゼントを買う。赤い革製のペンケースで、片隅にイニシャルのDが金文字で型押ししてあり、真新しい鉛筆が二本、鉛筆削り、消しゴム一つが入っている。これを、セーター、そろばんと一緒に、誕生日にプレゼントする。ペンケースはサプライズ・ギフトだと、ふたりは言う。もうすぐ、たぶん早くも来週から、学校にあがれることになるという、うれしいサプライズ・ニュースを伝えながら手渡される。

少年はこの知らせを聞いても冷めている。「フィデルと一緒に通うのはいやだ」と言うので、フィデルは年が上だから違うクラスになるはずだ、とふたりで言って聞かせる。「ドン・キホーテの本も持っていきたい」少年は言う。

シモンは本を学校に持っていくのは諦めさせようとする。それは、東アパート地区の図書館の本だからだめだ、と説明する。もし失くしでもしたら、どうやって補充するのかわからない。それに学校には学校の図書室があって、同じ本もあるはずだ。ところが、少年はそんなものはいやだと突っぱねる。

シモンは、月曜日は朝早くにアパートを訪ね、バス停までイネスと少年につきそう。少年はここからバスに乗って初登校するのだ。少年は新しいセーターを着て、Dというイニシャルの入った赤い革のペンケースを持ち、東アパート地区のくたびれた『ドン・キホーテ』をしっかり脇に抱えている。バス停にはすでに、フィデルと、同じ地区の子どもが一ダースばかりいる。ダビードはこれ見よがしにフィデルを無視して、あいさつもしない。

通学を必要とするのも、ふつうの生活らしい生活をさせるというのが目的だから、教室でのようすはダビードから無理に聞きださない。イネスとそう決めていたので、シモンは珍しく自分からはあえてなにも訊かずにいる。とうとう五日目に「今日の学校は楽しかったかい？」と、思い切って訊く。「うーん……」という返事がある。「新しい友だちはもうできた？」そう訊くと、少年は答えようともしない。

こんな状態が三週間、四週間とつづく。そのあたりで、一通の手紙が郵便で届く。封筒の左上に、学校の住所が書かれている。掲題は「特別面談について」となっており、内容は「件の生徒の（両）親は父親／母親／両親の都合のつくなるべく早い機会に同校教務に連絡し、担当教師との面談の日時を決められたし。この父親／母親／両親の息子／娘に関して生じたある問題について話しあう必要あり」といったものだ。

イネスが学校に電話をする。「こちらは一日中空いています。日時を指定してください。伺いますから」教務の女性は、翌日の午前十一時ならセニョール・レオンの時間がとれるのでどうか、と提案してから、「息子さんのお父さんも同席してもらえるとありがたいんですが」と、つけそえる。「うちの子は父親がいないんです」イネスは答える。「息子の伯父に同席を頼んでみます。あの子のことを気にかけていますから」

一年生の担任であるセニョール・レオンというのは、背が高くて痩せた若者だと判明する。黒い顎鬚を生やし、片目がない。片方の目はガラス製の義眼で、まったく動かない。子どもたちは気にならないのだろうか、とシモンは思う。

「少ししか時間がとれないので」セニョール・レオンはそう切りだす。「ですから、単刀直入にお話しします。ダビードは知力の高い子だと思います。非常に知力が高い。呑みこみも速い。新しい概念もたちまち理解します。その一方、クラスでの現実問題になかなか適応できずにいるようです。つねに自分のやり方が通ると思っています。これは、他のクラスメイトより少し年上だというせいもあるかもしれません。あるいは、ご家庭ですんなり我を通すことができるので、それに慣れてしまっているか。いずれにしても、今後の展開が危ぶまれます」

セニョール・レオンはここで言葉を切り、左右の手の指先を合わせて、いかにも思慮するポーズをとりながら、ふたりの応答を待つ。

「子どもは自由であるべきです」イネスが応じる。「子ども時代を謳歌すべきです。こんなに早いうちからダビードを学校に遣るのはどうかと思っていたんですよ」

「六歳での入学は早くないですよ」セニョール・レオンが言う。「むしろ遅いぐらいです」

「それでも、まだ幼いことに変わりないでしょう。自由な生活に慣れているんです」

「子どもは学校に通っても自由を手放すことにはなりません」セニョール・レオンは言う。「授業中、静かに座っていても自由であることには変わりありません。もちろん、先生の言うことを聞いても自由を手放すことにはならない。自由は規律や勤勉さと相容れないものではありません」

「ダビードは静かに座っていないんですか？　先生の言うことを聞かないんですか？」

「落ち着きがありません。そのせいで他の生徒たちもざわざわします。息子さんは席を立って教室をうろつくし、許可もなく教室を出ていったりします。それに、わたしがなにを言おうと耳を傾けない」

「それはおかしいですね。うちではうろついたりしませんよ。学校でうろつくなら、その理由があるはずでしょう」

一つきりの目がイネスを鋭く見つめる。

「落ち着きのなさに関しては、以前からずっとそんなふうです。ぐっすり眠れないんです」イネスは言う。

「食餌の味つけをマイルドにすると良いでしょう」セニョール・レオンは言う。「スパイスは使わない。刺激物はあたえない。では、具体的な問題点に入ります。リーディングに関してですが、残念なことにダビードは進歩がまったく見られません。生まれつきあまり頭の良くない生徒でも、ダビードよりはよく読めます。ずっとよく。息子さんの場合、読むという行為に、なにかしら呑みこみがたいものがあるようです。数字に関しても同様です」

ここでシモンが割って入る。「でも、あの子は本が大好きなんだ。あなたも、それは見ればわかるだろう。どこへ行くにも『ドン・キホーテ』を持ち歩いている」

「ダビードがあの本にこだわるのは、挿絵があるからですよ」セニョール・レオンはそう応じた。「一般に、絵入りの本で読み方を学ぶのは、良い方法ではありません。絵の方に目がいって、文字に集中できないからです。しかも『ドン・キホーテ』は、なにはともあれ、初学者向きでないのだけは確かです。ダビードのスペイン語は、会話に関してはわるくありませんが、字が読めない。アルファベットを発音することすらできません。こんな極端なケースには、わたしも初めて出会いました。そこで、息子さんには専門家、つまりセラピストをつけることを提案したいと思います。わたしの感触としては——相談した同僚たちも同じ感触をもっていますが——なにか障害があるのかもしれません」

「障害？」

「表象行為に関連する特定の障害です。言葉と数の扱いですね。息子さんは文字が読めない。文字が書けない。そして数を数えられません」

「うちでは読んだり書いたりしていますがね。毎日、何時間だって読み書きをしている。読み書きに没頭していると言っていい。数だって、千までだって、百万までだって、数えられる」

初めのうち、セニョール・レオンは微笑んでいる。「たしかに、あらゆる数を諳んじることができます。しかし順番がめちゃくちゃなんです。ダビードが鉛筆で書く印を親御さんは文章と呼ぶかもしれませんし、本人もそう呼ぶかもしれない。しかしそれは世間一般に文章と思われているものとは違うんです。彼だけの意味があるのかどうか、わたしには判別できません。おそらくあるのでしょう。芸術的才能を示すものかもしれない。専門家に見せたほうがいいと言いましたが、これが二番目のもっとポジティブな理由です。ダビードは興味深い児童ですから、わたしとしても彼を失うのは残念なんです。でも、専門家ならば、一方で障害となり、他方で創造性となるものの土台に、共通の要因があるのかどうか、見極めてくれるでしょう」

始業のベルが鳴る。セニョール・レオンはポケットからノートをとりだし、なにか書きつけると、そのページを破りとる。「これが、わたしのお勧めする専門家の名前と、彼女の電話番号です。週に一度、学校に来ますから、会うのはここでもいいでしょう。電話して、予約をとってください。そうする間、わたしはわたしでもう少しダビードとがんばってみます。今日は来ていただきありがとうございました。きっと好ましい結果になると思いますよ」

　シモンはエレナに会いにいき、担任との面談について報告する。「セニョール・レオンというんだが、知っているか？　フィデルの担任になったことは？　いろいろと文句をつけられたが、どうも信じがたい。たとえば、ダビードが言うことを聞かないという件。ときどき強情を張ることはあるが、わたしの経験上、反抗的ということはない」

　エレナは答えず、フィデルを部屋に呼ぶ。「フィデル、セニョール・レオンのことを話してちょうだい。ダビードが先生とうまくいっていないようで、シモンは心配しているの」

「セニョール・レオンはふつうにいいと思うけど」フィデルが答える。「厳しいし」

「生徒が好き勝手に喋ると怒ったり？」

「それもあるかな」

「どうして先生とダビードの折り合いがわるいんだと思う？」

「さあ。ダビードがおかしなこと言うから、先生はそれが気に入らないのかも」

「おかしなことというと？　どんなおかしなことを言うんだ？」

「さあ……校庭でおかしなことを言うんだ。みんな、ダビードはちょっとおかしいと思ってる。上の学年のやつらも」

「けど、おかしなことって、たとえばどんなことを?」

「人を消せるとか。自分も消せるとか。そこいら中に火山があるとか。ぼくらには見えないけど、ダビードには見えるんだって」

「火山?」

「大きな火山じゃなくて、小さいやつ。だれにも見えないような」

「もしかして、自分でつくった話をほかの生徒たちに聞かせて怖がらせたり?」

「さあ。将来は奇術師になるんだって言ってるよ」

「ああ、それはだいぶ前から言っているんだ。いつか、きみと一緒にサーカスに出るつもりだと聞いているが。あの子がマジックをやって、きみはピエロを演じるそうだ」

フィデルと母親は目を見交わす。

「フィデルはミュージシャンになるんです、奇術師でもピエロでもなく」エレナが言う。「フィデル、あなた、ピエロになるってダビードに言ったの?」

「言わないよ」フィデルはもじもじしながら答える。


精神科医との面談は学校の構内でおこなわれる。シモンたちはセニョーラ・オチョアがカウンセリングをおこなう部屋に通される。煌々と明かりのついた無菌室のような部屋だ。「おはようございます」と、セニョーラは笑顔で手を差しだしてくる。「ダビードのご両親ですね。息子さんとはすでにお会いして、ずいぶんお喋りしました、何回か。なんて、興味深い坊ちゃんでしょう!」

「すみませんが、要件に入る前に」シモンが話をさえぎる。「わたしの立場を明確にさせてください。わたしはダビードのことは以前から知っていますし、かつては後見人のようなこともしていましたが、父親ではないんです。とはいえ――」

セニョーラ・オチョアは片手を上げた。「存じています。ダビードが話してくれました。彼は本当のお父さんには会ったことがないとか。それから、これも彼に聞きましたが」と、ここでイネスのほうを向く。「あなたも本当のお母さんではないと。ダビードのこうした自覚について、最初に話しあっておきましょう。というのも、ここには器質性の要因も作用しているかもしれませんが、――たとえば、失読症（ディスレクシア）などですね――しかしわたしの見たところ、ダビードの教室での多動的行動は、子どもにとって不可解な家庭状況から来ている、つまり、自分が何者なのか、どこから来たのかという不安定さに端を発しているのではないかと思うんです」

彼はイネスとちらっと目を見交わす。「いま、〝本当の〟という言葉を使われたが」彼は言う。「われわれはダビードの本当の母親でも本当の父親でもないと言うんですか。〝本当の〟とは、正確にどういう意味です？　生物学的な繋がりへの過大評価のようなものが、どうも先生にはあるようですな」

セニョーラ・オチョアは口を引き結んで、首を振る。「あまり理念的な話はよしましょう。それより、ダビードのこれまでの経験と、ダビードの現実理解に焦点を絞ってお話ししませんか。ダビードの生活において欠けているのが、その〝現実〟だと申しあげたいのです。この現実の欠如という経験には、本当の両親の欠如という経験も含まれます。ダビードは、いわば人生の碇をもっていないのです。そこから、彼は空想の世界にもぐりこみ、引きこもっている。そちらの世界の方が、御しやすく感じるのでしょう」

「けど、あの子にも碇はあります」イネスが言う。「わたしがあの子の碇です。あの子を愛しています。世界中が束になったよりも。それはあの子もわかっているはずです」

セニョーラ・オチョアはうなずく。「もちろんわかっています。あなたがどれだけ愛してくれるか、話してくれましたよ——おふたりがどれだけ愛してくれているか。おふたりの好意を受けてダビードは満足しています。そのお返しに、彼の方もおふたりともに最大限の好意を抱いています。それでも、なにかが足りない。好意や愛情では補えないなにかがあるんです。なぜなら、ポジティブな情緒環境というのは非常にプラスに働きますが、それだけで万全にはなりえません。それぐらい大きな違いが生じるのです、実親の存在の欠如からは。だからこそ、今日こうして話し合いに集まっていただいたわけです。なぜ？と、お訊きになるでしょう。なぜなら、先ほども言いましたが、ダビードの学習困難は、実の両親が消えてしまった世界に対する混乱に起因すると思われるからです。その世界に、どうやって入っていけばいいのかわからないのですよ」

「ダビードはほかの人々と同様、ここに船で入ってきた」シモンが反論を試みる。「船からキャンプへ入り、キャンプからノビージャへ。自分の出自については、だれもそれ以上は知らないじゃありませんか。みんな、多かれ少なかれ、記憶をきれいに洗い流してやってきたんだ。ダビードのケースのどこが特殊なんです？　それに、そんなことが、読み書きや、ダビードの教室での問題行動となんの関係があるというんです？　さっき失読症にふれていたが、ダビードは失読症なんですか？」

「それは一つの可能性として出したまでです。そのための検査はまだおこなっていません。しかし、仮にそれが認められたとしても、一要因にすぎないと思います。待ってください、ご質問の本題に入る前に、ダビードのなにが特殊かと言いますと、あの子が自分で自分を特殊だと、もっというと異常だと感じていることなんです。もちろん、異常なんかではありません。特殊かどうかという点ですが、ひとまずその問題は脇に措いておきましょう。それよりも、ダビードの目を通して世界を見る、わたしたちのものの見方を彼に押しつけない、という努力をわたしたち三人でしてみませんか。ダビードは自分が本当は何者なのか知りたがっているのに、尋ねても、『本当とはどういう意味だ？』とか『われわれみんな過去はもたない。きれいに洗い流してきたのだ』などと、はぐらかすような答えしか返ってこない。これでは、鬱屈して反抗的になり、独りきりの世界に引きこもっても、仕方ないでしょう？　独りの世界では、自分で自由に答をつくれるんですから」

「こういうことですか、あの子が書いて先生に提出したわけのわからない文章は、自分がどこから来たのかを物語るものだと？」

「どちらとも言えません。あれは彼だけのものであって、他人に読ませるものではありませんから。だから、彼にしかわからない書記法で書かれているんです」

「読めないのに、どうしてわかるんです？　あの子が翻訳してくれたとか？」

「セニョール、わたしがダビードとの関係を培っていくには、ふたりきりで話したことはよそに漏らさないと、あの子に信用してもらうことが重要です。たとえ子どもにも、微笑ましい秘密を守る権利はあって然るべきでしょう。とはいえ、ダビードと話したことから判断して、彼は想像のなかで、自分自身と真の出自にまつわるお話を書いているんだと思います。おふたりは話に出てこないので、気をわるくするんじゃないかと思って隠しているんですよ」

「あの子の真の出自とはどんなものなんです？　本当はどこから来たと、本人は言っているんですか?」

「わたしの口からは言えません。しかしある手紙にまつわることのようですね。実の両親の名前が書かれた手紙の話をしています。セニョール、あなたもその手紙のことは知っていると聞いていますが、間違いありませんか?」

「だれからの手紙だろう?」

「乗船する際に持ってきた手紙だそうです」

「ああ、あの手紙か! だったら、そちらの思い違いですよ。その手紙は入港する前に紛失してしまったんだ。航海の最中に。だから、わたしは見たことがない。わたしがあの子の母親捜しの手伝いを引き受けたのも、その手紙を失くしたからなんだ。わたしが力にならなければ途方に暮れていただろう。いまだにベルスターに、あの煉獄にいたかもしれない」

セニョーラ・オチョアは彼女にしかわからないメモを盛んにとっている。

「さて」と、言ってペンを置いてつづける。「ダビードの教室での態度には、実際どういう問題があるか。まず、反抗的態度。それから、学習進度の遅れ。彼の進度の遅れと反抗的態度によって、セニョール・レオンと他のクラスメイトたちに、どんな影響が出ているか」

「反抗的態度というと?」シモンはイネスが加勢してくるのを待つが、カウンセラーとのやりとりはもはや彼に任せているようす。「セニョーラ、ダビードはうちではいつも人に気を遣うし、行儀も良い。セニョール・レオンの報告はわたしには信じがたい。反抗的態度というのは、具体的にどんなことです?」

「教師の権威に始終歯向ってくるとのことです。つまり、教師の指示に従わない。ここで要点を申しあげますと、少なくともさしあたって、ダビードには通常学級からはずれていただき、彼独自のニーズにあわせた個別指導のプログラムに切り替えてはいかがでしょう。そうすれば、難しい家庭環境にあっても、彼なりのペースで学習を進めていけます。そのうち、通常学級に復帰できるでしょう。なにしろ覚えも速いし、頭のいいお子さんですから、復帰できると見て間違いありません」

「その個別指導のプログラムというのは……？」

「わたしがいま考えているのは、プント・アレーナスの〈特別学習センター〉でおこなわれているプログラムです。ノビージャから遠くない海沿いの町で、まわりの環境も抜群ですよ」

「距離的にはどれぐらいです？」

「だいたい五十キロぐらいですね」

「五十キロだって！　小さな子が毎日行き来するには、そうとうな移動距離だ。バスが通っているんですか？」

「いいえ、ダビードは〈学習センター〉に寄宿することになります。もちろん本人が望めば、毎月、第二週末は自宅で過ごしてかまいません。経験から言って、こういうお子さんは寄宿させるのがいちばんなんです。家庭状況が問題の一因と思われる場合、そこから一定の距離をおくことができますので」

　彼とイネスは顔を見合わせる。「その提案をこちらがお断りしたらどうなります？」彼は尋ねる。

「このままセニョール・レオンのクラスにいさせたいと希望したら？」

「それとも、あの子がなにひとつ学べないこんな学校はやめさせたいと言ったら？」イネスも声を荒らげて参戦してくる。「いずれにせよ、あの子の年齢では、ここに通うのはまだ早いんです。あの子が苦労している実の理由はそれです。まだ年齢的に早すぎる」

「セニョール・レオンはこの先、ダビードをクラスに受け入れるつもりがありませんし、わたし自身、聞き取りをしてみて、その理由はわかります。また、年齢に関して言うと、ダビードは通常の学齢に達していますよ。セニョール、セニョーラ、これはダビードのためを思ってのアドバイスです。お子さんの場合、学校での学習では成果が出ません。授業妨害にもなっています。とはいえ、退学させて家庭にもどしたところで、お子さんはそもそもそこに不安を感じているんですから、解決にはならないでしょう。そうなると、もっとべつの、思い切った手段が必要になってきます。それで、わたしはプント・アレーナスをお勧めしているんです」

「それを拒否したらどうなります？」

「セニョール、そうおっしゃらずに。信用してください。いまのわたしたちには、プント・アレーナスが最善の解決策なんです。おふたりが事前に見学したいということでしたら、手配いたします。きっとご自分の目で見れば、プント・アレーナスが第一級の施設だと納得されるでしょう」

「施設を見学したうえでお断りしたら、どうなります？」

「どうなるでしょうね？」セニョーラ・オチョアはまさにお手上げというように両手を広げてみせる。「この面談の最初に、あなたはダビードの父親ではないとおっしゃいました。あの子の書類に両親についての、実の両親についての記載がありません。ですから……ですから、おふたりの場合、彼の教育の場を規定する権限は極めて弱いと思われます」

「わたしたちから子どもをとりあげるつもりか？」

「そういう見方をしないでください。お子さんをとりあげるつもりはありません。第二週末は定期的に会えますし、おたくがダビードの家であることに変わりありません。いかなる現実的観点においても、おふたりは引き続き彼の両親であるのです。ただし、ダビードがおふたりから離れたいと考える日が来れば、べつですが。現時点、そのような意思はどんな形でも示していません。それどころか、あの子はおふたりをごくごく慕っています――おふたりが大好きで、愛着をもっています。繰り返しになりますが、目下の問題については、プント・アレーナスに入るのが最善かつ寛大な策であると、わたしは考えています。考えてみてください。時間をかけて。ご希望であれば、プント・アレーナスに見学にどうぞ。決められたら、つぎはセニョール・レオンを交えて、詳細を話しあいましょう」

「それまでは、どうするんです?」

「ダビードを連れ帰って、ご家庭におくことをお勧めします。これ以上セニョール・レオンのクラスにいても、彼にとって良いことはなにもありません。少なくとも、クラスメイトのプラスにはなりませんので」

第二十五章

「今日はどうして早く帰るの？」

三人はバスに乗り、アパート地区に向かっている。

「やっぱり、間違いだったのよ」イネスが答える。「クラスの男の子たちは、あなたには年が上すぎるし、あのセニョール・レオンという先生は教え方をわかっていないし」

「セニョール・レオンは魔法の目を持ってるんだよ。とりだして、ポケットに入れられるんだ。クラスの子が見たんだって」

イネスは黙っている。

「あしたはまた学校に行ける？」

「いいえ」

「もっと正確に言うと」と、シモンが口をはさむ。「セニョール・レオンの学校にはもう行かないってことだ。きみのお母さんとわたしで、これから違うタイプの学校を検討するんだよ、たぶん」

「いいえ、ほかのどんな学校も検討しません」イネスが言う。「学校に行かせるなんて、そもそも間違いだったの。どうして許可したのか、自分でもわからない。あの女性は失読症（ディスレクシア）について、なんと言ってた？　なんなの失読症って？」

「ちゃんとした順序で言葉を読めないんだ。左から右に読めない。そんなことじゃないかな。わたしもよく知らないが」

「ぼく、〝でぃすれくしあ〟なんてもってないよ」少年は言う。「なんにももってない。ぼく、プント・アレーナスに行かされるの？　行きたくないよ」

「プント・アレーナスのことは、どんなふうに聞いているんだい？」

「ユウシテッセンがあって、生徒はキシュクシャに泊まって、うちに帰れないんだって」

「絶対プント・アレーナスに送りこんだりしないわ」イネスが言う。「わたしが生きているうちはね」

「イネス、死んじゃうの？」

「まさか、死なないわよ。言葉の綾よ。つまり、プント・アレーナスには行かせないってこと」

「ぼく、教科書を忘れてきちゃった。ライティング・ブック。ぼくの机の中に入ってるんだ。とりにもどっちゃだめ？」

「だめよ、いまはよしなさい。日を改めてとってきてあげるから」

「それから、ケースも」

「誕生日にプレゼントしたペンケースのこと？」

「そう」

「それもとってくるから、心配しないで」

「ぼくのお話のせいで、先生たちはプント・アレーナスに入れたがってるの？」

「先生たちも、とくにきみをプント・アレーナスに遣りたいわけじゃないんだ」シモンが言う。「というより、きみにどう接したらいいのかわからないんだろう。並みの子どもじゃないから。先生たちは特別な子どもたちとの接し方を知らないんだよ」

「どうしてぼくは〝なみ〟じゃないの？」

「それは、こちらが訊きたいね。とにかくきみは特別だし、その事実とつきあって生きていかなくちゃならない。そのために、ふつうの人より楽になることも、大変になることもあるだろう。今回は、大変になるケースだね」

「学校には行きたくない。学校って好きじゃないよ。自分で勉強できるもん」

「それはどうかな、ダビード。最近、ちょっと独学がすぎるんじゃないかな。それも、問題といえば問題でね。もう少し謙虚になって、人から教わるという姿勢が必要だと思うんだ」

「シモンに教えてもらえるもん」

「それはどうも、ご親切に。しかし憶えているだろう、前にも何度かそう申し出たが、そのたびに断られたじゃないか。わたしに通常の読み書きと数え方を教えさせてくれたら、こんな面倒なことにはならなかったはずだ」

シモンの感情的な物言いに、少年は明らかにたじろぎ、びっくりして傷ついた目を向けてくる。

「でも、まあ、過ぎたことさ」彼はあわてて付け足す。「新たなページを開こうじゃないか、きみとわたしで」

「セニョール・レオンはどうしてぼくのことが好きじゃないの？」

「あの人にはあの人の大事なことがあって、それで一杯一杯なの」イネスが言う。

「先生もきみのことは好きなんだよ」シモンも言い添える。「ただ、ひとクラスぶんの教え子がいるし、きみひとりに構ってはいられないんだ。生徒はある程度の時間、ひとりで勉強するものと思っている」

「勉強するの、好きじゃない」

「人はみな勉強するものなんだ。だから、きみも慣れないといけないよ。まあ、勉強というのは、人間の運命の一環だ」

「勉強は好きじゃないんだ。遊ぶのが好きなの」

「そうだろうとも。けど、年中遊んでいるわけにはいかないんだよ。遊ぶのは、一日の勉強や仕事が終わってからと決まっている。朝、きみが教室に入ってきたら勉強するものと、セニョールは思っているんだ。きわめて理にかなったことだよ」

「セニョール・レオンはぼくのお話がきらいなんだ」

「きらいになりようがないじゃないか。きみのお話を読めないのに。先生はどんなお話なら好きなんだ？」

「キュウカの話とか。みんながきゅうかでなにをしたかってこと。キュウカってなに？」

「休暇というのは空いた日のことで、勉強したり働いたりしなくていいんだ。たとえば、今日のきみは半日の休暇をもらったわけだ。今日はもう勉強しなくていい」

「じゃあ、あしたは？」

「あしたは、ふつうのやり方で読み書きをしたり、数えたりできるように練習しよう」

「わたしが学校に手紙を書くよ」彼はイネスに言う。「ダビードを退学させる正式な通知として。ダビードの教育は親元でおこなうと。それでいいね？」

「ええ。手紙を書くなら、ついでにあのセニョール・レオンにも書いてくれない。小さな子たちなんか教えて、なにやってるんですかって。大の男のやる仕事じゃないって言ってやりなさいよ」

「敬愛するセニョール・レオン

このたびはセニョーラ・オチョアにご紹介いただき、ありがとうございました。

セニョーラ・オチョアから、息子のダビードをプント・アレーナスの特別支援学校に転校させるご提案を受けました。

慎重なる考慮のうえ、私どもはこうした転校はおこなわないという結論に至りました。私どもの判断では、親元を離れて暮らすのは、ダビードには年齢的にまだ早いと思うからです。それに加え、プント・アレーナスでは適切な指導を受けられる気がしません。よって、息子の学習については今後、家庭でおこなうものとします。現在の学習困難がすぐに過去のものとなることを願ってやみません。先生もこの点はお認めと思いますが、ダビードはもの覚えの速い聡明な子どもですので。

息子のためにいろいろとご尽力いただき、感謝申し上げます。貴校の校長にお送りした退学届けのコピーを同封いたしました。」

学校からもセニョールからも返事は来ない。返事が来ないどころか、プント・アレーナス入学のための三ページにわたる書類と、新入生の衣類や持ち物のリスト（歯ブラシ、歯みがき粉、櫛など）、そしてバス定期券が郵送されてくる。ふたりは片っ端から無視する。

つぎは電話がかかってくる。元いた学校でもなく、プント・アレーナスでもなく、イネスが聞いたところでは、市のなんとかという管理課かららしい。

「ダビードは復学させないことにしたんです」イネスは電話をかけてきた女性にそう通告する。「学校教育はあの子のためになりませんでした。今後は家で勉強します」

「家庭での教育が許可されるのは、親御さんが教員資格をおもちの場合だけです」女性はそう言ってくる。「おたくは正規の教員なんですか？」

「わたしはダビードの母親です。この子にどんな教育を受けさせるか決めるのは、このわたしで、それ以外にあり得ません」イネスはそう答えて、電話を切る。

その一週間後、また新たな手紙が届く。掲題には「司法通知」とあり、氏名不記載で「（両）親および／または後見人（たち）」は二月二十一日午前九時、調査委員会に出頭し、件の児童をプント・アレーナスの特別学習センターに転校させるべきでない事由を明らかにせよ、との指示がある。

「お断りよ」イネスは言う。「こんな裁判みたいなこと、冗談じゃない。その日はダビードをラ・レジデンシアに連れていって、外に出さないようにするわ。わたしたちの居所を訊かれたら、どこか郊外にでも出かけたと言っててちょうだいね」

「よく考えてくれ、イネス。そんなことをしたら、逃亡犯だ。いずれ、ラ・レジデンシアのだれか――たとえば、例のおせっかいな門衛とか――が当局に通報するだろう。この調査委員会とやらの前に出ようじゃないか。きみとダビードとわたしで。この機会に、この子は角が生えているわけでもない、ごくふつうの六歳児であり、母親の元から引き離すには幼すぎるとわからせてやるんだ」

「もうお遊びじゃ済まないぞ」彼はつづけて少年に釘をさす。「この子には進んで学ぶ意思があると、彼らが納得しないかぎり、きみは有刺鉄線のプント・アレーナスに送られてしまう。さあ、本を持っておいで。いまから読み方の勉強だ」

「でも、ぼく、読めるよ」少年はしぶとく主張する。

「読めると言っても、きみだけのわけのわからない読み方だろう。きちんとした読み方を教えると言っているんだ」

少年はちょこちょこと走って部屋を出ていき、『ドン・キホーテ』を手にもどってくると、一ページ目をひらき、「ラ・マンチャのあるところに」と、読みだす。ゆっくりとだが自信のある声で、ひとつひとつの語に適切な重きをおいて読む。「地名は思いだせないが、ある場所に、ひとりの紳士が暮らしていた。紳士はやせこけた馬一頭と犬一匹を飼っていた」

「上出来だ。しかし、そのページを丸暗記していないともかぎらんな？」シモンは無作為にページを選んで、「読んでごらん」と言う。

「ダルシネアが本当にこの世にいるのかどうか」と、少年は声に出して読む。「彼女がクソウジョウの存在なのか、それはカミノミゾ知る」

「空想上だろう。はい、つづけて」

「その存在は証明も反証もできないのだ。わたしがかの人の種をハラマセタのでも、ましてや産みだしたのでもない。ハラマセタってなに？」

「要するに、ドン・キホーテはダルシネアの父親でも母親でもないと言っているんだ。孕ませるというのは、赤ちゃんをつくる手伝いのために父親がすることだ。はい、つづけて」

「わたしがかの人を孕(はら)ませたのでも、産みだしたのでもない。世に聞(き)こえた美徳(びとく)の持(も)ち主(ぬし)たる貴婦人(きふじん)を人々がスウハイするように、わたしもスウハイしたのだ。スウハイって？」

「崇拝というのは、敬うことだ。ちゃんと字が読めるのに、どうして言わなかった？」

「言ったじゃないか。聞こうとしなかったくせに」

「読めない振りをしていたろう。字を書くこともできるのか？」

「うん」

「鉛筆を持って、わたしが読むことを書きとってみなさい」

「鉛筆ないよ。学校に置いてきちゃったから。あれは救いだしてくれるんだよね、約束したよね」

「忘れていないとも」

「つぎの誕生日には、馬もらえる？」

「エル・レイみたいな馬ということか？」

「ううん、ぼくの部屋で一緒に寝られるぐらい小さい馬」

「無茶言うな。アパートで馬なんか飼えるわけがないだろう」

「イネスはボリバルを飼ってるじゃない」

「そうだな、しかし馬というのは犬よりはるかに大きい」

「赤ちゃん馬にすればいいよ」

「赤ちゃん馬だって成長して大きな馬になるだろうが。いいか。きみがいい子にして、セニョール

・レオンのクラスにふさわしい態度を示すなら、自転車を買ってあげよう」
「自転車なんてほしくないよ。自転車じゃ人を救えないもん」

「言っておくが、馬はもらえない。この話はこれでおしまいだ。さあ、書き取りをやるぞ。『ダルシネアが本当にこの世にいるのか、それは神のみぞ知る』。見せてごらん」

少年は書き取り帳を見せる。シモンはそれを読む。Deos sabe si hay Dulcinea o no en el mundo。言葉は左から右へ着々と進んでいる。文字の間隔も均等で、形も申し分ない。「これは驚いたな」彼は言う。「ひとつ注意するとしたら、スペイン語で神さまはDeosではなく、Diosと綴るんだ。それ以外はよく出来ている。第一級の出来だ。つまり、きみはとっくに読み書きできるのに、いたずらしてお母さんとわたしと先生をだましていたということだね」

「いたずらなんかしてないよ。カミサマってだれ?」

「〝神のみぞ知る〟というのは決まった言い回しなんだ。知るものはだれもいない、という意味だよ。だから――」

「カミサマって、だれでもないってこと?」

「話題をそらすな。神さまはだれでもなくなんかない。しかしはるか遠くに住んでいるので、われわれが会話を交わしたり、やりとりしたりするのは無理だ。神がわれわれに気づいているかどうかも、Dios sabe（神のみぞ知る）だね。さて、セニョーラ・オチョアになんと言おうか? セニョール・レオンにもなんと言えばいい? きみは先生たちをだましていただけで、そもそも読み書きができた。これをどう説明する? イネス、イネス、ちょっと来てくれ! ダビードが見せるものがある」

彼は少年の書き取り帳をイネスにわたす。イネスはそれを読む。「ダルシネアってだれ?」

「そんなことはどうでもいい。ドン・キホーテが恋する女性だよ。でも、実在しない。観念的な存在さ。キホーテの想像のなかにいる。見てくれ、ダビードが書き取りをしたんだ、よく出来ているだろう。とっくに書けるようになっていたんだ」

「ええ、そうですとも。この子はなんだって出来るのよ――ねえ、ダビード？　なんだって出来るでしょう。お母さんの子だもの」

ダビードはにっこりと（シモンが思うに）自己満足の笑みを浮かべる。ベッドによじのぼり、両手を母親に差しだすと、母は息子を抱きあげる。ダビードは目を閉じ、至福に身をゆだねる。

「もう一度学校に行こう」彼は少年に言う。「きみとイネスとわたしで。『ドン・キホーテ』も持っていって、きみがちゃんと読めるってことをセニョール・レオンに見せてやるんだ。読めることを証明したら、いろいろとお騒がせしてすみませんでした、と先生に謝ること」

「もう学校には行かない。行く必要ないもん。もう読み書きできるんだから」

「現時点の選択は、セニョール・レオンのクラスで勉強するか家でするかじゃない。セニョール・レオンのクラスか有刺鉄線の学校か、だ。だいたい、学校というのは読み書きを習うだけの場じゃない。ほかの男子や女子とのつきあい方も学ぶところなんだ。いわば、〝社会性動物〟になるための」

「セニョール・レオンのクラスには女子なんかいないよ」

「そうだな、でも、休み時間や放課後には女子に会うだろう」

「女子って好きじゃない」

「男子はみんなそう言うんだ。なのに、ある日突然、恋をして結婚する」

「ぼくは結婚なんかしない」

「男子はみんなそう言うがね」

「おじさんも結婚してないだろ」

「そうだな、けど、わたしは例外的なケースだ。結婚するには年をとりすぎているし」

「イネスと結婚すればいいのに」

「きみのお母さんとは特別な関係なんだ、ダビード。幼いきみにはまだ理解できないだろうが。ともあれ、結婚するような関係じゃないとだけ言っておくよ」

「どうして結婚しないの？」

「なぜなら、人間の中には声があって、心の声と呼ばれたりするが、それが、きみはだれにどんな感情をもっているか教えてくれるんだ。わたしがイネスに抱いている感情は、愛情というより、少なくとも結婚するような愛情というより、善意に近い」

「じゃ、セニョール・ダガがイネスと結婚するの？」

「そのことを心配しているのかい？　いや、セニョール・ダガがきみのお母さんと結婚したがるとは思えないな。セニョール・ダガは結婚するタイプじゃない。それに、じつに申し分ない恋人がいるじゃないか」

「セニョール・ダガとフラニーは花火をやるんだって。月夜に花火をやるから、おまえも見にこいよって。行ってもいい？」

「だめだ。セニョール・ダガの言う花火というのは、本当の花火じゃないんだ」

「本当の花火だよ！　セニョール・ダガは引き出しにいっぱい花火を持ってるんだから。あとね、イネスのおっぱいは最高なんだって。世にも完璧なおっぱいなんだって。セニョール・ダガはあのおっぱいが好きだから、イネスと結婚して赤ちゃんつくろうかって言ってるよ」

「あいつ、そんなことを言ってるのか！　まあ、その件に関しては、イネスにはイネスの考えがあるだろう」

「どの人？」

「セニョール・ダガとイネスが結婚するのが、どうしていやなの？」

「きみのお母さんなら、本当に結婚したくなれば、もっと良いだんなさんを見つけられるからだ」

「どの人って？　さあ、それはわからないが、知り合いの男性のだれとでも。お母さんはラ・レジデンシアに、男性の知り合いがたくさんいるはずだろう」

「イネスはあそこの男の人たちは好きじゃないんだよ。みんな年上すぎるんだって。ねえ、おっぱいってなんのためにあるの？」

「赤ちゃんにお乳をあげるため、女性にはおっぱいがあるんだ」

「イネスの胸の中にミルクが入ってるってこと？　ぼくも大きくなったら、おっぱいにミルクができる？」

「いいや、きみは大きくなったら大人の男になるし、男はおっぱいは持たないんだ。おっぱいからお乳をあげられるのは、女性だけなんだ。男の胸はお乳が出ない」

「ぼくもお乳出したい！　どうして出せないの？」

「だから言ったろう。男じゃお乳が出ないんだよ」

「なんなら出せるの？」

「血なら出せる。男が自分の体から人になにかあげるとしたら、血液だな。病院に行って、病人や事故でけがをした人たちに自分の血を分けてあげるんだ」

「その人たちが良くなるように？」

「その人たちが良くなるように」

「じゃ、ぼくも血を出すよ。いますぐ、あげにいける？」

「いいや、もっと大きくなるまで、きみの体にもっとたくさん血液がたまるまで、待たないといけない。そうだ、ちょっと話は違うが、前から訊こうと思っていたことがあるんだ。きみはほかの子たちと違って、ふつうのお父さんがいない。わたしがいるだけじゃ、学校で不都合があるかい？」

「ううん」

「本当に？　セニョーラ・オチョア、あの学校に来る女の人がいるだろう、あの人によると、きみは本物のお父さんがいないことで悩んでいるとか」

「悩んでないよ。なんにも悩んでない」

「そうか、それを聞いて安心した。なにしろ、父親というのは母親に比べると、そんなに重要じゃないんだよ。母親は自分の体から子どもを世に送りだす。さっき言ったように、子どもにお乳をあげる。子どもをその腕に抱いて、守ってやる。一方、父親というのはドン・キホーテみたいにふらつきがちで、子どもが必要とするときにそばにいるとは限らない。たしかに、初っ端に子どもをつくる手伝いはするが、またどこかへ行ってしまう。子どもがこの世に出てくるころには、新たな冒険を求めて、地平線のむこうに消えているかもしれない。だから、名付け親なんていうのがいるのさ。ふらふらせずに頼りになる年配の代父やおじさんがね。だから、父親がどこかにいっている間は、父親代わりの人が出てきて、彼に頼るわけだ」

「シモンはぼくのダイフかおじさんなの？」

「どちらでもある。きみの好きなように解釈していい」

「ぼくの本当のお父さんはだれ？　なんていう名前なの？」

「わたしにもわからない。Dios sabe だよ。きみが持っていた手紙に書いてあったのかもしれないが、手紙は紛失してしまった。魚たちに食べられて細切れになったら、もう元にはもどらない。前に言ったように、実の父親がだれだかわからない、というのはよくあることなんだよ。母親でさえ、子どもの父親をはっきりわかっていないこともある。さて、セニョール・レオンに会いにいく準備はいいかい？　きみがどれだけ賢いか見せてやれるね？」

第二十六章

三人は事務室の外でじっと待ち、一時間ほどしたところで終業ベルが鳴って、教室から生徒たちが出てくる。その後から、帰途につくセニョール・レオンが教材の入った鞄を手に出てきて、目の前を通りかかる。シモンたちの姿を見て喜んでいないのは明白だ。

「五分だけ時間をください、セニョール・レオン」彼は頼みこむ。「ダビードがどれほどよく読めるようになったかお見せしたいんです。お願いします。ダビード、ちゃんと読めるのを先生にお見せしなさい」

セニョール・レオンは手ぶりで、教室に入るよう指示する。ダビードが『ドン・キホーテ』をひらく。「ラ・マンチャのあるところに、地名は思いだせないが、ある場所に、ひとりの紳士が暮らしていた。紳士はやせこけた馬一頭と――」

セニョール・レオンは邪険に中断させる。「暗誦を聞くつもりはない」と言って、教室のむこう側へつかつかと歩いていくと、戸棚の扉を勢いよくひらき、一冊の本を手にもどってくると、少年の目の前でページをひらく。「読んでみなさい」

「どこを読むの？」

「出だしを読みなさい」

「ファン（ラテン語でヨハネ。聖書の使徒ヨハネを思わせる）とマリア（同じくマグダラのマリアを思わせる）、うみにいく。きょう、ファンとマリアはうみにいきます。ともだちのパブロとラモーナもいっしょにくるかもしれないと、おとうさんはいいます。ファンとマリアはわくわくしています。おかあさんがサンドウィッチのおべんとうをつくってくれます。ファンは——」

「やめ！」セニョール・レオンが言う。「たった二週間で、どうやって読み方を覚えたんだ？」

「時間をかけて『ドン・キホーテ』を読んできましたから」シモンが間に入る。

「自分で答えさせてください」セニョール・レオンが言う。「二週間前に読めなかったのに、どうして今日は読めるんだ？」

少年は肩をすくめる。「だって、簡単だから」

「いいだろう。読むのが簡単だというなら、きみがなにを読んできたか話してみなさい。『ドン・キホーテ』には、どんな話がありましたか」

「キホーテが地面の穴に落ちて、どこにいるのかわからなくなっちゃう」

「それで？」

「でも脱出する。ロープを使って」

「ほかには？」

「檻に閉じこめられて、ズボンにウンチをもらしちゃう」

「彼らはどうしてそんなことをしたんだろう？　どうしてその人を閉じこめたのか？」

「彼がドン・キホーテだって信じようとしないから」

「そうじゃない。ドン・キホーテなんて人物は存在しないからだ。ドン・キホーテというのは、架空の名前だ。彼に目を覚ましてもらいたくて、家に連れて帰ろうとしたんだ」

少年は〝うそだろ〟という目でシモンをちらっと見てくる。

「ダビードにはダビードの『ドン・キホーテ』の読み方があります」シモンはセニョール・レオンに言う。「想像力豊かな子ですから」

セニョール・レオンはそれに応じようとしない。「ファンとパブロは、つりにいきます」と、急にべつのことを言いだす。「ファンとさかなを五ひき、つかまえます。黒板に書きなさい。5だ。つぎに、パブロはさかなを三びき、つかまえます。これを最初の数字の下に書きなさい。3だ。さて、ファンとパブロがふたりでつかまえたさかなは、ぜんぶでなんびきですか？」

少年は黒板の前に立ち、目をぎゅっと閉じている。遠くで話している言葉に耳を澄ませるかのように。チョークは動きださない。

「数えてみなさい。1、2、3、4、5と。そこからさらに三つだ。さあ、いくつになった？」

少年は首を振る。「見えないよ」と、消え入りそうな声で言う。

「なにが見えないって？　魚が見える必要はない。数字が見えていればいいんだ。数字を見なさい。五匹いて、そこにあと三匹。いくつになる？」

「それは……それは……」少年はまた消え入りそうな元気のない声で答える。「八」

「よろしい。3の下に横線を引いて、その下に8と書きなさい。つまり、きみは数が数えられないと、ずっと嘘をついていたんだね。では、書き方も見せなさい。これを書きとるんだ。Conviene

「Yo soy la verdad」少年は左から右へ、ゆっくりとではあるがしっかりした形の字を書いていく。「Yo soy la verdad（わたしが真実だ）」

「おわかりでしょう」セニョール・レオンはイネスの方を向いて言う。「おたくの息子さんが教室にいると、ご覧のような問題の対処に日々追われるわけです。教室の権威者は一人であるべきだ。二人いるのはあり得ない。ご異論がありますか？」

「この子はふつうの子とは違うんです」イネスは答える。「たった一人の特別な生徒にも対応できないなんて、どういう学校運営なんですか？」

「教師の言うことを聞こうとしない子どもを〝特別〟とは言いません。たんに反抗的だというだけです。どうしてもこの子に特別な指導をというのであれば、プント・アレーナスへ行かせればいいでしょう。あそこはふつうでない子どもの扱いを心得ていますから」

イネスは怒りに燃える目ですっくと立ちあがる。「プント・アレーナスに行くなら、わたしの死体をまたいでいくことになるわ！　帰りますよ、ダビード！」

少年はチョークを箱にきちんともどす。わき目もふらず、イネスについて教室を出ていく。

イネスはドアロで振り返り、セニョール・レオンに去り際の一撃を加える。「あなた、子どもたちを教えるのに向いてないわ！」

セニョール・レオンは無関心に肩をすくめる。

日を追うごとに、イネスの怒りは強くなる一方だ。毎日、何時間も兄たちと電話で話しあい、ノビージャを出て、学校当局の管理の届かないどこか別な土地で、新しい生活を始める計画を何度も練りなおす。

一方、シモンのほうは、教室でのひと幕についてつらつら考えるうちに、不当に扱われたとは思えなくなってくる。専制的な態度をとるセニョール・レオンは好きになれない。たしかにイネスの言うとおり、小さな子たちを受けもつのに向いていないだろう。それにしても、ダビードはなぜ指図に反抗するのか？　生来の反骨精神があの母親によって煽られているのか？　あるいは、生徒と教師間の悪感情には、もっと特定の原因があるのか？

彼は少年を脇に呼ぶ。「セニョール・レオンは厳しくしすぎる嫌いがある。それはわかっている。きみと先生がときどきぶつかることもね。だが、その理由がわからないから考えているんだ。セニョール・レオンに意地悪なことを言われたのに、わたしたちに話していないということはないね？」

少年はとまどい顔をしてくる。「ないよ」

「前にも言ったが、だれかを責めるつもりはないんだ。ただ、理解したいんだよ。セニョール・レオンを好きになれないのは、先生が厳しいということ以外になにか理由があるのかい？」

「目玉がガラスだから」

「それはわたしも気づいていたよ。たぶん、なにかの事故で片目を失くしたんだろう。本人も気にしていると思う。しかしガラスの義眼を入れているだけで、人を敵視したりしてはいけない」

「先生はどうして、ドン・キホーテはいないなんて言うの？　いるじゃないか。あの本のなかに。それで、人々を救うんだ」

「たしかに、あの本のなかには、ドン・キホーテと名乗っている男はいるし、人々を救う。でも、彼が救う人たちのなかには、じつは救われたくない人もいるんだ。いまのままで満足だから。それで、ドン・キホーテに腹を立てて、怒鳴ってくる。自分のしていることをわかってないとか、社会秩序を乱しているとか言ってくる。セニョール・レオンは秩序を好む人なんだよ、ダビード。自分の教室は秩序正しく、落ち着いていてほしいんだ。世界にも秩序を求める。それはなにも間違っちゃいないよ。混沌というのはときに人をひどく動揺させる」

「コントンって？」

「いつか話したろう。混沌というのは、しがみつける秩序も規則もない状態だ。ものごとがごっちゃになって、ただぐるぐる回っている。これ以上うまく説明できないな」

「数の間に穴が開いて落っこちるみたいな感じ？」

「いや、そういうことではないんだ。そもそも数の間に穴は開かない。数に関しては安心だ。この宇宙をひとつに保っているもの、それが数だ。数とは友だちになるべきだよ。きみが数ともっと仲良くしようとすれば、むこうも仲良くしてくれる。そうなれば、足元に穴が開くんじゃないかと恐れる必要もなくなる」

彼はもてる熱意を注ぎこんで説得し、少年も聞いているように見える。「どうしてイネスはセニョール・レオンとけんかしてたの？」と、訊く。

「あれはけんかではないよ。激しいやりとりはあったし、あとから振り返って、ふたりとも後悔しているだろう。とはいえ、けんかとは違うものなんだ。強い口調とけんかは別物だ。人はときに、愛するものを守るために立ちあがらねばならない。きみのお母さんはきみを守ろうとしたんだ。良き母親、勇敢な母親なら、子どものためにそうするだろう。自分の息のある限り、子どもを擁護し、守ろうとする。そんなお母さんをもって誇りに思うべきだ」

「イネスはぼくのお母さんじゃない」

「お母さんだとも。きみにとって真の母親だ。きみの真の母親だ」

「ぼくのこと取りあげるの？」

「だれがきみを取りあげるって？」

「プント・アレーナスの人たち」

「プント・アレーナスは学校なんだ。そこの人たちは子どもを誘拐するわけじゃない。教育機関にそういう働きはない」

「プント・アレーナスには行きたくない。連れていかせないって約束してよ」

「約束するよ。お母さんもわたしも、きみがプント・アレーナスに送られるようなことは許さない。きみを守るとなったら、お母さんがどれほど強いトラのようになれるか見たろう。あの人がだれにもきみに指一本ふれさせないさ」


ノビージャの教育庁本部で聴聞会がひらかれる。シモンとイネスは指定の時間に出向く。少し待たされた後、よく音の響くばかでかい部屋に通される。空の席が何列も何列もならんでいる。前方の一段高くなったベンチの一辺には、男性二人と女性一人、聴聞官だか調査官だかそれらしき人々が座っている。セニョール・レオンもすでに入室していた。あいさつのひとつも交わされない。

「あなたがたはダビード少年の両親ですか？」真ん中に座る聴聞官が尋ねる。

「はい、わたしが母親です」イネスが答える。

「わたしは代父です」シモンはそう答える。「あの子には父親がおりませんので」

「父親は亡くなったのですか？」

「父親については不明なのです」

「少年はどちらと一緒に暮らしていますか？」

「あの子は母親と暮らしています。彼の母親とわたしは同居していないので。彼女とわたしは婚姻関係にありません。それでもわれわれ三人は家族です。家族のようなものです。われわれはどちらもダビードの子育てに力を尽くしています。わたしもほぼ毎日、会いにいっていますし」

「こちらはこのような経緯と理解しています。ダビードはこの一月に学校に入学し、セニョール・レオンのクラスに入った。何週間か経ったころ、あなたがたはそろって教師との面談に呼びだされた。間違いありませんか？」

「ありません」

「そこで、セニョール・レオンからどのような報告を受けました？」

「学習の進度がきわめて遅い。態度が反抗的だとも言われました。いまのクラスをはずれるよう勧められました」

「セニョール・レオン、間違いありませんか？」

セニョール・レオンはうなずく。「この件については、精神科医で当校の校医であるセニョーラ・オチョアにも相談しました。その結果、プント・アレーナスの学校に転校するのがダビードのためになると合意しました」

聴聞官は一座を見わたす。「ここにセニョーラ・オチョアはおられますか？」

廷吏がその聴聞官の耳になにかささやく。それを受けて聴聞官は、「セニョーラ・オチョアは本日出席できないが、報告書を提出してきています。それによると——」と、書類をがさごそと探し、「セニョール・レオンの言うとおり、プント・アレーナスへの転校を勧告しています」と述べる。

左側にいる聴聞官が質問する。「セニョール・レオン、あなたはなぜそのような転校が不可欠だと感じられるのですか？　六歳の子をプント・アレーナスに遣るというのは、ずいぶん厳しい措置のようですが」

「セニョーラ、わたしは教員として十二年の経験がありますが、今回のようなケースには出会ったことがありません。ダビード少年は知力が劣っているわけではない。障害児でもない。それどころか、才能豊かで高い知性の持ち主です。ところが、教師の指示を聞き入れる気も、学ぶ気も、まったくないのです。わたしはクラスの他の生徒を犠牲にしても、この児童にそうとうの時間を割き、なだめすかして読み書きと算術の基礎をなんとか教えこもうとしました。まったく進歩がありませんでした。なにひとつ呑みこめない。いや、そうではなく、なにも呑みこめない振りをしていたのです。〝振り〟と言ったのは、この児童は学校に入った時点で、すでに読み書きができたからです」

「それは本当ですか？」先の聴聞長らしき人が言う。

「読み書きに関しては、はい、出来たり出来なかったりです」シモンが答える。「調子のいい日とわるい日があるんです。算術については、ある種の困難にぶつかっていまして、哲学的な問題と言いましょうか、そのために学習がはかどりません。あの子はふつうの子と違うんです。知力も並外れていますが、そのほかの点でもずば抜けています。独学で『ドン・キホーテ』を読みこなしています。子ども向けの短縮版ではありますが。わたしもこのことはつい最近、知ったのですが」

「しかし論点は」と、セニョール・レオンが言う。「この児童に読み書きができるかどうかではなく、だれが教えたかでもなく、通常の教育機関に適応できるかです。学ぶのを拒絶したり、反抗的態度で正常な学級活動を阻害したりする児童にかかわっている時間は、わたしにはありません」

「あの子は六歳になったばかりなんですよ!」イネスがたまりかねて大声を出す。「六歳児をうまくあつかえないなんて、どういう先生なんです、あなたは?」

セニョール・レオンは表情を硬くする。「息子さんをあつかえないとは言っていません。息子さんがクラスにいると、他の生徒たちへの務めをまっとうできないと言っているんです。息子さんには特殊な対応が必要であり、それは通常の学校では提供しかねる類のものだと。だから、プント・アレーナスへの転校をお勧めしています」

つづいて、沈黙がおりる。

「ほかにおっしゃることはありますか、セニョーラ?」聴聞長が尋ねる。

イネスは怒りにまかせて、ふんと頭をそらす。

「セニョールは?」

「ありません」シモンは言う。

「では、おふたりにはお退がりいただいて——セニョール・レオンもです——審議の結果をお待ちください」

彼らは三人一緒に待合室に退がる。イネスはセニョール・レオンの顔を見られずにいる。ものの何分かで、三人は呼びもどされる。「今回の審議の結果」と聴聞長が言う。「セニョール・レオンが提案し、校医である精神科医と校長にも支持された案を是認する。ダビード少年はプント・アレーナスに転校するものとし、この転校は極力すみやかにおこなうこと。以上。ご出席、ありがとうございました」

「聴聞長」シモンが言う。「われわれに〝控訴〟する権利はありますか？」

「民事裁判にもちこむことは、もちろんできます。あなたがたの権利ですから。しかし訴訟手続きをしても、この司法措置の実施を妨げることはできない。つまり、あなたがたが裁判を起こそうと起こすまいと、プント・アレーナスへの転校令は効力を発するということです」

「ディエゴが明日の夕方、迎えにくるから」イネスが言う。「段取りはもうすっかり決めてあるの。兄はまだやり残している仕事がちょっとあって」

「それで、どこへ行くつもりでいるんだ？」

「そんなの、わからない。とにかく、あの連中と迫害の手の届かないところよ」

「学校関係者が猟犬の群れみたいに、街の外まできみたちを追いかけていくぞ。本気でそんなことさせるつもりか？　どうやって暮らすつもりだ、きみとディエゴと子どもだけで？」

「さあ、どうしようかな。ジプシーのごとき暮らしをするんじゃないの。あなたも文句を言ってないで手伝ったらどう？」

「じぷしーってなに？」少年が訊く。

「ジプシーのごとき暮らし、というのは、ただの言葉の綾だ。たとえば、ベルスター・キャンプに住んでいたときのきみとわたしは、ジプシーみたいなものだった。ジプシーになるというのは、定まった家、ねぐらを持たずに暮らすということだ。ジプシー生活はあまり愉快じゃない」

「学校には行かなきゃならないの？」

「いいや、ジプシーの子たちは学校には行かない」

「だったら、ぼく、イネスとディエゴと一緒にジプシーになりたい」

シモンはイネスに向かって言う。「こういうことは、まずわたしと話しあってほしかったな。きみは本気で、叢(くさむら)を褥(しとね)とし木の実を食べ、そうして法から身を隠して生きていくつもりか？」

「あなたには関係ないでしょ」イネスは冷たく返す。「あなたはダビードが矯正施設に行かされても平気でしょうけど、わたしはそうはいかないのよ」

「プント・アレーナスは矯正施設じゃない」

「非行少年の捨て場所よ――不良児と孤児(みなしご)のね。わたしの子はそんな所に行かせない。絶対に、絶対に、絶対に」

「その点は同意するよ。ダビードがプント・アレーナスに送られるのは不当だ。だが、それは、あそこが捨て場所だからではなく、この子が親元を離れるにはまだ幼すぎるからだ」

「だったら、どうしてあの聴聞官たちに立ち向かわなかったの？　どうしてへいこらして、『シ・セニョール、シ・セニョール』ばかり言ってるのよ？　ダビードのことを信じてないの？」

「信じているとも。特別な子だから、特別な扱いを受けて然るべきだと思う。だが、むこうには法の後ろ盾があり、わたしたちは法律に手向かえる立場にない」

「それが悪しき法でも？」

「良い悪いの問題ではないんだ、イネス。権力の問題だ。きみが逃亡すれば、彼らは警官隊を派遣し、きみは警察に捕まることになる。母親として不適格と宣告され、子どもをとりあげられるだろう。ダビードはプント・アレーナスに送られ、きみに残るのは親権を奪回するための終わりなき戦いだ」

「この子をとられるもんですか。とられるぐらいなら、わたしが先に死んでやる」イネスは息巻く。「あなたもあいつらの味方ばかりしていないで、力になってくれたらどう？」

シモンはイネスをなだめようと手を伸ばすが、イネスはその手を振りほどき、ベッドにどさっと身を投げだす。「放っといてよ！　触らないで！　本当はこの子を信じていないくせに。信じるってどういうことか、わかってないくせに」

少年がイネスにもたれて、その髪をなでる。彼の口元には微笑みがある。「シーッ、泣かないで」と言って、イネスの隣に自分も横になる。親指を口に持っていく。眠たげな、うつろな目になる。ものの何分かで、もう眠りに落ちている。

第二十七章

アルバロが荷役たちを呼び集める。「おーい、みんな、ちょっと話しあいたいことがあるんだ。以前、シモン同志が人手で荷下ろしするのはやめて、クレーンを使ったらどうかと提案したことがあるが憶えているだろう」

荷役たちはうなずく。シモンのほうをちらっと見る者もちらほら。エウヘニオがにこっと笑いかけてくる。

「そこで、今日はニュースがある。道路工事部の同志によると、倉庫で何か月も遊んでしまっているクレーンが一台あるらしい。試しに借りたければどうぞ、って話だ。

みんな、どうする？　同志の申し出を受けてみないか？　シモンが言うように、クレーンがいまの生活を変えるか、試してみようじゃないか？　さて、だれの意見から聞こうかな？　シモンはどうだ？」

完全な不意打ちだった。目下、イネスの逃亡計画のことで頭がいっぱいだったし、クレーンだの、ネズミ退治だの、穀物輸送の効率だの、そんなことはここしばらくまるで考えてもいなかったのだ。

それどころか、相も変わらぬ単調な重労働を当てにするようになっている。夜にはへとへとになって、ありがたいことに、夢も見ないような深い眠りが訪れるからだ。

「いや、わたしはいい。言うべきことは、先日言った」

「じゃ、ほかにだれか？」アルバロが呼びかける。

エウヘニオが発言する。「クレーン、使ってみるべきだよ。なにしろ、同志シモンは頭がいいしさ。この人の言うとおりかもしれない。おれたちも時の流れとともに変わるべきなのかも。ともかくやってみないと、わからないし」

男たちの間に、賛成のつぶやきが広がる。

「じゃ、クレーンを使ってみるか？」アルバロが言う。「道路工事部の同志に運んできてもらっていいか？」

「アイ！」エウヘニオが同意して片手をあげる。「アイ！」荷役たちも手をあげながら声をそろえる。シモン本人手をあげる。こうして満場一致で決まる。

クレーンは翌朝、トラックの後部荷台に乗って到着する。かつては白く塗装されていたのだが、いまでは塗装がぼろぼろ剝がれ、金属が錆びている。そうとう長いこと雨ざらしになっていたかのようだ。思ったよりも小さい。動かすと、スチール製のキャタピラーがギシギシいう。キャタピラーの上部の席に運転士がおり、制御器をあちこちさわって、アームを回したり、ウィンチを巻きあげたりしている。

機械をトラックの荷台から下ろすだけで、一時間近くかかる。道路工事部のアルバロの友人は早く帰りたくて苛々している。「だれに運転させるんだ？　そいつに制御器の扱いをざっと説明したら、おれはもう帰らないと」

「エウヘニオ!」アルバロが大声で指名する。「おまえはクレーン賛成派だったろ。運転してみたくないか?」

エウヘニオはまわりを見わたす。「ほかに希望者がいないんなら、やりますけど」

「よし! じゃあ、おまえが担当だ」

やらせてみると、エウヘニオは覚えが早い。あっというまに、船場でクレーンを高速で前進、後退させたり、アームを回したりするようになる。アームの先でフックが楽しげに揺れている。

「とりあえず、おれの出来ることはぜんぶ教えたから」運転士はアルバロに言う。「初めの数日は慎重にやらせろよ。こいつなら、何日かすれば使いものになる」

クレーンのアームは船のデッキにぎりぎり届く長さだ。荷役たちが船倉から一つずつ袋を担ぎあげてくる作業は、これまでどおり。だが、荷物を担いでタラップを降りる手間はなく、カンバス地の吊り袋にどんどん放りこむ。初めて吊り袋がいっぱいになると、荷役たちはエウヘニオにひと声叫ぶ。クレーンのフックが吊り袋を摑む。スティール製のロープがピンと張る。吊り袋が持ちあがって、デッキの手すりを越える。エウヘニオが華麗なる手さばきで、大きく弧を描いて吊り荷を回し、下におろしていく。荷役たちは喝采する。ところが、喝采は警戒の叫び声に変わる。吊り袋は岸壁の側面にぶつかると、くるくる回りだし、コントロールがきかなくなる。荷役たちはあわてて四散するが、シモンだけは考え事をしていて目の前の状況に気づかなかったのか、気づいたものの動きが鈍すぎたのか、とにかく逃げ遅れる。エウヘニオが運転席からこちらをじっと見おろして、なにか盛んに口を動かしている姿がちらっと目に入るが、その言葉は聞こえない。その瞬間、揺れる船荷が彼の腹部あたりを直撃し、シモンは後ろ向きに押されていく。よろめいて索綱の支柱にぶつかり、仕切りロープにつまずいて、岸壁と鉄の船体の間のスペースに転がり落ちる。そこで一瞬、息をするのも苦しいぐらい強く船体に押さえつけられる。この状態で船が一インチでも動けば、自分は虫けらのように潰される。そう強烈に自覚したとき、圧迫がゆるみ、彼は足から海中に落下する。

「助けて！　助けてくれ！」彼はやっとのことで叫ぶ。

救命用の浮き輪が水に落ちた彼の横に投げ入れられる。鮮やかな赤に白の縞の入った浮き輪。頭上からアルバロの声がする。「シモン！　いいか、それにつかまれ。おれたちが安全なところに引っ張りだす」

彼は浮き輪を掴む。岸壁伝いに魚のように引かれて、開水域に出る。ふたたびアルバロの声がする。「しっかりつかまれ。岸に引きあげるぞ！」ところが、浮き輪が持ちあがりかけたところで、急に耐えがたい痛みが襲ってくる。浮き輪から手が離れ、彼はまた水中に落ちる。まわりの水は油で汚れており、目や口にも入ってくる。**つまり、こうして終わりを迎えるってことか？　ネズミみたいに？　なんたる不面目！**　と、心のなかで思う。

しかし気がつくと、アルバロがそばにいる。油で髪を頭にぴったり張りつかせて、水に浮き沈みしている。「あわてるな、兄弟」アルバロは言う。「つかまえててやるから」シモンはアルバロの腕のなかで、ほっとして力を抜く。「引きあげろ！」アルバロが指示を飛ばすと、ふたりは固く抱きあった格好で、水から引きあげられる。

シモンは正気づいても、なにがなんだかわからない。あおむけになって、虚ろな空を見あげたままだ。ぼんやりした人影にとり囲まれ、がやがやと話し声がするが、なにも聞きとれない。目を閉じると、また意識が遠のいていく。

ドクンドクンという音で、また目が覚める。音は自分の中から、自分の頭の中から聞こえてくるようだ。「起きろ、ビエーホ！」と、声がする。片目だけ開けてみると、肉づきのいい汗まみれの顔が上から見おろしてくる。起きてるさ。と言いたいが、声が出ない。

「こっちを見て！」ぽってりした唇から声がする。「聞こえますか？　聞こえたら瞬きをして」

彼は瞬きをする。

「よし。いま、鎮痛剤を打ちますからね。打ったら、ここから運びだします」

鎮痛剤？　**べつにどこも痛くないが。**彼はそう言おうとする。**どうして痛まなくちゃいけないんだ？**　しかし、ふだんなにが自分の声を代弁しているのか知らないが、今日は喋ってくれようとしない。

シモンは荷役組合の組合員なので——加入しているのを本人は知らなかったのだが——病院でも個室をあたえられる。心やさしい看護師のチームに世話をされ、しばらく過ごすうちに、そのなかのひとり、グレーの瞳に静かな笑みを浮かべたクララ（現クララ会の創設者アッシジのクララを思わせる）という中年女性にだんだんと強い愛着をもつようになる。

どうも、彼は事故にあったものの大事に至らずに済んだ、というのが病院側の一致した見解らしい。肋骨が三本折れていた。骨の細かい破片が肺に刺さっていたため、その破片をとりのぞくのにちょっとした手術が必要となった（骨のかけらは記念にとっておきますか？——と言われ、いまは小瓶に入ってベッドサイドにある）。それから、顔と上半身にも、切り傷や痣があり、ところどころ皮が剝けていたが、脳を損傷した形跡はなかった。経過観察に数日、さらに何週間か、無理せず静養すれば、すっかり回復するだろう。当面、痛みを抑えるのが最優先事項となる。

いちばんまめに見舞いにくるのはエウヘニオで、クレーン技術の拙さをしきりと申し訳ながった。シモンは精いっぱい年下の男を慰めようとする――「あんな短時間で新しい機械の操縦をマスターしろというのが無理だよ」――が、エウヘニオは納得しようとしない。まどろみから覚めると、上から覗きこんでくるエウヘニオの顔がまず視界に入ることが再三あった。

アルバロも船場の同志たちと同様、見舞いにくる。すでにシモンの担当医たちと話をしており、完全に回復したとしても、その年で荷役仕事にもどるのは賢明ではない、という医師の告知を伝えてくる。

「だったら、クレーンの運転士に鞍替えしたらどうかな」シモンは提案してみる。「いくらなんでも、エウヘニオよりはましだと思う」

「もしクレーンの運転士になりたいなら、道路工事部に異動するしかないな」アルバロが答える。「クレーンは危険すぎる。この先、ドックでは使えない。クレーンを使おうというのが、そもそも間違いだった」

イネスが見舞いにきてくれたらと思うが、ちっともやってこない。彼は最悪の事態を恐れている。つまり、イネスはすでに計画を実行し、ダビードを連れて逃亡してしまったのでは。

クララとの話のなかで、この心配事にふれる。「女友だちがいてね、彼女の小さな坊やをわたしはいたく可愛がっている。ひとまず細かい理由は省くが、彼女はいま、学校当局にこの子をとりあげられ、特殊学校へ送られそうになっているんだ。ちょっと頼まれてくれないか？　彼女に電話して、なにか進展があったか訊いてもらえないかな？」

「もちろん、かまいませんけど」クララは答える。「でも、ご自分で話したくないですか？　ベッドに電話を持ってきてあげましょう」

彼はアパート地区の共同電話にかける。電話口に出たのは隣人で、イネスを呼びにいくが、もどってきて、留守だったと報告する。その日また後でかけてみるが、今度もイネスとは話せずに終わる。

翌朝早く、眠りと覚醒のあわいの名づけようのない領域で、夢か幻を見る。異様なまでにくっきりと、二輪馬車がベッドの足元あたりに浮かんでいるのが見える。馬車は象牙というか、象牙を嵌めこんだ金属で作られており、白い二頭の馬に曳かれていた。そのどちらもエル・レイではない。片手で手綱を摑み、もう片方の手を王者のように高くあげているのは、ダビードで、綿の腰巻のほかはなにも着けていない。

二輪馬車と二頭の馬が、どうやってこの狭い病室に入れたのか謎だ。馬と御者の側はなにもしていないのに、馬車は楽々と宙に浮いていた。馬たちは固まっているどころか、ときどき前足で宙を搔いたり、頭をのけぞらせて鼻を鳴らしたりする。ダビードはダビードで、手をあげた姿勢のままで飽くことを知らぬよう。その顔つきは見慣れたものだった。ご満悦で、たぶん得意になってもいるのだろう。

あるとき、少年はシモンのほうをまっすぐに見る。ぼくの目を読んで。そう言っているように見える。

その夢または幻は、二、三分はつづく。その後、像が薄れていくと、部屋はもとどおりになる。

彼はこのことをクララに話す。「きみはテレパシーを信じるか？　ダビードがわたしになにか伝えようとしている気がしたんだ」

「で、なにを伝えたかったんです？」

「よくわからん。あの子と母親が助けを求めているんじゃないか。いや、どうかな。そのメッセージは――なんというか――暗い感じがする」

「そうですか、ただ、あなたの服用している鎮痛剤には、阿片が入っているのをお忘れなく。阿片のせいで幻覚を見るんですよ。阿片夢というんです」

「阿片夢なんかじゃなかった。実物の馬車だ」

それからというもの、彼は鎮痛剤を断り、それに伴う痛みに苦しむ。最悪なのは夜だ。ほんのわずかでも動こうものなら、胸部にびりびりと刺すような痛みが走る。

気を紛らわすにも、読むものもなにもない。病院には図書室はなく、雑誌のバックナンバー（料理レシピ、趣味、レディースファッションといった内容）が置いてあるぐらいだ。エウヘニオに愚痴を言うと、それに応えて、彼は自分が受講している哲学クラスのテキスト（「シモンさん、まじめな人だから」と言って）を持ってきてくれる。テキストは案の定、テーブルと椅子に関する内容だった。シモンはこれを脇にやり、「すまないが、わたしの考えるような哲学とは違うようだ」と言う。

「だったら、どんな哲学が好きなんですか？」エウヘニオが訊いてくる。

「人の心を揺さぶるような。人の人生を変えるような」

エウヘニオはきょとんとした顔をして、「じゃあ、いまの人生がうまくいってないってことだ？　その怪我のことだけじゃなく」と言う。

「なにかが欠けているんだよ、エウヘニオ。そんなはずないのはわかっているが、とにかくなにかが足りない。いまの生活は、わたしには充分ではないようだ。だから、だれか救世主が天から舞い降りてきて、魔法の杖を振り、『見よ、この書を読めば、其方の疑問はすべて解決する』とか『見よ、これが其方のまったく新たな人生だ』とか言ってほしいと思っている。こんな類の話は、きみには理解できないだろう？」

「そうすね、わかるとは言えないかも」

「気にするな。いっときの気分なんだ。明日になれば、けろっとしているさ」

退院後の生活プランを立てなさいと、担当医から言われる。どこか身を寄せるところはありますか？　回復する間、料理とか、介護とか、身の回りの世話とかしてくれる人はいますか？　ソーシャル・ワーカーに相談してみますか？　「ソーシャル・ワーカーはお断りだ」シモンは答える。「友人たちと相談させてください。どんな手配ができるか考えてみます」

エウヘニオがうちの部屋に来ませんか、と申し出るが、そのアパートの部屋はすでに同志二名と共用しているのだ。おれはソファで寝るんで、ぜんぜんかまわないし。シモンは礼を言うが、申し出は辞退する。

アルバロに頼んで、養護施設をあたってもらう。すると、西アパート地区になら、老人用ではあるが、回復期の患者も世話してくれる施設がある、という報告がある。そこの入所待ちリストに名前を載せてもらうよう頼む。「こう言っては不謹慎かもしれないが」と、彼は言う。「あまり待たずに空きが出るといいな」「べつに悪意がないんなら、許される望みだと思うね」と、アルバロ。「許容範囲か？」「許容範囲だとも」アルバロは請けあう。

そのとき、シモンの憂いはいきなり掻き消えることになる。廊下から、若く明るい話し声が聞こえてきたのだ。クララがドアロにあらわれる。「面会ですよ」彼女がそう言って脇に寄ると、フィデルとダビードが駆けこんできて、その後ろに、イネスとアルバロがつづく。「シモン！」ダビードが声を高くする。「海に落っこちたってほんと？」

シモンは度肝を抜かれる。恐る恐る両手を差しのべて言う。「おいで！　うん、そうなんだ、ちょっとした事故にあってね、海に落ちたんだが、ほとんど濡れもしなかった。すぐにみんなが引きあげてくれたからね」

ダビードは高いベッドに飛び乗ってきて、シモンにぶつかり、また刺すような激痛が走る。しかし痛みなど、なんのそのだ。「かわいい坊や、わたしの宝物！　人生の灯！」

少年は抱きしめてくる腕を振りほどき、「ぼく、脱出してきたんだ」と、得意げに言う。「脱出するって言ったでしょ。ユウシテッセンをくぐり抜けてやったんだ」

脱出しただって？　有刺鉄線を抜けて？　わけがわからない。この子はなにを言っているんだ？しかも、どうしてこんな見慣れないおかしな恰好をしているんだ？――ぴっちりしたタートルネックのセーターに、ショート（きわめてショートな）パンツ、短い白ソックス（踝が隠れるか隠れないかという短さ）。「みんな、お見舞いありがとう」シモンは言う。「ところで、ダビード、きみはどこから脱出してきたんだい？　プント・アレーナスの話をしているのか？　やつらにプント・アレーナスに連れていかれたのか？　イネス、どうしてそんなことを許したんだ？」

「許してなんかいないわよ。この子が外で遊んでいるところにやって来て、車に乗せていったのよ。どうやって止めろと言うの？」

「そんなことになるとは夢にも思わなかった。でも、脱出してきたんだね、ダビード？　その話を聞かせてくれ。どうやって脱出したのか」

アルバロが割って入る。「その話に入る前に、あんたの退院後のことを話しあってもいいか？いつごろ歩けるようになると思う？」

「シモンは歩けないの？　ねえ、歩けないの、シモン？」

「少しの間だけだよ、その間だけは介助が必要になると思う。痛みや疼きがなくなれば、ひとりで大丈夫だ」

「じゃあ、車椅子に乗ることになるの？　ぼく、押してあげようか？」

「そうだな、押してもらおう。ただし、あまりスピードを出しちゃだめだぞ。フィデルも押していいよ」

「歩けるようになる目途を訊いたのは」と、アルバロが言う。「最近また例の養護施設と連絡をとってるからなんだ。むこうには、この患者は全快する見込みだし、特別な介護は必要ないと言ってある。そしたら、それならすぐにでも入れます、って言うんだよ。相部屋でかまわなければ。どうだい？　これで、問題がだいぶ解決すると思うんだが」

よその老人との相部屋か。夜には鼾をかき、ハンカチに痰を吐くようなやつか。自分を見捨てた娘の愚痴を言うようなやつか。自分の空間に割りこんでくる新入りをめいっぱい恨んでいるやつかもしれない。「もちろん、かまわんさ」彼は答える。「はっきりした行き先が決まっていると安心だ。みんな肩の荷を下ろせる。計らってくれて、ありがとう、アルバロ」

「費用はもちろん組合持ちだ」アルバロが言う。「部屋代、食事代、入所期間の必要経費はぜんぶ」

「それは助かる」

「じゃ、おれはそろそろ仕事にもどらないと。あとはイネスと坊やたちに任せるよ。みんな、あんたに話したいことが山ほどあるはずだ」

思い過ごしだろうか？　病室を出ていくアルバロに、イネスがこっそり目くばせしたのでは？　**ねえ、彼と差し向かいにしないで。わたしたちが裏切ろうとしているこの男と！**　そう、知り合いもいない辺境の西アパート地区の無菌室に収容され、朽ち衰えるにまかせているこの男だ。**この男の元に置いていかないで！**

「座ったらどうだ、イネス。ダビード、話をすっかり聞かせてもらおう。時間はたっぷりある」

「だから、ぼく、脱出してきたんだよ」少年がまた言う。「脱出してやるって言ったでしょ。ユウシテッセンを抜けて」

「電話がかかってきたのよ」イネスが口をはさむ。「ぜんぜん知らない人から。女性なんだけど。この子が服も着ずに町中をうろついているのを見つけたらしいの」

「服も着ずにだって？　プント・アレーナスから服も着ずに逃げだしてきたのか、ダビード？　いつのことなんだ？　だれもきみを止めようとしなかったのか？」

「服はユウシテッセンを通るときに脱げちゃったんだよ。絶対脱出してやるって言ったでしょ？　どこからだって脱出できるんだ、ぼく」

「で、そのご婦人はどこできみを見つけたんだ？　イネスに電話してきたという女性だが」

「通りで見つけたんですって。暗いなか、裸で凍えていたそうよ」

「ぼく、凍えてないよ。裸じゃなかったし」少年は言う。

「なにも着ていなかったじゃないの」イネスが言い返す。「それって、裸ってことでしょ」

「その件は、まあ、いい」シモンが口をはさむ。「そのご婦人はどうやってきみに連絡してきたんだ、イネス？　なぜあの学校でなくきみに？　どう考えても、学校に連絡するのが当然じゃないか」

「その人、あの学校がだいっきらいなんだ。みんなきらってる」と、ダビード。

「本当にそんなにひどいところなのか？」

少年は力強くうなずく。

ここで初めてフィデルが言葉を発する。「ぶたれたりした？」

「十四歳より小さい子はぶってはいけないんだ。十四歳になったら、反抗的なときはぶってもいい」

「シモンに、あの魚の話をしてあげなさいよ」イネスが言う。

「毎週、金曜日に魚を食べさせられるんだ」少年はわざとらしく震えてみせる。「魚なんか、だいっきらいだ。セニョール・レオンみたいな目がついてるもん」

フィデルがくすくす笑いだすと、とたんにふたりとも爆笑して止まらなくなる。

「魚を食べるほかは、プント・アレーナスでどんなひどい目にあった？」

「サンダルを履かされたよ。あと、イネスに来ちゃだめだって言うし。ぼくのお母さんじゃないからだめなんだって。ぼくはただのヒコウケンニンなんだって。ヒコウケンニンって、お母さんもお父さんもいない人のことだよ」

「たわけたことを。イネスはきみのお母さんだし、わたしはきみの代父だ。ときには本物の父親より代父のほうが良いこともあるぞ。きみは代父に見守られている」

「見守ってなかったじゃないか。だから、ぼくはやつらにプント・アレーナスに連れていかれたんだ」

「たしかに。わたしはだめな代父だった。見守っているべきときに眠りこけていたんだからね。しかし教訓をひとつ得たよ。これからはもっときちんときみの面倒をみる」

「やつらがまた来たら戦う？」

「ああ、力を尽くしてね。そうだ、剣を借りておこう。こう言うんだ。『こんどうちの子を盗もうとしたら、このシモンさまが相手になってやる！』」

少年はうれしそうに頬を紅潮させる。「ボリバルもだよ。夜はボリバルが護ってくれる。ぼくらのアパートに来て一緒に住む？」母親の方を向いて、「シモンもうちに住める？」

「シモンはすっかり回復するまで、養護施設にいなきゃならないの。歩けないし、階段も昇れないから」

「できるよ！　ねえ、歩けるよね、シモン？」

「もちろんだとも。いつもは疼痛がひどくて歩けないが、きみたちがそばにいれば、なんだってできる。階段を昇ったり、馬に乗ったり、なんだってやれるさ。きみたちがあの言葉を言ってくれさえすれば」

「どの言葉？」

「魔法の言葉だよ。わたしの怪我も癒す言葉」

「ぼくも知ってる言葉？」

「もちろんだ。言ってごらん」

「その言葉は……あっ、アブラカダブラ！」

彼はシーツをはねのけ（幸いちゃんと病院のパジャマを着ていた）、なまっている両足を勢いよくベッドサイドにおろす。「手を貸してくれ、坊やたち」

フィデルとダビードの肩につかまって危なっかしく立ちあがると、よろよろしながら一歩、二歩と踏みだす。「ほら、知ってたろう、魔法の言葉！　イネス、車椅子を近づけてくれないか？」と言って、そばに寄った車椅子にどっかりと座りこむ。「さあ、散歩にいこうか。ずっと閉じこめられていたから、外の世界のようすを知りたい。車椅子を押したい人は？」

「シモンはぼくたちと一緒に帰らないの？」

「しばらくは帰れないんだ。体力がもどるまで」

「でも、ぼくたちジプシーになるんだよ！　ずっと病院にいるんじゃ、ジプシーになれないじゃない！」

シモンはイネスの方を向く。「これはどういうことだ？　ジプシーになるだのなんだのという話は終いにしたはずだ」

イネスは表情を硬くする。「この子をあの学校にもどすわけにはいかないのよ。わたしは絶対許さない。兄たちがふたりとも同行することになってるの。あの車でね」

「あのポンコツ車に四人乗りこむのか？　故障したらどうする？　だいたいどこに寝泊りするんだ？」

「なんとでもなるわよ。その日暮らしの仕事をし、果物をもぐ。セニョール・ダガがお金を貸してくれたし」

「ダガか！　やはり、あいつが裏にいたんだな！」

「だって、ダビードをあのとんでもない学校にもどすわけにはいかないもの」

「サンダルを履かせ、魚を食べさせる。そんなにとんでもないことには思えんが」

「煙草を喫ってお酒を飲み、ナイフを持ち歩くような子たちがいるところよ。要は、犯罪少年の学校なの。あんなところにもどったら、それこそ一生の痛手よ」

そこで、本人が言う。「どういう意味なの、〝イッショウノイタデ〟って？」

「そういう言い方があるの」イネスが答える。「あの学校があなたに悪い影響を残すという意味」

「傷みたいに？」

「そうね、傷と似てるかも」

「傷なら、今日いっぱいついたよ。ユウシテッセンをくぐり抜けるときに。ぼくの傷、見たい、シモン？」

「お母さんはもっと違うことを言っているんだよ。きみの魂が負う傷のこと。癒やしがたい種類の傷のことだ。学校の男の子たちがナイフを持ち歩いているというのは、本当か？　一人そういう子がいるだけじゃないのかい？」

「持ってる子はたくさんいるよ。あと、アヒルのお母さんと子どもたちがいるんだけど、生徒の一人が子アヒルを踏んづけて、そしたらお尻から中身が出てきちゃって、だから、ぼく、それを中に押しもどそうとしたんだけど、先生がだめだ、死なせてやれって言って、ぼく、息を吹きこんでやりたいって言ったけど、先生はだめだって。あとね、ガーデニングもやらされるよ。毎日、放課後に土を掘るんだ。ぼく、土掘るの、だいっきらい」

「土掘りは役に立つぞ。だれも掘り方を知らなかったら、穀物も育てられないし、そうなると食物がなくなる。土を掘ることで体も鍛えられるし、筋肉がつく」

「吸い取り紙の上でも種は育つよ。先生がやって見せてくれたもん。土を掘る必要なんてないんだ」

「一つ二つの種なら、できるだろう。でも、ちゃんと穀物を育てたいなら――パンを作ってみんなの食料にできるぐらいの小麦を育てるとなったら、種は土の中に埋めないとならない」

「パンって、だいっきらい。パンなんてつまんないよ。ぼくはアイスクリームがいい」

「きみがアイスクリームを好きなのは知っているよ。しかしアイスを食べて生きてはいけないだろう。一方、パンのみで生きることは可能だ」

「アイスを食べて生きていけるよ。セニョール・ダガはそうしてるもん」

「セニョール・ダガはそんな振りをしているだけさ。だれも見ていないところでは、みんなと同じようにパンを食べているはずだ。ともあれ、セニョール・ダガをお手本にしちゃいけない」

「だって、セニョール・ダガはプレゼントをくれるよ。シモンもイネスも、ぜんぜんくれないじゃないか」

「それは違うぞ、坊や。それは事実に反するし、ひどい言いぐさだ。イネスはきみのことを愛して、大切に世話をしている。それはわたしも同じだ。しかし、セニョール・ダガは心のうちでは、きみのことなんかちっとも愛していない」

「そんなことないよ！　おれんちに来て一緒に暮らそうって言ってるもん！　イネスにそう言ったんだって。イネスが言ってた」

「イネスは間違ってても同意しないだろうな。きみは親元にいるべきなんだから。われわれも、そのために戦ってきているんじゃないか。セニョール・ダガは一見、蠱惑的でわくわくするかもしれないが、きみもそのうち気づくよ。蠱惑的でわくわくするような人というのは、善い人とは限らないんだ」

「コワクテキって？」

「蠱惑的というのは、イヤリングをつけて、ナイフを持ち歩くようなことさ」

「セニョール・ダガはイネスに恋してるんだ。イネスのお腹に赤ちゃんをつくるんだって」

「ちょっと、ダビード！」イネスがたまりかねて怒鳴る。

「だって、ほんとじゃないか。おじさんがやきもち焼くから話しちゃいけないって、イネスは言ったけどね。ほんとなの、シモン？　やきもち焼く？」

「いいや、焼くわけがないだろう。わたしが口を出すことじゃない。きみに言っておきたいのは、セニョール・ダガは善い人じゃないってことだ。きみをうちに呼んで、アイスクリームをごちそうしてくれるかもしれないが、きみの最善の利益など考えちゃいない」

「ぼくのサイゼンノリエキって？」

「きみにとっては、まず成長して善き人になることがいちばん大事だ。優良な種のように、まずは地中深くに下りていって強い根を張り、時が来たら、光のもとへぐんぐん伸びて、何倍もの実を結ぶ。そういうのが、きみのあるべき姿だ。ドン・キホーテのようにね。ドン・キホーテは乙女たちを救ったろう。富める者や権力者から、貧しき者を守ったろう。彼こそをきみのお手本としなさい。セニョール・ダガではなく。貧しき者を守り、虐げられし者を救い、お母さんの誉れとなれ」

「やだよ！　お母さんこそぼくのホマレになれよ！　とにかく、セニョール・ダガが言ってたけど、ドン・キホーテは時代おくれなんだって。いまどき馬に乗るやつなんていねぇよな、って」

「いいや、その気になれば、とんだ思い違いだってすぐにも思い知らせてやれる。きみの馬にまたがり、剣を高くあげよ。それだけで、セニョール・ダガなどおとなしくなるだろう。エル・レイにまたがれ」

「エル・レイは死んじゃったよ」

「いいや、死んでいない。エル・レイは生きている。きみがだれよりよく知っているだろう」

「どこに？」少年はかすれ声で訊く。みるみる目に涙があふれて、唇がわななき、そのひと言を口にするのが精いっぱいだ。

「わからないが、エル・レイはどこかできみが来るのを待っているよ。探せば、きっと見つかるはずだ」

第二十八章

退院の日がやってくる。シモンは看護師たちに別れを告げる。クララにはこう言う。「あなたの看護はそう簡単に忘れられそうにないよ。その行為の奥には、善意以上のものがあったと思いたいね」クララは答えないが、彼女の率直な顔つきを見て、あながち間違いではないと納得する。

病院は車一台と運転手を都合してあり、彼はこの車で西アパート地区の新たな住処まで運ばれていくことになる。エウヘニオが同乗を申し出、無事に入所を済ませるまでつきそう段取りにもなっていた。しかし病院の外の道路に出たとたん、シモンは、回り道をして東アパート地区に寄ってくれと、運転手に頼む。

「それは、できませんよ」運転手は答える。「任務外のことですんで」

「頼むよ、衣類を少々とってきたいんだ。五分で済むから」

運転手はしぶしぶ承諾する。

「坊やの学校教育のことで悩んでいるって言ってましたよね」車が東地区へ行き先を変えると、エウヘニオが切りだす。「その悩みって、どういうことなんです？」

「学校当局に子どもをとりあげられそうになってる。必要とあらば、力ずくで。あの子をプント・アレーナスに送り返すつもりなんだ」

「プント・アレーナスに！　どうしてまた？」

「プント・アレーナスに特殊学校を建てたからさ。ファンとマリアのお話だの、海辺の活動だのに退屈してしまう子たちのための。退屈しているうえに、退屈しているのを隠しもしない子たち向けだ。担任教師の押しつける足し算引き算の規則に従わない子どもたち。規則ったって、人為的な規則だよ。二足す二は四です、みたいな」

「大変っすね。けど、どうして坊やは先生の言うやり方で足し算をしようとしないんだろう？」

「先生の言うやり方は正しくないと、内なる声が語りかけているのに、どうしてそんなものに従わなくてはいけない？」

「わからないな。その規則がシモンさんやおれや、ほかのみんなにも正しいものなら、どうしてダビードだけには当てはまらないんですか？　それに、どうして人為的な規則なんて呼ぶんです？」

「なぜなら、二足す二は、われわれの決め方次第で、イコール三にも五にも九十九にもなり得るからだ」

「でも、二足す二って四じゃないですか。〝イコール〟に特別変わった意味でも持たせないかぎり。自分で、指で数えてみたらいいですよ。一、二でしょ、三、四。まじで二足す二、イコール三だったら、なにもかもが滅茶苦茶になりますよ。ここことは違う物理法則をもつ、別の宇宙にいるってことになる。現存するこの宇宙では、二足す二、イコール四。これはおれらの意思から独立した普遍的法則で、ぜんぜん人為的とかじゃないです。たとえ、シモンさんとおれが存在しなくなっても、うか？　とね。

「そうだろうな、しかしどの二とどの二を足すと四になるんだ？　まあ、基本的には、あの子は犬や猫と同じで、たんに数の概念を理解できていないんだと思うよ、エウヘニオ。だが、ときどきこうも自問してみる。この世に、数というものをこれほどリアルに捉えている人間がほかにいるだろうか？　とね。

入院中はなにもすることがないし、頭の体操だと思って、ダビードの目で世の中を眺めるようにしてみたんだ。たんにリンゴが見えるだけだ。一個のリンゴを一つ目の前に置いたら、あの子の目にはなにが見えるか？　たんにリンゴが見えるだけだ。リンゴじゃなくて、リンゴというものが見える。目の前にリンゴを二つ置いたら、あの子にはなにが見えるか？　リンゴとリンゴだ。二個のリンゴでもなければ、同じリンゴが二倍になったのでもない。たんにリンゴとリンゴが見えるんだ。さて、ここにセニョール・レオンがやってきて――セニョール・レオンというのは、ダビードの担任教師だが――答をせまる。How many apples?（リンゴはいくつある？）この答はなにか？　an apple ではなく、apples とはなんだ？　複数で apples なら、それの単数形はどれを指している？　たとえば、三人の men（男たち）を乗せた車が東地区へと向かっているとする。men が複数の男を表すなら、それの単数形はどの男を指しているんだ？――エウヘニオか、シモンか、それとも名前を存じあげないわれらが運転士さんか？　われわれは三人なのか、それとも一人と一人と一人なのか？

頭にきてお手上げってわけだな。その理由はわかるよ。一人と一人と一人なら三人になるじゃないか、と言うんだろう。同意したいところだ。車には三人の男がいます。単純明快だ。しかしダビードはわれわれの見方に従おうとしない。われわれの数え方、つまり〝一歩進み、二歩進んで、三〟というステップは踏まないんだ。彼にとって数というのは、虚無という真っ暗な大海に浮かぶ孤島のようなもので、毎度毎度、目を閉じて虚空を飛んでいけ、と言われているようなものなんだ。落っこちたらどうしよう？――いつもそう心配している。落っこちて、どこまでも、どこまでも落ちていったらどうしよう？　夜中、病院のベッドに寝ていると、ときどき自分も落ちているに違いないという気がしたものさ。あの子と同じ呪文にかけられてね。一から二に移るのですらこんなに大変なら、ゼロから一へはどうやって移ればいいんだ？　と、自問したものだよ。どこでもない場所からどこかへ移る。毎度毎度、奇跡を起こせと言われているようなものだ」

「たしかに、あいつは想像力が豊かだよな」エウヘニオは考えこむ。「海に浮かぶ孤島か。けど、大きくなれば、そんな考えはしなくなりますよ。そういうのって、長びく不安定感から来てるはずだから。見てればいやでもわかるんだけど、あの子は毎日、わけもなくものすごく張りつめて、苛立ってる。背景になにかいきさつがあるんですか？　両親がけんかばかりしていたとか？」

「両親というと？」

「実の両親ですよ。過去の傷跡というか、なにかトラウマがあるとか？　ない？　だったらいいです。この環境でもっと安心感を得られるようになれば、つまり、この宇宙――数の世界だけじゃなくてありとあらゆるもの――が法則に支配されていて、物事はいきあたりばったりに起きたりしないって理解するようになれば、きっと目が覚めて、精神的に落ち着くと思う」

「学校の精神科医も同じことを言っていた。セニョーラ・オチョアというんだが。地に足がついて、自分が何者なのか受け入れさえすれば、学習障害はたちまち消えるだろう、と」

「おれもそう思うな。時間さえかければ」

「消えるかもしれない。もしかしたら。だが、実はわれわれが間違っていて、ダビードが正しいとしたら？　一と二の間に架け橋なんかなくて、ただがらんとした空間が広がっているとしたら？　自信満々で足を踏みだしたものの、実は虚空を落ちていっているのに、目隠し布をとってまわりを見ようとしないから、わからないだけだったら、どうする？　ダビードこそが人間のなかで唯一、まともにものが見える目を持っているとしたら？」

「それって、こう言うのと同じですよね。狂人がじつは正気で、正気に見える者が本当は狂っているとしたら？って。こう言っちゃなんだけど、シモンさん、それ、中坊哲学ってやつ。単純明快に正しいことってあるんですよ。リンゴはリンゴでリンゴである、と（『ロミオとジュリエット』の「名前が違ってもバラはバラである」をもじったG・スタインのA rose is a rose is a rose is a rose.を意識したもの）。一つのリンゴにもう一つリンゴを合わせたら、二つのリンゴになる。一人のシモンと一人のエウヘニオを合わせたら、車に二人の人間が乗っていることになる。こんな簡単な説明を呑みこめない子なんていませんって――少なくとも、ふつうの子どもならね。だって、真理なんだから、難しく思ったりしない。生まれたときから、いわばその真理に同調して生きているから。数と数の間のすきまが怖いって話ですけど、無限の数の数があるって、ダビードに話したことあります？」

「一度ならず話してきたよ。おしまいの数というのはないんだって、話して聞かせた。数はどこまでもつづく。だが、それとすきまの話がどう関係するんだ？」

「無限には、良い無限と悪い無限があるんだ、シモンさん。前に、悪い無限については話したじゃないですか――憶えてます？　悪い無限というのは、夢から覚めたら夢、それもやっぱり夢、それもまた夢と際限なくつづくようなやつ。あるいは、いまの人生はべつな人生の序章にすぎないと思ったら、それも序章にすぎなくて……みたいな。でも、数ってそういうのとは違う。数は良い無限を形成してる。なぜ良い無限か？　なぜなら、数は無限にあるんだから、宇宙のあらゆるすきまを埋めてくれるでしょ。つぎつぎとレンガみたいにぎっしり並んで。だから、おれたちは安全なんだ。落ちる場所がない。あの子にそう言ってやればいいですよ。きっと安心するから」

「話してみよう。とはいえ、それであの子が安らげるとは、あまり思えないんだが」

「誤解しないでほしいんだけど、シモンさん、おれはここの教育制度に味方してるわけじゃない。たしかに、えらい頭が固くて、古臭く思える。おれが思うに、もっと実学的で、もっと職業訓練的な学校が必要じゃないかな。たとえば、ダビードが配管工や大工になる訓練もできるような。そういった仕事なら、高等数学は必要ない」

「それとも、荷役か」

「そう、荷役もありです。荷役は、おたがい知ってのとおり、どこから見ても誇らしい職業だし。いや、要するに、おれはシモンさんに同意してるんですよ。坊やは不当な扱いを受けていると思う。けど、先生たちの言うことにも一理ないですか？　これって、たんに算術の決まりに従うってだけじゃなくて、もっと社会一般の決まりに従いましょう、みたいな問題ですよね。セニョーラ・イネスはすごくやさしい人だけど、ダビードを甘やかしすぎだ。だれが見たってわかる。子どものころからずっと甘やかされて、あなたは特別なんだって言われつづけ、しかも、自分で好きなようにルールを決めるのを許されていたら、どんな大人になると思います？　いまのダビードの年齢でちょっとばかり躾をしてやっても、害にはならないと思うけどな」

エウヘニオには最大限の好意をもっていたし、彼のしてくれた数々の親切だけでなく、そもそもこんな年配の同僚と仲良くしてくれようという心意気にも、強く打たれていたし、ドックでのクレーン事故についても——もし自分が急に運転席に上げられても、同じようなヘマをやらかしたろう——責める気はこれっぽっちもないが、実際この男をどうしても好きになれない自分がいる。どうも杓子定規で視野が狭く、尊大なものが感じられるのだ。いまもイネスへの批判を聞いて、カチンときた。それでも、怒りは表に出さず抑えこむ。

「子育ての方針は二派に分かれるようなんだよ、エウヘニオ。一方は、子どもというのは粘土のようにこねて形作り、高徳の市民に仕立ててあげるべしと言う。もう一方は、子どもでいられる時期は一度しかなく、幸せな子ども時代がのちの幸せな人生の礎となると言う。イネスは後者の流派なんだ。なにしろ、あの子の母親なんだし、母と子の絆というのは神聖なものだから、わたしは彼女に従うとするよ。というわけで、わたしはこれ以上教室で規律をたたきこむのがダビードのためになるとは思わない」

ふたりは黙りこんだまま車で運ばれていく。

東アパート地区に着くと、シモンはエウヘニオの手を借りて車を降りながら、運転手にここでしばらく待つよう頼む。ふたりは一緒にゆっくりと階段を上がっていく。そうして二階の廊下に出たところで、暗澹とする光景に出くわす。イネスの部屋の外に、二人の人間がいる。まったく同じ紺青の制服を着た男女だ。部屋のドアはひらいており、中からイネスの甲高い怒り声が聞こえてくる。

「帰って、帰ってちょうだい。あなた方に権利はないわ！」

そのよそ者たちが部屋に入るのを阻んでいるのは——近づいて見ると——犬のボリバルだった。あの犬が玄関口にうずくまり、耳を後ろに寝かせ、歯をむきだしにして低く唸りながら、いまにも跳びかからんとして、ふたりの一挙一動を見張っている。

「シモン!」イネスが大声で呼んでくる。「この人たちに帰るように言ってよ! ダビードをあのおぞましい矯正施設に送り返そうとしているのよ。そんな権利はないと言ってやって!」

シモンはひとつ深く息を吸う。「きみはその子に対してなんの権利もない」と、制服を着た女に言う。相方のどっしりした体格の男と対照的に、鳥のように小さくて身ぎれいだ。「わたしはその子をこのノビージャに連れてきた者だ。後見人であり、すべての重要な点から見て、父親と言えよう。セニョーラ・イネスは——と、彼女を指して——あらゆる点から見て、その子の母親だ。きみたちはうちの息子をわたしたちほど知らないだろう。その子には、矯正を必要とするおかしな点はなにもない。繊細な子で、通常の学校のカリキュラムでは、学習が困難だが、ただそれだけのことだ。落し穴が——ふつうの子どもには見えない哲学的な落し穴が見えるんだ。哲学的な合意が得られないからって、きみたちがその子を罰せるはずがないだろう。その子を家族と引き離し、家から連れ去れるはずがない。わたしらがそんな真似は許さん」

彼の演説の後には、長い沈黙がつづく。番犬の後ろから、イネスが制服の女をけんか腰で睨みつけている。「ええ、わたしたちが許さない」ひとしきり睨んでから、彼女もそう言う。

「ところで、あなたは、セニョール?」女がエウヘニオに向かって言う。

「セニョール・エウヘニオはわたしの友人だ」シモンが割って入る。「ご厚意で、病院からつきそってくれたんだ。この悶着とは関係がない」

「ダビードは並の子どもじゃないんだ」エウヘニオも言う。「それに、このお父さんは子どもに尽くしてるよ。それは、おれもこの目で見てる」

「有刺鉄線だなんて！」イネスが言う。「おたくの学校にはどんな非行少年がいるんですか、閉じこめておくのに有刺鉄線が必要だなんて！」

「有刺鉄線なんて、ただの伝説ですよ」制服の女性が言う。「完全な作り話です。どこから出てきたのかさっぱりわかりません。プント・アレーナスには有刺鉄線なんか一つもないですよ。それどころか――」

「この子は有刺鉄線をくぐり抜けてきたそうよ！」イネスが声高に言葉をさえぎる。「それで、服がびりびりに破けてしまったのに！　それをよくもぬけぬけと、有刺鉄線は一つもありませんなんて」

「それどころか、学校はいわゆる〈門戸開放方針（オープン・ドア・ポリシー）〉をとっています」女性は強引に言葉をついだ。「生徒たちは自由に出入りできます。ドアには錠前すら付いていません。ダビード、本当のことを教えてちょうだい。プント・アレーナスには有刺鉄線がある？」

シモンがもっと近寄って奥を見ると、ダビードもその場におり、半ば母親の後ろに隠れつつ、親指を口にくわえて、やりとりをしかつめらしい顔で聞いている。

「どう、有刺鉄線はある？」女性は質問を繰り返す。

「ユウシテッセンはあるよ」少年はゆっくりと答える。「ぼく、ユウシテッセンをくぐり抜けてきたんだもん」

女性は首を振り、信じられないという顔で微苦笑し、「ダビード」と、低い声で呼びかける。

「それはデタラメでしょう。あなたも知っているし、わたしもよく知ってます。プント・アレーナスには有刺鉄線なんかありません。みなさん、どうぞご自身で見に来てください。いまからでも車でお連れしますよ。有刺鉄線などありません。一つも」

「見にいく必要はないわ。わたしはわが子の言うことを信じます。有刺鉄線があるとこの子が言うなら、本当なんでしょう」

「そうかしらね？」女性は少年に話しかける。「わたしたちが目で見られるような本物の有刺鉄線があるの？　それとも、特定の人、たとえば想像力豊かな特定の人にしか見えないし触れないもの？」

「本物だよ。本当だよ」少年は言う。

沈黙。

「そう、問題はこれなんですよ」女性はようやく口をひらく。「有刺鉄線ですか、もし有刺鉄線が存在せず、この子がデタラメを言っているだけだと証明できれば、この子を手放してくれますか、セニョーラ？」

「証明しようがないでしょ」イネスが言う。「有刺鉄線があると、この子が言うなら、わたしは信じます。有刺鉄線はあるんです」

「あなたは？」女性はシモンにも訊く。

「わたしもこの子を信じるね」シモンはそう答える。

「では、あなたは？」

エウヘニオは困ったような顔をしているが、「自分の目で見ないとなんとも言えないよ」と、しばらくして言う。「現物を見ずにこの件に関われというほうが無茶だ」

「どうやら、話し合いは行き止まりのようですね」女性は言う。「セニョーラ、こう申し上げましょう。選択肢は二つあります。法に準じてわれわれに子どもを託すか、さもなければ、警察を呼ぶことになるでしょう。どうなさいますか？」

「この子を連れていくなら、わたしの死体をまたいでいくのね」と、イネスは言って、シモンの方を向く。「シモン！　なんとかしなさいよ！」

彼は途方に暮れて、見つめ返す。「わたしにどうしろと言うんだ？」

「ずっと離れて暮らすわけではありませんし」女性が言う。「ダビードは第二週の週末には帰宅できます」

イネスはすごい形相で黙りこんでいる。

シモンは最後の訴えに出る。「セニョーラ、もう一度考えてもらえないか。あなたの提案に従えば、ひとりの母親の心を引き裂くことになる。しかも、なんのために？　ここに、たまたま自分なりの考えをもった少年がいる。何についての考えかというと、歴史とか言語とかそういう大層なことではなく、算術だ。たかが算術じゃないか。成長するにつれ、きっと遠からずそんな考えはやめるだろう。子どもが二足す二は三だと言ったからって、なんの犯罪にあたるんだ？　それが社会秩序を揺るがすとでも？　なのに、あなた方はそんなことを理由に、子どもを親元から引き離し、有刺鉄線のむこうに閉じこめようとする！　たった六歳の子を！」

「だから、有刺鉄線はありませんって」女性は辛抱強く繰り返す。「それに、お子さんにプント・アレーナスを勧めているのは、計算ができないからではありません。特別なケアが必要な状態にあるからです。パブロ」と、彼女はそれまで無言だった同僚に話しかける。「あなたはここで待ってて。この男性とふたりで話したいから」と言ってから、シモンに、「セニョール、ちょっと一緒に来ていただけますか？」

エウヘニオが介助しようと腕をとってくるが、シモンは若者の手をふりはらう。「ありがとう、とくに急かされないかぎり大丈夫だよ」それから、女性にこう説明する。「退院してきたばかりなんだ。職場でけがをしてね。まだ少し痛む」

彼と女性職員は階段の吹き抜けで、ふたりだけで話す。「セニョール」と、女性が低い声で切りだす。「ご理解いただきたいのですが、わたしはただの補導官みたいな者ではありません。心理学の専門家です。プント・アレーナスの子どもたちの面倒をみています。ダビードが逃げだすまでの短期間ですが、自主的にあの子をよく観察してみました。というのも、あなたがおっしゃるとおり、ダビードは家を離れて暮らすにはまだ幼いと思ったからです。見捨てられたと感じてはいけないと思いまして。

わたしが目にしたのは、やさしい子どもでした。とても正直で、率直で、自分の気持ちを臆することなく口にする。ほかにも気づいたことがあります。ほかの男子生徒たちにあっというまに気に入られていました。とくに上級生たちに。不良っぽい子たちにもです。彼らのアイドルといっても過言ではありません。ダビードをマスコットにしたがっていました」

「マスコットですか？　わたしが知るかぎり、マスコットというのは花輪の冠をかぶせたり、リードをつけて連れ歩いたりする愛玩動物だ。マスコットのどこが誇らしいんです？」

「ダビードはみんなのお気に入り(ペット)でした。だれにも可愛がられる子でした。みんな、どうして彼が逃げだしたのかわからない。みんな、心を痛めています。ダビードを呼んで、と毎日言っています。なぜわたしがこのことを、いまお話ししていると思いますか、セニョール？　プント・アレーナスに着いた当初から、ダビードにはあのコミュニティに自分の居場所があったということを、おわかりいただきたいからです。プント・アレーナスはふつうの学校とは違いますね。ふつうは生徒たちが教師の指示をせっせとこなしながら、数時間だけ過ごして帰宅する場所ですから。プント・アレーナスでは、教師と生徒とアドバイザーが固い絆で結ばれています。だったら、なぜダビードは逃げだしたんだ、とあなたは訊くでしょう？　つらい思いをしていたからではありません、それだけは断言します。あの子は心がやさしく、セニョーラ・イネスが自分に会いたがっていると思うと耐えられなかったのです」

「だって、イネスはあの子の母親なんだから」彼は言う。

女性は肩をすくめる。「あと数日待ってくれれば、週末に帰宅できたのに。あの子を手放すよう、奥さんを説得してもらえませんか？」

「どうやったら、わたしに彼女を説得できると思う、セニョーラ？　あなたも見たろう。あんな女性の考えを変えさせるどんな魔力をわたしがもっていると思うんだ？　あなたのいまの問題は、彼女の元からどうやって子どもを連れていくか、ではない。あなたには強制的に連れ去る権限がある。問題は、あの子をどうやって引き留めておくか、だ。あの子は親元に帰ると決めたら、なんとしても帰る。それを止める手立てはない」

「お母さんが呼んでいると思うかぎり、あの子は何度でも脱走しますよ。だから、奥さんと話してくださいと言っているんです。ダビードはわたしたちの元で過ごすのがいちばんだと、説得してください。実際に、それがいちばんなんですから」

「子どものためには母からとりあげるのがいちばんだなんて、あのイネスが納得するわけがないだろう」

「だったら、せめて別れ際に泣いたり脅したりして、あの子を不安にさせないと約束させてください。どのみち、ダビードはうちに来るしかないんです。法律は法律ですから」

「それはそうかもしれないが、法律に従うよりもっと考慮すべきことはあるだろう。もっとしなくてはいけないことが」

「そうですかねえ？　わたしにはわかりませんが。わたしには法律で充分ですので、それでけっこうです」

第二十九章

　ふたりの役人は去っていった。エウヘニオも。運転手は務めをまっとうしないまま、帰った。なじみの部屋で、イネスとダビードだけがシモンの元に残される。部屋のドアにロックをかけ、当面の安全を確保する。ボリバルは務めを終えたので、ラジエーターの前の定位置にもどった。もどっても、つぎなる侵入者を待ちかまえて耳を立て、厳めしい目つきで見張っている。

「落ち着いて現状を話しあおうじゃないか、三人で」彼はふたりにもちかける。

　イネスは首を横に振る。「これ以上話しあっている暇なんかないわよ。いまからディエゴに電話して、車で迎えにくるよう頼むから」

「きみたちを迎えにきて、ラ・レジデンシアへ連れていくのか？」

「まさか。あいつらから逃げ切るまで車を走らせるの」

　長期プランもなければ、独自の逃亡計画もない。それだけは確かのようだ。目の前の女が気の毒になる。この無神経でユーモアのわからない女は、テニスに明け暮れ、黄昏時にはカクテルなんぞ飲んで生きてきたのに、わたしが子どもを託した瞬間、その生活がひっくり返ってしまった。さらに、彼女の未来は急にしぼんで、いまや当てもなく車で裏道をうろうろするしかなくなってしまったのだ。兄たちが逃亡に飽きるか資金が尽きるかして、ここに舞いもどり、大切な子を手放すしかなくなるまで。

「きみはどう思う、ダビード?」シモンは尋ねる。「プント・アレーナスにもどったらどうだ、ほんのしばらく――ちょっと帰って、クラスのトップになって、きみがすごく賢いところを見せてやったらいい。計算もだれより得意だし、校則もちゃんと守る優等生だってこと、見せてやりなさい。彼らもそれがわかれば、家に帰してくれるさ、そうだとも。そうすれば、またふつうの生活にもどれる。ふつうの男の子の生活だ。もしかしたら、そのうちプント・アレーナスにはきみの銘板が掲げられるかもしれんぞ。〈世に知られたダビード、かつてここにあり〉って」

「ぼく、なにで有名になるの?」

「それは追々わかる。有名な奇術師になるかもしれないし、有名な数学者かもしれない」

「いやだよ。ぼくはイネスとディエゴと一緒に車で出かけたい。ジプシーになるんだ」

シモンはイネスの方に向きなおる。「頼むよ、イネス、考えなおしてくれ。そんな無茶な手を打つんじゃない。もっと良いやり方があるはずだ」

イネスは急に姿勢をただして言う。「また気が変わったってこと? 赤の他人にわが子を渡せというのね? わたしの人生の灯を? あなた、わたしをどういう母親だと思っているの?」と、こんどは少年の方を向き、「荷造りをしてきなさい」と言う。

「荷造りはもう済んでるよ。出かける前に、シモンにブランコ押してもらっていい?」ダビードは言う。

「わたしにブランコなんか押せるかどうか」シモンが言う。「昔みたいに力が出ないんだよ、わかるだろう」

「ちょっとだけ、お願い」

ふたりは児童公園までやってくる。雨がふりだしていた。ブランコの座面は濡れている。シモンは袖で拭いてやる。「何回かだけだぞ」

片手でしか押せないので、ブランコはほとんど動かない。それでも、少年はうれしそうだ。「じゃあ、こんどはシモンの番」と言う。シモンはほっとしてブランコに腰をおろし、少年に押させてやる。

「ねえ、シモンにはお父さんかお祖父さんがいた？」少年は訊いてくる。

「もちろん、お父さんはいたさ。お父さんもこんなふうにブランコを押してくれた。われわれ人間には必ずお父さんがいるんだ。前にも言ったが、自然の摂理だからね。あいにく、途中で姿を消したり、迷子になってしまう父親もいるが」

「シモンのお父さんも、ブランコ高く押してくれた？」

「思い切り高くまでね」

「落っこちた？」

「落っこちた憶えはないが」

「落っこちると、どうなるの？」

「それは場合による。運がよければ、コブができるぐらいだ。運がわるいと、ものすごくわるいと、腕や脚の一本も折るかもしれない」

「そうじゃないよ、落っこちるときって、どうなるの？」

「よくわからないな。空を切っていくとき、という意味かい？」

「そう。飛んでるみたいな感じ？」

「いいや、そんなものじゃないよ。飛ぶのと落ちるのを一緒くたにするな。空を飛べるのは、鳥だけだ。われわれ人間は重すぎて飛べない」

「でも、高いところにいるほんのちょっとの間、飛んでるみたいになるんじゃない？」

「そうかもしれんな。自分が落ちているのを忘れていれば。どうしてそんなこと訊くんだ？」

少年は謎めいた笑みを見せる。「だってさ」

部屋にもどる途中、階段で、険しい面持ちのイネスと出会う。「ディエゴは気が変わったそうよ。もうわたしたちには付き合わないって。こんなことになるんじゃないかと思ったわ。電車に乗っていけ、ですって」

「電車に乗る？　どこまで？　路線の終点までか？　そこに着いたら、きみはどうするつもりだ？この子とふたりきりで。だめだ。ディエゴに電話しなさい。車をもってくるよう言うんだ。わたしが代わりを引き受けよう。行先はわからないが、ともかくきみたちに同行する」

「ディエゴがうんと言わないわよ。あの人が車を引き渡すわけない」

「彼だけの車じゃないだろう。きみたち三人の共有物だ。彼はもう充分長く使ったんだから、こんどはきみが使う番だ。そう言いなさい」

一時間ほどして、不機嫌な、一触即発という態のディエゴがあらわれる。だが、イネスは兄がごねるのをぴしゃりと遮る。コートにブーツで決めたディエゴは、こんな横柄な態度をとる妹を初めて見る。傍らで、ポケットに両手をつっこんでいる兄をよそに、イネスは重いスーツケースを自力で車のルーフに持ちあげ、くくりつける。少年が拾い物を詰めた箱を引きずってくると、イネスはきっぱり首を振って、「三つだけにして。かさばらない物を選びなさい」と言う。

少年は、壊れた時計の部品、白い継ぎ目の入った石ころ、ガラス瓶に入れたコオロギの死骸、それからカモメの干からびた胸骨を選ぶ。イネスは平然と胸骨を指でつまんで放り投げる。「さあ、ガラクタ箱の残りも捨てなさい」少年は啞然として見返す。「ジプシーは博物館を持って歩いたりしないでしょ」イネスは畳みかける。

やっと荷物を車に積み終える。シモンがそろりそろりと後部座席に乗りこむと、その後に少年がつづき、その後にボリバルが乗ってきて、ふたりの足元におさまる。ディエゴはやたらと猛スピードで、ラ・レジデンシアへの道を飛ばし、到着すると、ひと言もなく車を降りて、ドアをバタンと閉め、大股で歩み去る。

「ディエゴはなんであんなに怒ってるの?」少年が訊く。

「王子さまみたいに生きてきたからよ」イネスが答える。「なんでも自分の好きなようにしてきて、それに慣れっこなの」

「じゃあ、これからはぼくが王子さま?」

「そうね、あなたが王子さまよ」

「じゃあ、イネスが女王さまで、シモンが王さま? ぼくたち、家族なの?」

シモンとイネスは目を見かわす。「そう、ある種の家族だ」シモンが答える。「わたしたちのことをずばり表すスペイン語はないから、そう名乗ることにしよう。ダビードの家族、とね」

少年は満足げに、シートにもたれかかる。

シモンは車をゆっくり発車させ――ギアチェンジをするたびに刺すような痛みがあるが――ラ・レジデンシアを後にすると、北へ向かう幹線道路を探しはじめる。

「どこに行くの？」少年は訊く。

「北へ向かうんだ。もっといいアイデアがあれば教えてくれ」

「ないよ。でも、ぼく、テントに住むのはいやだ。前のところみたいに」

「ベルスターのことか？　いや、それもわるくないな。ベルスターに行って帰りの船に乗り、昔の生活にもどったっていい。そうすれば、いろいろな悩みも一気に解決だ」

「そんなの、いやだ！　昔の生活なんてしたくないよ、新しい生活がいい！」

「ほんの冗談だよ、坊や。元いた場所にもどる船になんか、だれも乗せてもらえない。ベルスターの港長が許可しない。その点、港長はじつに厳格なんだ。帰ることはできない。ということは、新しい生活を始めるか、いまの生活をつづけるか、だ。イネス、なにか提案はないか、新生活を築く場所について？　ない？　なら、このまま走りつづけて、ようすを見てみよう」

北へ向かう高速道路を見つけたのでそれに乗り、まずノビージャ郊外の工業地帯を抜け、それから、荒れぎみの農地を抜けていく。すると、道路は蛇行しながら山岳地に入る。

「ウンチしたい」少年が急に言いだす。

「待てないの？」と、イネス。

「うん」

荷物を探したところ、トイレットペーパーは入っていない。あわただしい出立で、イネスはほかにもなにを忘れたことやら？

「『ドン・キホーテ』は車に積んだ？」シモンは少年に尋ねる。

少年はうなずく。

「一ページだけ、使っちゃだめかな？」

少年は首を横に振る。

「だったら、汚いお尻のままいるしかない。ジプシーみたいに」

「ハンカチを使えばいいでしょ」イネスが硬い声で言う。

車を停める。そしてまた出発する。シモンはディエゴの車が気に入ってきた。見栄えはしないし、扱いにくいが、エンジンはじつにしっかりしているし、よく言うことを聞いてくれる。

山間の高地からくだって、こんどは起伏のなだらかな低木地に入る。あちこちに住居が点在しており、街の南側に広がる砂っぽい荒れ地とはずいぶん光景が違う。はるか遠くまで見わたすかぎり、道路には一台の車も見あたらない。

車はラグナ・ヴェルデ（スペイン語では「緑の湖」）に着き（この地名の由来は？――礁湖(ラグーン)なんてどこにもないのに）、ここでガソリンを補給する。そこから一時間、たっぷり五十キロも走って、ようやく隣の町に到着。「もう遅くなってきたし、そろそろ夜を明かす場所を見つけよう」シモンは言う。

高速をおりて町の目抜き通りを進んでいくが、ホテルなど一軒も見あたらない。ガソリンスタンドに寄って、「ここから最寄りの宿というと、どこかな？」と、シモンが従業員に訊く。

訊かれた男は頭をかく。「ホテルをお探しなら、ノビージャまで行くしかないですね」

「そのノビージャから来たところなんだ」

「でしたら、わからないですねえ」従業員は言う。「ここいらでは、たいてい野宿ですから」

宵闇がせまるなか、車はまた高速道路にもどる。

「今夜は、ジプシーみたいにするの？」少年が訊く。

「ジプシーにはでっかい幌馬車があるからな」シモンは答える。「ところが、わたしたちには幌馬車なんかない。この小さなオンボロ車だけだ」

「ジプシーは茂みのなかで寝るんだよ」少年は言う。

「そいつはけっこう。つぎに茂みを見かけたら教えてくれ」

車には地図もない。道路の先になにがあるのか、シモンは見当もつかない。三人は黙りこくって、車を走らせる。

シモンが肩ごしにふりむいて見ると、少年は両腕をボリバルの首に巻きつけて寝入っていた。シモンは犬の目を覗きこむようにし、「この子を守ってくれ」と心のなかだけで言う。冷たい琥珀色の目が、まじろぎもせず見返してくる。

この犬に好かれていないのは知っている。とはいえ、ボリバルはだれのことも好きではないのだろう。この犬の心のなかには、好き嫌いなどというものはないのだ。忠実であることに比べたら、好きだの、愛しているだの が、なんだというんだ？ということだろう。

「眠っているよ」シモンは低い声でイネスに知らせる。その後に、「わたしが同行することになってしまってすまない。お兄さんの方がよかったんじゃないか？」

イネスは肩をすくめる。「あの人には、そのうちすっぽかされると思ってたし。なにしろ、世界一自己中な人だもの」

シモンの聞いているところでイネスが兄の悪口を言うのも、シモンに味方してくれるのも、これが初めてだ。

「あのラ・レジデンシアで暮らしていたら、ひどく自己中にもなるわよ」イネスはつづける。

ラ・レジデンシアのこと、兄たちのことをまだなにか言うかと、シモンは待っていたが、もう言うことはとくにないらしい。

「あえて訊かないでいたが、どうしてこの子を受け入れたんだ？　初めて会った日には、わたしたちのことをずいぶん嫌っていたようだけど」

「あまりに突然で、思いもよらないことだった。どこからともなく、あなたがあらわれて」

「あらゆる天の恵みというのは、どこからともなくやってくるんだ。いまでは、わかるだろう」

そうだろうか？　天の恵みがどこからともなくやってくるというのは、本当か？　なにを思って、こんなことを口にしたんだ？

「あなたね」イネスは言う（その言葉の裏にある感情がいやでも伝わってきた）。「ほんとに、わたしが自分の子を欲しいと思ったことがないと思う？　ラ・レジデンシアに年がら年中、閉じこめられてる生活ってどんなものだったと思う？」

イネスの言葉の裏にある感情、それを表す語を思いついた。〝恨み〟だ。

「いや、想像がつかないよ。わたしにはいまだにわからないんだが、ラ・レジデンシアとはなんなのか、きみたちはどうやってあそこに行き着いたのか」

質問が聞こえていないか、答える価値なしと判断したのだろう、イネスから返事はない。

「イネス、最後にもう一度、訊くよ。これは本当にきみの望むことなんだろうか？――自分の親しんだ生活から逃げだすなんて。それも、この子が担任教師とうまくいかないというだけで」

イネスは口を閉ざしたままだ。

「こんなのは、きみに適した生活じゃないだろう。こんな逃亡生活。わたしにも向いていない。この子に関して言えば、逃亡者でいられるのも、しばらくの間だけだろう。成長の過程で、遅かれ早かれ、社会と和解せざるを得なくなる」

イネスは口をぎゅっと引き結ぶ。目の前の闇をすごい形相で睨んでいる。

「考えてみなさい」シモンは結論にもっていこうとする。「よく考えるんだ。きみがどこへ行くことにしようと、わたしは」――彼はここでいったん黙り、口から出ようとする言葉を飲みこもうとするが――「わたしは地の果てまでも付いていくつもりだ」とつづける。

「この子には、兄たちみたいになってほしくないの」イネスが小さな声で言うので、耳をそばだてないと聞こえない。「けど、事務員やら、セニョール・レオンみたいな先生にもなってほしくない。ひとかどの人になってほしいのよ」

「きっとなるとも。並外れた子には、並外れた未来がある。それは、おたがいわかっているじゃないか」

ヘッドライトの光に、道路沿いのペンキ塗りの看板が浮かびあがる。〈カバーニャ（キャビン）5㎞〉。それからまもなく、もうひとつ看板が出てきた。〈カバーニャ1㎞〉。

くだんのカバーニャは高速道路から離れた位置にあり、真っ暗だった。事務所を見つけたので、シモンは車を降り、ドアをノックしてみる。ドアをあけたのは、ガウン姿にランタンを持った女性だ。ここ三日間、電気が止まっているという。電気がつかないから、カバーニャのレンタルも無理だ、と。

ここでイネスが発言する。「車に子どもを乗せているんです。わたしたち、とにかくへとへとで。ひと晩じゅう車を走らせてはいられません。ろうそくがあれば、貸してもらえませんか？」

シモンは車にもどって、子どもを揺り起こす。「お目覚めの時間だよ、坊や」

犬は一瞬にして立ち上がり、流れるような動きで車から出ていく。犬のどっしりした肩が藁のように軽くシモンの脚をなでて通りすぎる。

少年は眠たげに目をこする。「着いたの？」

「いいや、まだだ。今夜はここに泊まることにした」

事務所の女性はランタンの灯りを頼りに、いちばん近いカバーニャに三人を案内する。しつらえは貧相だが、ベッドは二台あった。「ここをお借りするわ。どこか、食事のできるところはない？」イネスが訊く。

「うちのカバーニャは自炊なもんでね」女性は答える。「そこにガスレンジがあるだろう」と、ガスレンジの方にランタンをふり、「あんたたち、食材、持ってきてないの？」と言う。

「パンを一斤と、子ども用のフルーツジュースならあるけど」イネスが言う。「買い物に寄る時間もなかったから。食べ物を売ってもらえません？　あばら肉かソーセージでも。魚はだめなの。この子が食べないから。あと、果物も少し。それから、残飯があったら犬に」

「果物だって！」女性が言う。「果物なんて、長らくお目にかかってないね。でも、おいで、なにがあるか見てみるから」

女性ふたりは闇のなかにシモンたちを置いていなくなる。

「ぼく、魚だって食べるよ」少年が言う。「食べないのは、目がついてるときだけだ」

もどってきたイネスの手には、豆の缶詰、ラベルによれば〝塩水漬けのカクテルソーセージ〟、レモン一個、そして、ろうそくとマッチがあった。

「ボリバルはどうするの？」少年が訊く。

「パンを食べてもらうしかないわね」

「ぼくのソーセージをあげるよ。ぼく、ソーセージ大きらい」

三人はベッドに横並びになり、ろうそくの灯りで、質素な食事をとる。

「さあ、歯を磨いて、おやすみの時間よ」イネスが言う。

「ぼく、疲れてない。ゲームしようよ？　〝白状しないとその後は〟をやろうよ？」

こんどはシモンが断る番だ。「提案ありがとう、ダビード、だが、今日は一日、罰ゲームみたいなことばかりだったからな。もう休みたい」

「だったら、セニョール・ダガのプレゼントを開けてもいい？」

「プレゼントって？」

「セニョール・ダガがくれたんだ。困った時に開けるんだぞって。いま困ってるから、開ける」

「道中、持っていくようにって渡されたプレゼントなのよ」イネスはシモンの目を避けて言う。「いま困った時だから、開けてもいいでしょ？」

「いいや、困るというほどでもない。本当に困った時は、まだ来ていない」シモンは答える。「でも、いいだろう、開けてみなさい」

少年は車に飛んでいき、ボール紙の箱を抱えてもどってくると、勢いよく破りながら開ける。箱の中身は、黒のサテン地のガウンだった。箱から出して広げてみる。ガウンではなく、ケープのようだ。

「メッセージがついているわよ。読んでみて」イネスが言う。

少年はカードをろうそくの灯りに近づけて、読みあげる。「見よ、これは魔法の透明マントだ。これをまとったものはだれしも、姿を消して歩くことができる。ほらね、言ったでしょ！」ダビードは大喜びで小躍りしながら叫ぶ。「セニョール・ダガは魔法を知ってるって、ぼく言ったよね！」と言って、ケープを羽織る。サイズがだいぶ大きすぎる。「ねえ、シモン、ぼくのこと見える？　見えなくなった？」

「いいや。まだだな。メッセージには続きがあるじゃないか。聴きなさい。着用者への注意書き‥透明になるには、鏡の前でこのマントを着用し、魔法の粉に火をつけ、秘密の呪文をとなえること。たちどころに、肉体は鏡のなかに消えて、後には、姿形のない魂だけが残るであろう」

シモンはイネスに訊く「きみはどう思う、イネス？　われわれの幼い友に、この透明マントを着せて、秘密の呪文をとなえさせていいものだろうか？　鏡のなかに消えて、二度ともどらなかったらどうする？」

「マントを着るのは、あしたにしたら」イネスが言う。「もう夜も遅いし」

「えー、そんなのやだ。いま着るんだ！　魔法の粉はどこ？」と、ダビードが言って、箱の中をひっかきまわすと、ガラス瓶が出てくる。「シモン、魔法の粉って、これかな？」

シモンは瓶の蓋をあけ、銀色っぽい粉の臭いを嗅いでみる。無臭だった。

このカバーニャの壁には、ハエの糞だらけの姿見が掛けられていた。シモンは少年を鏡の前に立たせ、マントの首元のボタンをとめる。マントには重厚な襞があり、足まで隠れるぐらい身丈が長い。「さあ、ろうそくを片手に持って、もう一方の手に魔法の粉を持つんだ。呪文の用意はいいか？」

少年はうなずく。

「よし、ろうそくの炎に粉をふりかけて、呪文をとなえろ」

「アブラカダブラ」少年は言って、粉をふりかける。粉はいっとき、雨のように床にふりそそぐ。

「見えなくなった？」

「なってないな。粉をもっとかけてごらん」

少年は火のついたろうそくをガラス瓶につっこむ。パンと大きく火が燃えあがったかと思うと、真っ暗になる。イネスが悲鳴をあげるが、シモン自身もなにも見えず、縮こまるしかない。犬が取り憑かれたかのように吠えだす。

「ぼくのこと、見える？」少年の不安そうな、小さな声がする。「ぼく、見えなくなった？」

どちらも返事をしない。

「ぼく、なにも見えないよ。助けて、シモン」

手探りで少年のそばにいくと、床にへたりこんでいる彼を立たせ、マントを蹴り飛ばす。

「なにも見えないよ」少年は言う。「手が痛い。ぼく、死んだの？」

「いいや、死ぬわけがないだろう。透明にもなっていないし、死んでもいない」シモンは床を手探りし、ろうそくを見つけて、火をつけなおす。「手を見せてごらん。どこにも怪我はないようだが」

「でも、痛い」少年は指を吸う。

「火に触ったんだろう。あのご婦人がまだ起きているか、ちょっと見てこよう。やけどに効くバターかなにかもらえるかもしれん」シモンは少年をイネスの腕に託す。イネスは子どもを抱きしめ、キスをして、ベッドに寝かせてやると、屈みこんでそっと歌いかける。

「暗いよ。なにも見えない。ぼく、鏡の中にいるの？」

「いいえ、大丈夫よ」イネスは言う。「鏡の中にはいないから。ここにお母さんがついているし、なんにも心配いらないからね」と言って、シモンの方を向き、「医者をつかまえてきて！」と声を低めて言う。

「マグネシウムの粉に違いないな。きみの友人のダガはなんだってそんな危険なものを子どもに遣ったりできるんだ、理解に苦しむ。それにしても」——悪意がこみあげてきて——「きみ自身、あの男と親密にしているが、それも大いに理解に苦しむな。それと、頼むから、犬を黙らせてくれないか。その気のふれたような鳴き声で、おかしくなりそうだ」

「ごたごた言わないでちょうだい。とにかく、なんとかして！　セニョール・ダガのことに首をつっこまないで。さっさと早く行く！」

シモンはキャビンを後にし、月明かりを頼りに、セニョーラの事務所までの径を行く。**なんだか、結婚何十年の夫婦みたいだな。ベッドを共にしたことも、キスをしたことすらもないのに、長年つれそった夫婦みたいにけんかなんかして！**と思いながら。

第三十章

ダビードはすやすや眠っていたが、起きてみると、視力にまだ支障があることがわかる。本人の説明によれば、どうも、緑色の帯状の光線が視界をちらちら横切ったり、星が滝のように流れたりしているらしい。つらそうにするどころか、そんな現象を堪能しているようだ。

シモンはセニョーラ・ロブレスをまた訪ねていく。「ゆうべ、事故があって、息子に医者の診察を受けさせたい。最寄りの病院はどこだろう?」

「ノビージャだね。救急車も呼べるけど、どのみちノビージャから来ることになる。自分で運んでったほうが早いよ」

「ノビージャじゃ、そうとう遠いな。このへんに医者はいない?」

「ヌエバ・エスペランサにひとつ医院がある。ここから六十キロぐらいの距離だ。住所を調べてあげるよ。坊やもかわいそうに。なにがあったって?」

「可燃物で遊んでいたんだ。それに火がついて、炎のせいで目が見えなくなった。ひと晩寝れば、視力がもどると思ったが、まだ支障が出ている」

セニョーラ・ロブレスは心配そうに舌打ちをする。「あたしが行って見てみようか」

キャビンにもどると、イネスは居ても立ってもいられないようす。少年は黒いマントを羽織って、ベッドに腰かけており、両目を閉じてうっとりした笑みを浮かべている。

「セニョーラ・ロブレスが言うには、ここから車で一時間のところに医者がいるそうだ」シモンは報告する。

セニョーラ・ロブレスはぎごちなく少年の前に膝をつく。「坊や、お父さんに聞いたけど、目が見えないんだって？　本当なの？　おばさんのことも見えない？」

少年は両目をひらく。「見えるよ。髪の毛から、キラキラ星が出てるね。ぼく、こうして目を閉じたら」――と言って、目を閉じて――「飛べるよ。世界じゅう、見わたせる」

「世界が見わたせたら、すごいだろうねえ」セニョーラ・ロブレスは言う。「なら、うちの妹も見える？　ノビージャの近くのマルゲレスに住んでいるんだけど。名前はリタ。あたしと似てるよ。ただ、もうちょっと若くてきれいだけどね」

少年は顔をしかめて意識を集中する。そののち、「うーん、見えないや」と言う。「手がすごい痛いの」

「ゆうべ、指にやけどをしたんだ」シモンが説明する。「やけどに塗るバターをもらえないか訊きにいこうとしたが、もう夜遅かったから、起こしちゃわるいと思ってね」

「いますぐ、バターをとってこよう。目は塩水で洗ってみた？」

「太陽を直接見ると目が見えなくなる。そういう症状だろう。塩水は効かないと思う。イネス、ここを引き払う支度はいいか？　セニョーラ、支払いは幾らになります？」

「ゆうべの宿代が五レアル、食べ物やろうそくに二レアル。発つ前にコーヒーでもどう？」

「それはどうも。けど、急ぎますから」

シモンは少年の手をとるが、少年は手を振り払う。「行きたくない。ここにいたい」

「そうはいかないんだよ。きみは医者に診てもらう必要があるし、セニョーラ・ロブレスはつぎのお客さんに備えてカバーニャの清掃をする必要がある」

少年は腕をがっちり組んで、てこでも動かない構えだ。

「じゃ、こうしよう」セニョーラ・ロブレスが言う。「まずお医者に行って、帰りがけに、お父さんお母さんとまたここに泊まったらいい」

「この人たち、お父さんお母さんじゃないもん。ぼくたち、帰るんじゃないし。新生活をしに出かけるところなんだ。おばちゃんも新生活をしに、一緒に来る？」

「あたしも？　あたしは行けないだろうねえ、坊や。誘ってくれてありがたいけど、ここにお仕事がたくさんあるし、どっちみち車酔いする質だから。どこに行って、新生活を見つけるつもりなの？」

「えーと、エステル……エストレリータ・デル・ノルテ（「北の小さな星」の意）」

セニョーラ・ロブレスは不審げな面持ちで、首を振る。「エストレリータで新生活が見つかるとは、あまり思えないけど。そこに引っ越した友だちが何人かいるけど、世にも退屈な場所だって、みんな言ってるよ」

ここでイネスが割って入り、少年を呼びつける。「いらっしゃい。行かないと言うなら、担いででも連れていきますからね。さあ、数えるわよ、一、二、三」

なにも言わず少年は立ちあがり、マントの縁を持ちあげながら、駐めてある車へとしぶしぶ向かう。口をとがらせたまま、後部座席の定位置に乗りこむ。ボリバルもその後から、ひらりと跳び乗る。

「バターを持ってきたよ」セニョーラ・ロブレスが言う。「ひりひりする指になすりつけて、ハンカチを巻いておくといい。やけどなんかすぐによくなるから。あと、うちの旦那の使わなくなったサングラスも持っておいき。目が治るまでかけといで」

セニョーラはサングラスをかけてやる。大きすぎるが、少年ははずそうとしない。

三人はセニョーラに手をふって別れ、北へ向かう高速に乗る。

「わたしたちが親じゃないなんて、人に言ってはいけない」シモンは少年に注意する。「第一に、それは間違いだ。第二に、わたしたちが誘拐犯だと思われかねない」

「いいよ、べつに。ぼく、イネスなんか好きじゃないし、シモンも好きじゃない。好きなのは兄弟だけだよ。ぼく、兄弟がほしいんだ」

「今日はずいぶんご機嫌ななめのようね」イネスが言う。

少年は気にもとめない。セニョーラにもらったサングラスごしに、太陽を見ている。太陽はもう中天にかかり、はるか紫だつ山々の稜線の上にある。

道路標識が見えてくる。**エストレリータ・デル・ノルテ　475km、ヌエバ・エスペランサ　50km。**標識のそばに、ヒッチハイカーが立っている。オリーブグリーンのポンチョを着た若者で、足元にリュックサックを置き、空漠たる景色のなかで、ぽつんと寄る辺なく見える。シモンはスピードを落とす。

「ちょっと、なんのつもり？」イネスが言う。「赤の他人をひろってる暇なんかないわよ」

「だれをひろうのー？」少年が訊く。

小走りに車に寄ってくるヒッチハイカーの姿が、バックミラーに映る。後ろめたく思いつつも、シモンは加速して男から離れる。

「だれをひろうの？　なんの話？」少年はまた訊く。

「通りがかりの車に、乗せてくれと言ってくる人よ」イネスが答える。「乗せるスペースがないでしょ。そんな暇もないし。あなたをお医者に連れていくんだから」

「だめだよ！　止まらないと、飛び降りちゃうぞ！」と少年は言って、手近のドアを開ける。

シモンは急ブレーキを踏み、エンジンを切る。「またやったら承知しないからな！　車から転げ落ちて、死ぬぞ」

「いいよ、べつに。ライセに行くからいいもん！　シモンとイネスと一緒にいたくない！」

大人たちは面食らって絶句する。イネスは道路の先を見つめるばかりだ。「なにを言っているか、自分でわかっているの」と、かすれ声で言う。

ドタドタと足音がして、顎鬚をはやした顔が運転席側のウィンドウに覗く。「サンキュー！」息を切らせてヒッチハイカーが言う。後部座席のドアをぐいと開ける。「やあ、お兄ちゃん」と、ダビードに言ってから、固まってしまう。少年の座るシートの横には、犬が寝そべり、頭をもたげて、低く唸っている。

「こりゃ、でっかい犬だな！　なんて名前？」

「ボリバルだよ。アルサティアンって種類なんだ。静かにしろよ、ボリバル！」少年は犬の首に両腕を巻きつけ、シートからむりやり下におろす。犬はダビードの足元に、いやいやながら落ち着く。見知らぬ男が乗りこんでくる。とたんに、不潔な衣類の饐えたような臭いが充満する。イネスがウィンドウを開ける。

「ボリバルか」その若者は言う。「珍しい名前だな。で、おまえはなんて名前？」

「名前はまだないんだ。これからもらうんだよ」

「じゃあ、セニョール・アノニモ（「匿名」の意）って呼ぶよ」若者は言う。「よろしくな、アノニモ。おれはファン」と、若者が片手をさしだしても、少年は無視する。「なんで、マントなんか着てんの？」

「魔法のマントだよ。これを着ると、姿が見えなくなるんだ。いまも、見えないでしょ」

シモンが話にくわわる。「ダビードは事故にあってね。医者に連れていくところなんだ。ヌエバ・エスペランサまでしか乗せられないが、いいかね」

「ぜんぜんＯＫ」

「ぼく、手をやけどしたの」少年が言う。「お薬もらいにいくところなんだ」

「ひりひりするのか？」

「うん」

「その、サングラス、かっこいいじゃん。おれもそんなサングラスほしいな」

「あげるよ」

凍えるような早朝、材木の輸送トラックの荷台に乗ってきたらしく、ヒッチハイカーは車内の暖かさと居心地の良さを喜ぶ。そのお喋りによれば、印刷業者らしく、エストレリータに向かっているという。そっちに友だちが何人かいるし、噂が本当だとすると、仕事には事欠かないはずだ、とのこと。

ヌエバ・エスペランサとの分かれ道で、シモンは新参者を降ろそうと車を停める。

「もうお医者さんに着いたの？」少年が訊く。

「まだだ。ここで、その友人とはお別れなんだ。引き続き、北へ行くそうだから」

「だめだよ！　この人も一緒じゃなきゃ！」

シモンはファンに、「ここで降りてもいいし、わたしらと一緒に町まで来てもいい。おたくが選んでくれ」と言う。

「じゃ、一緒に行くよ」

医院は難なく見つかる。いまガルシア先生は往診に出ていますが、お待ちになるんだったらどうぞ、と看護婦。

「おれは朝めし探しにいくわ」と、ファンが言う。

「だめだよ、迷子になっちゃうよ」少年が止める。

「平気、平気」ファンは言って、ドアノブに手をかける。

「ここにいろ、命令だ！」少年は大声を出す。

「こら、ダビード！」シモンが子どもを叱る。「今朝はいったいどうしたんだ？　知らない人にそんな口をきくもんじゃない！」

「知らない人じゃないよ。それに、ぼくのことダビードなんて呼ぶな」

「なら、なんと呼べというんだ？」

「本当の名前があるなら、なんというんだ？」

「本当の名前で呼べよ」

少年は黙りこむ。

シモンはフアンに言う。「自由に散策してきてくれ。またここで落ちあおう」

「やっぱ、ここにいようかな」フアンはそう答える。

医師が登場する。短軀だががっちりした、見るからにエネルギッシュな、白髪のふさふさした男性だ。一行を見て、ぎょっとした振りをする。「こ、これはどういうことだ？　しかも、犬の患者まで！　あんたがた、おそろいでどうした？」

「ぼく、手をやけどしたの」少年が言う。「おばさんがバターを塗ってくれたけど、まだひりひりする」

「ちょっと見せてごらん……ふむ、ふむ……これは痛かろう。診察室に来なさい。よく診てあげよう」

「先生、手のやけどで来院したわけじゃないんです」イネスが口をはさむ。「ゆうべ、火の事故がありまして、それから息子は目がよく見えないようなんです。目の診察をしてもらえますか？」

「いやだ！」少年は叫んで立ちあがり、イネスと真っ向からむかいあう。犬も立ちあがり、トコトコと歩いていって、いつものように少年の脇に控える。「ずっと言ってるだろ。目はちゃんと見えるって。透明マントの魔法で、そっちがぼくのこと見えないだけじゃないか。マントを着てるから見えないんだ」

「ちょっと診せてごらん？」ガルシア医師が言う。「いいですかな、保護者のおふたり?」

少年は犬が吠えかからないよう、首のカラーに手を置く。

医師はサングラスの鼻のあたりをつまんではずし、「これで、わたしが見えるようになったかね?」と訊く。

「すっごく小さく、小さく、アリみたいに小さく見えるよ。両手をふりながら、『これで、わたしが見えるようになったかね?』って言ってる」

「ああ、なるほど、そういうことか。きみは姿を消していて、だれにも見えない。とはいえ、やけどした手は痛む。そこは消えなかったわけだ。では、わたしと診察室に行って、その手を診せてごらん——きみのなかでも、その部分は見えるから」

「うん、いいよ」

「わたしも付き添いましょうか?」イネスが言う。

「最初に、少し坊やとふたりきりで話をする必要がある」

「ボリバルは一緒じゃないとだめだよ」少年が言う。

「お行儀よくするなら、ボリバルも一緒に来てよろしい」

「おたくの坊や、ほんとはどうしたわけ?」ふたりがいなくなったところで、フアンが訊く。

「名前はダビードだ。マグネシウムで遊んでいて火がつき、その光で目が見えなくなった」

「ダビードは本名じゃないみたいに言ってたけど」

「いろいろなことを言う子なんだ。想像力がたくましい。ダビードというのは、ベルスターで与えられた名前だ。ほかの名前を名乗りたいというなら、そうさせるさ」

「ベルスター経由で来たんだ？　おれも、ベルスター」

「だったら、あそこのシステムを知ってるだろう。いまわたしたちが使っている名前は、あそこで付与されたものだが、正直、数字でもたいして変わらん。数字、名前——どちらも同じように恣意的で、同じように無作為で、同じように取るに足らない」

「実際、無作為の数字なんてないんだよ」ファンは言う。「よく『無作為の数字を思い浮かべてください』みたいに言われて、『96513』とか言うじゃん。最初に思い浮かんだからって。でも、あれは本当に無作為ってわけじゃない。生活支援証のマイナンバーとか、昔の電話番号とか、そんな数字だろう。数字には、その裏に必ず理由があるんだよ」

「そうか、きみも数字神秘主義者のひとりか。ダビードと一緒に、学派を立ちあげるといい。きみは数字の裏にある秘密の動因について教え、ダビードは火山口に落っこちずに、一つの数から次の数に移る方法を教える。もちろん、神の目から見れば、無作為の数字なんてこの世にはない。しかしわれわれ人間は神の視点で生きているのではない。われわれが生きる世界には、無作為の数字も、無作為の名前も、無作為の出来事も存在する。たとえば、男一人と女一人とダビードという名の子ども一人を乗せた車にひろわれる、とか。そう、犬も一匹。この出来事の裏に隠れた秘密の動因とはなんだと思う？」

シモンの長広舌にファンが応えるより早く、診察室のドアがいきおいよくひらく。「どうぞ、お入りなさい」ガルシア医師が言う。

シモンとイネスは診察室に入る。ファンは決めかねているが、澄んだ幼い声が中から聞こえてくる。「ファンはぼくのお兄ちゃんだから、一緒に来なくちゃだめだよ」

少年は診察室のカウチに浅く腰かけていた。唇に穏やかな自信にみちた微笑みを浮かべ、サングラスは頭にのっけている。

「坊やとわたしは、たっぷりとよく話しあった」ガルシア医師は言う。「自分がどのように姿を消したか、坊やは説明してくれたし、一方、わたしはどうして空高く飛ぶ彼の目には、われわれが触覚を揺らしている昆虫みたいに見えるのか説明した。わたしはこうお願いもした。われわれのことを昆虫ではなく、本当の姿として見てもらいたい、と。それに対して、坊やはこう言った。また自分が元にもどって、姿が見えるようになったら、本当の自分として見てほしい、と。どうかな、坊や、われわれの話の内容はそれで正しいかい？」

少年はうなずく。

「幼い友人はさらにこう言った」と、シモンのことを意味深長な目で見て、「あなたは実の父親ではないし、あなたも」と、イネスの方を向き、「実の母親ではない。弁明をせまるつもりはない。わたしにも家族があるし、子どもというのは突拍子もないことを言うものだ。とはいえ、なにかわたしにおっしゃりたいことは？」

「わたしはこの子の真の母親です」イネスが言う。「それに、わたしたちは矯正施設に送りこまれそうなこの子を救おうとしているんです。子どもを犯罪者に仕立てるようなところですよ」

言うだけ言うと、イネスは口を閉じて、傲然と睨みつける。

「それで、この子の目は？」シモンが尋ねる。

「目に異常はなにも認められない。目の検査をおこない、視力もテストした。視覚器官として、この子の目はまったくもって正常だ。手のやけどだが、包帯を巻いておいた。たいしたやけどではないから、一日二日もすれば、良くなるだろう。ところで、ひとつ訊かせてもらおう。この少年が話してくれた物語だが、わたしが立ち入るべき問題かね？」

シモンはちらりとイネスの顔を見る。「この子がなにを話そうと、然るべき注意を払ってやってください。もしこの子がわたしたちから離れ、ノビージャに帰りたいというなら、ノビージャに帰してください。先生が受け持つ患者なんですから」と言ってから、ダビードに向かって、「それがきみの希望なのか、ダビード？」

少年は答えないが、そばに来て、と身振りで伝える。口元に手をあてながら、シモンの耳に囁く。

「先生、ダビードはノビージャには帰りたくないけれど、あなたも一緒に来てもらえないか、と言っています」

「行くって、どこへ？」

「北の、エストレリータへ」

「新しい生活へ」少年は言う。

「なら、わたしを頼りにしているこのエスペランサの患者たちはどうなる？　きみひとりを診るためにこの町を離れたら、だれが彼らを診るんだね？」

「ぼくは診てもらわなくても大丈夫」

ガルシア医師はシモンに、わけがわからないという顔をしてみせる。シモンはひとつ、深く息をつく。「ダビードは、先生も医院をたたみ、わたしたちと一緒に来て、新しい生活を始めませんか、と誘っているんです。この子のためではなく、先生自身のために」

ガルシア医師は立ちあがる。「ああ、そういうことか！　それは寛大なお誘いで、ありがとう、坊や。きみたちの計画の仲間にわたしも入れてくれるとは。しかしこのエスペランサの生活で、わたしは充分幸せだし、満ち足りているのだよ。だから、救いだしてもらう必要はない。すまないね」

四人はまた車に乗り、北へ向かう。少年は手のやけども忘れて、上機嫌だ。後部座席でファンを相手にぺらぺら喋ったり、ボリバルと取っ組みあったりする。犬はまだファンにはいきり立つので、ファンは及び腰ながら、この取っ組み合いにまじる。

「ガルシア先生を気に入ったのか？」シモンが尋ねる。

「まあまあだよ」少年は答える。「指に毛がはえてて、オオカミ人間みたいだけど」

「どうしてエストレリータに誘ったんだ？」

「だって」

「だれかに出会うたびに、一緒においで、と誘うのはいただけないわね」イネスが言う。

「どうして？」

「この車にはスペースがないから」

「スペースならあるよ。ボリバルはぼくの膝に乗ればいい。だよね、ボリバル？」しばらく黙ってから、「エストレリータに着いたら、ぼくたち、どうするの？」

「着くまでには、まだかなりある。そうあわてるな」

「でも、そこでなにするの？」

「まず〈転居センター〉を見つけて、受付デスクに行く。きみとイネスとわたし、それから――」

「ファンもだよ。ファンを言い忘れてる。それから、ボリバル」

「きみとイネスとファンとボリバルとわたしで、こう言うんだ。『おはようございます。わたしたち、いま着いたところなんです。どこか泊まれるところを探しています』」

「それで？」

「それで充分さ。『どこか泊まれるところを探しています。新しい生活を始めるために』」

訳者あとがき

わたしたちはなにも啓示のために造られたんじゃない。…太陽をもろに見てしまった目を灼くような啓示なんかのために。
——J・M・クッツェー

本書は、J・M・クッツェーによる *The Childhood of Jesus*（二〇一三）の全訳である。

いまあなたは日本語で書かれた『イエスの幼子（おさなご）時代』という本とそのページを目にしている。原文は英語……と言いきれるか心許ない。ご覧の通り、一ページ目から、スペイン語が多出し、「〈Centro de Reubicación Novilla（セントロ・デ・レウビカシオン・ノビージャ）〉と看板が出ている。レウビカシオン……どういう意味だろう？　まだ習ったことのない単語だ。」とある。

英語の文章にときどきスペイン語が混じっているのだろうか？　ところが、少し読んでいくと、シモンという名を与えられた主人公は習いたてのスペイン語で話していると書かれている。そう書かれているからには、どう見ても英語に見えても、その人物はスペイン語で話していると信じよう。そう、小説の約束事として、suspension of disbelief（疑心の一時停止）を発動するわけだ。——とはいえ、本作は一体どこまでがスペイン語で書かれている（という想定な）のか？　会話はともかく、主人公の心の声や、地の文の客観描写は？

作者本人に尋ねると、「全文スペイン語だ」との答え！　つまり本書は末尾に、「……と、彼らは全部スペイン語で言ったり思ったりした」という見えない但し書きが入っているのだ。でも、明らかに矛盾しているではないか？　全篇スペイン語で書かれた設定なのに、殊更にスペイン語が出てくるのは……。シャーロット・ブロンテの小説に、フランス語で話している設定の場面にフランス語が出てきた記憶があるが、クッツェーはそんなにナイーヴなことはしないはずだ。混乱する訳者に、氏はさらに説明した。「原文はスペイン語で、それを翻訳したのがこの英語テクストだと思えばいいだろう」と。

なんと、これは翻訳書なのだ！　つまり、クッツェーは *The Childhood of Jesus* の作者ではなく訳者だということになる。待てよ、それは、小説の父ミゲル・デ・セルバンテスが用いた変換装置ではないか。ベネンヘーリがアラビア語で書いた文章をモリスコがスペイン語に翻訳し、それをセルバンテスという人物が編集したのが『ドン・キホーテ』だという設定である。この騎士道物語は本書中にも出てきて、大きな役割を果たすが、クッツェーは自らこの小説の本質を『ドン・キホーテ』と結びつける宣言をしたことになる。一方、訳者はさらなる迷宮にはまった。登場人物たちはスペイン語の非ネイティブだから、頭の中には母語があるはずで（それすら「きれいに洗い流して」いなければ）、シモンなどはそれをたどたどしくスペイン語に訳しながら話しているだろう。そのスペイン語をクッツェーが英訳した文章を日本語に訳すのだから、重訳の重訳になる。彼ら彼女らは元々どんな言語でどんなふうに話していたのか、今どんなスペイン語を話しているのか（この三重翻訳にどういうスタンスで取り組めばいいのか）。文字化された英語は初心者にしては流暢すぎるが、全般に平易で、フランクで、飾り気がなく、シモン曰く「心の底から出てきたものではない」言葉ということになる。

とはいえ、みんな、真剣に自己の向上を図って、港湾労働が終わると「学院」に通い、プラトン哲学を論じあうインテリたちである。この哲学者たちのユートピア「ノビージャ」の像は、ドイツの詩人クロップシュトックの「文芸共和国（識者の共和国）」に負っているという見方もあるが、本書中でおこなわれるイデア談義（「歴史に帽子を飛ばされた者はいない」の野外シンポシオンの場面など白眉である）、著作をめぐる所有権の問題、名詞の恣意性、数の悪魔性、人間の存在の二元性など、著者の先行作やさまざまな作家の作品への引喩や暗示に充ち、縦横無尽で複雑な間テクスト性を織りなしている。

年代順にざっと振り返れば、作者の名を不動にした『夷狄を待ちながら』『マイケル・K』といった支配と被支配の関係を描いたシリアスな寓話があり、一九八〇年代半ば以降には、実在の作家や先行作品を土台にした実験的な作品、ドストエフスキーと義理の息子の関係を描いた『ペテルブルグの文豪』や、ロビンソン・クルーソーを本歌取りした『敵あるいはフォー』などがあり、世紀の境目あたりから、自伝的、自己言及的な要素の強い『少年時代』『青年時代』『サマータイム』や*Diary of a Bad Year*といった小説、また半ば講義のスタイルをとった風変りな作品集『動物のいのち』『エリザベス・コステロ』、また、それらと並行して、欲望を抱えて老いへと向かう独身男性を主人公にし、三人称現在形で展開する『恥辱』『遅い男』といった小説が書かれてきた。

『イエスの幼子時代』は寓話的という点では、『夷狄を待ちながら』や『マイケル・K』に通じるが、むしろ本作は寓話的なスタイルでもってアレゴリズムを攪乱するように書かれている。遊び心満載、真剣にふざけるその「笑い」の背後には、底知れぬ不気味さが漂う。

一種のディストピア小説である。なにか大きな災いが降りかかった後の世界だろうか、「生きるチャンスを与えられた人々」が船でこの国にやってくる。過去を洗い流し、新たな名前と年齢と身分証明書を発行され、多くは団地のような住まいを宛がわれている。好意と善意にあふれるクリーンでつつましい管理社会。普遍の善意はあるが、私的な愛情はなく、性欲を処理する公的な施設があるらしい。激しい情動や性的欲求を骨抜きにするのが、ザミャーチンの『われら』以来、ディストピア小説の常套手段だ。この生気のない人々を、ジョイス・キャロル・オーツは書評で、「慈善的ゾンビ」と一言で表している。

新約聖書マタイ伝は「人はパンのみにて生くる者に非ず、神の口から出た一言一言によって生きるものだ」と精神の拠り所の重要性を説くが、文字通りノビージャの人々は「パンと水のみにて」穏やかに生きることで充足しているようだ。さて、そこに同化できないのが、主人公シモンである。わたしにはどうしても、『恥辱』のデヴィッド（五十代）、『遅い男』のポール（六十代）と『イエスの幼子時代』のシモン（少年の祖父ほどの年齢）は、同じタイムライン上にいるような気がしてしまう。コミュニティや社会階層になじめず、孤独な老いの影の中で、いまだ暴れる性的欲望に足をすくわれる。最後の部分は、*Diary of a Bad Year* のジュアン（フアン）・クッツェー（セニョール・C）や、『サマータイム』のJ・M・クッツェーといった作者の分身キャラにも通じるだろう。

しかしシモンとポールとの繋がりは特に顕著で、ポールは母語でない英語、シモンはスペイン語を話し、両者とも血縁のない男の子の代父を務める。どちらも事故にあって昏倒し、介護／看護の女性に思いを寄せる。シモンが「目覚めたら、片足を失っていたような気分だ」と言うのは、明らかに『遅い男』への自己言及である。また、イネスがダビードに話す「三男ものがたり」は、類似したお話が『少年時代』にある。また、冒頭のゲートを通って入国する場面は、『エリザベス・コステロ』中の、カフカの「掟の門前」を下敷きにした「門前にて」を思わせるし、教育庁の聴聞会の場面は、コステロの審判場面と重なる。先行作との名前の類似も指摘できるだろう。シモンを拒むアナは、『遅い男』のマリアナ、『ペテルブルグの文豪』のアンナ、*Diary of a Bad Year* のアーニャを想起させる。

『イエスの幼子時代』というタイトルが示すように、本書の名前はほぼすべて聖書関係のものである。その寓意に捕らわれるとつまらないので、割注は読み逃しそうな脇役にだけ付けた。『恥辱』の主人公と同名のダビードは、本作の役割としては、幼年時代のイエスだが、名前も時に専横的な態度もダビデ王を思わせる。イネスは「神聖・純粋」を意味し、ローマの聖アグネスを思わせるが、本作では「処女タイプ」と称され、役柄的には聖母マリアだろう。シモンはイエスの十字架を背負わされて歩いたというキレネのシモンを想起させるものの、役柄としてはイエスの養父ヨセフという見方が支持されているようだ。ほか想起させられる聖書関係の名前を挙げておく。ディエゴはヤコブ、ステファノはステファノ（キリスト教最初の殉教者）、エレナはローマの聖ヘレナ、フィデルはその息子のコンスタンティヌス一世、アナはマリアの母または預言者アンナ…。エウヘニオという名前は語源的には「良い生まれ」を表し、歴史上に数人の聖人と教皇がいるそうだ。ちなみに、エミリオ・ダガのエミリオはラテン語 Aemilius（恋敵）が語源だとか。

本書は、人々が新たな土地を求めて幕開けし、最後は唐突に「ファアン」というヒッチハイカーを拾って終わる。Juanはクッツェーの名前Johnのスペイン語形でもあり、つまりは「ヨハネ」だ。イエスの最初の弟子ヨハネと出会うところで、この物語は終わっているのだ。いかにも続きがありそうだが、はたして二〇一六年秋には、本作の続篇 *The Schooldays of Jesus*（『イエスの学校時代』）が刊行予定という。ダビードがカリスマ教師のいるダンスアカデミーに入学するようで、オーストラリアに移住したクッツェーは新境地に足を踏みだしたのではないか。こんなに続篇を読みたいと思った小説はない。どうぞ、みなさんもご期待ください。

二〇一六年六月

訳者略歴　お茶の水女子大学大学院修士課程
英文学専攻，英米文学翻訳家　訳書『恥辱』
『遅い男』Ｊ・Ｍ・クッツェー，『昏き目の
暗殺者』マーガレット・アトウッド（以上早
川書房刊），『嵐が丘』エミリー・ブロンテ
他多数

イエスの幼子時代（おさなごじだい）

2016年６月20日　初版印刷
2016年６月25日　初版発行

著者　Ｊ・Ｍ・クッツェー
訳者　鴻巣友季子（こうのすゆきこ）
発行者　早川　浩
発行所　株式会社早川書房
東京都千代田区神田多町２－２
電話　03－3252－3111（大代表）
振替　00160－3－47799
http://www.hayakawa-online.co.jp

印刷所　株式会社精興社
製本所　大口製本印刷株式会社

Printed and bound in Japan

ISBN978-4-15-209620-3 C0097